I RACCONTI DELLE FATE

CARLO COLLODI, al secolo Carlo Lorenzini, nacque nel 1826 a Firenze, figlio di due domestici al servizio dei marchesi Ginori; la madre Angiolina era figlia del fattore dei marchesi Garzoni Venturi in località Collodi, cittadina legata ai suoi ricordi d'infanzia, che ispirò il celebre pseudonimo. Nel 1837 entrò in seminario a Colle di Val d'Elsa, senza farsi prete, e nel 1842 proseguì gli studi superiori presso la scuola religiosa degli Scolopi, interrotta due anni dopo per diventare giornalista. Nel 1848, allo scoppio della Prima guerra d'indipendenza, s'arruolò volontario, e poi tornato a Firenze, fondò insieme al nipote Paolo e ad altri amici scrittori *Il Lampione*, un giornale satirico sospeso nel 1849, dopo la cacciata di Domenico Guerrazzi da parte dei sostenitori del granduca di Toscana Leopoldo II. Dopo la restaurazione, Lorenzini fu costretto ad allontanarsi dalla Toscana per lunghi periodi e cominciò a collaborare con numerose testate giornalistiche umoristiche, soggiornando spesso a Milano e a Torino, e scrivendo di argomenti letterari, teatrali e musicali. Nel 1856 si firmò per la prima volta Carlo Collodi sulle pagine del giornale umoristico fiorentino *La Lente*. Nel 1859 si arruolò di nuovo per partecipare alla Seconda guerra d'indipendenza e ritornato a Firenze divenne censore teatrale. Nel 1868, entrò nella redazione del *Novo vocabolario della lingua italiana secondo l'uso di Firenze*, edito con il patrocinio del Ministero della Pubblica Istruzione. Nel 1875 ricevette dall'editore Paggi l'incarico di tradurre le fiabe di Perrault, D'Aulnoy e Leprince de Beaumont, e Collodi le tradusse riscrivendole in chiave umoristica; il volume uscì l'anno successivo col titolo *Racconti delle fate*. Al successo di questa prima opera seguirono *Giannettino* (1877) e *Minuzzolo* (1878) e nel 1881 uscì la prima puntata delle famose *Avventure di Pinocchio*, con il titolo *Storia di un burattino*, sul primo numero del *Giornale per i Bambini*, diretto da Ferdinando Martini. Nel 1883 pubblicò *Le Avventure di Pinocchio* in volume e diresse per tre anni il *Giornale per i Bambini*. Morì a Firenze nel 1890.

SILVIA LICCIARDELLO MILLEPIED lavora nell'editoria dal 2012 e ha pubblicato e curato centinaia di opere letterarie. Tra le sue ultime traduzioni troviamo *In una pensione tedesca* di Katherine Mansfield; diverse opere di Alexandre Dumas tra cui *La marchesa di Brinvilliers: l'avvelenatrice (1676)*; *La lettera scarlatta* di Nathaniel Hawthorne e molti altri. Maggiori informazioni su silvialicciardello.com.

CARLO COLLODI
I racconti delle fate

A cura di S. LICCIARDELLO

Res stupenda in libris invenitur.

IL CAVALIERE DELLE ROSE

ISBN: 979-10-378-0141-8

www.immortalistore.com

Edizione di riferimento: C. Collodi, *I racconti delle fate*, Ed. Newton Grandi Tascabili Economici 173, Newton Compton, Roma, 1992.

Prima edizione nel «Cavaliere delle rose» aprile 2024

© 2024 Silvia Licciardello Millepied

INDICE

I RACCONTI DELLE FATE

Barba-blu di Charles Perrault 1
La bella addormentata nel bosco di Charles Perrault 8
Cenerentola di Charles Perrault 20
Puccettino di Charles Perrault 29
Pelle d'asino di Charles Perrault 41
Le fate di Charles Perrault 58
Cappuccetto Rosso di Charles Perrault 62
Il gatto con gli stivali di Charles Perrault 65
Enrichetto dal ciuffo di Charles Perrault 71
La bella dai capelli d'oro di Marie-Catherine d'Aulnoy .. 80
L'uccello turchino di Marie-Catherine d'Aulnoy 98
La gatta bianca di Marie-Catherine d'Aulnoy 146
La cervia nel bosco di Marie-Catherine d'Aulnoy 194
Il principe amato di Mme Leprince de Beaumont 240
La bella e la bestia di Mme Leprince de Beaumont 255

Avvertenza

Nel voltare in italiano i Racconti delle fate *m'ingegnai, per quanto era in me, di serbarmi fedele al testo francese. Parafrasarli a mano libera mi sarebbe parso un mezzo sacrilegio. A ogni modo, qua e là mi feci lecite alcune leggerissime varianti, sia di vocabolo, sia di andatura di periodo, sia di modi di dire: e questo ho voluto notare qui di principio, a scanso di commenti, di atti subitanei di stupefazione e di scrupoli grammaticali o di vocabolario. Peccato confessato, mezzo perdonato: e così sia.*

Carlo Collodi

BARBA-BLU

di Charles Perrault (1697)

C'era una volta un uomo, il quale aveva palazzi e ville principesche, e piatterie d'oro e d'argento, e mobilia di lusso ricamata, e carrozze tutte dorate di dentro e di fuori. Ma quest'uomo, per sua disgrazia, aveva la barba blu: e questa cosa lo faceva così brutto e spaventoso, che non c'era donna, ragazza o maritata, che soltanto a vederlo, non fuggisse a gambe dalla paura.

Fra le sue vicinanti, c'era una gran dama, la quale aveva due figlie, due occhi di sole. Egli ne chiese una in moglie, lasciando alla madre la scelta di quella delle due che avesse voluto dargli: ma le ragazze non volevano saperne nulla: e se lo palleggiavano dall'una all'altra, non trovando il verso di risolversi a sposare un uomo, che aveva la barba blu. La cosa poi che più di tutto faceva loro ribrezzo era quella, che quest'uomo aveva sposato diverse donne e di queste non s'era mai potuto sapere che cosa fosse accaduto.

Fatto sta che Barba-blu, tanto per entrare in relazione, le menò, insieme alla madre e a tre o quattro delle loro amiche e in compagnia di alcuni giovinotti del vicinato, in una sua villa, dove si trattennero otto giorni interi. E lì, fu tutto un metter su passeggiate, partite di caccia e di pesca, balli, festini, merende: nessuno trovò il tempo per chiudere un occhio, perché passavano le nottate a farsi fra loro delle celie: insomma, le cose presero una così buona piega, che la figlia minore finì col persuadersi che il padrone della villa non aveva la barba tanto blu, e che era una persona ammodo e molto perbene. Tornati di campagna, si fecero le nozze.

In capo a un mese, Barba-blu disse a sua moglie che per un affare di molta importanza era costretto a mettersi in viaggio e a restar fuori almeno sei settimane: che la pregava di stare allegra, durante la sua assenza; che invitasse le sue amiche del cuore, che le menasse in campagna, caso le avesse fatto piacere: in una parola, che trattasse da regina e tenesse dappertutto corte bandita. «Ecco,» le disse, «le chiavi delle due grandi guardarobe: ecco quella dei piatti d'oro e d'argento, che non vanno in opera tutti i giorni: ecco quella dei miei scrigni, dove tengo i sacchi delle monete: ecco quella degli astucci, dove sono le gioie e i finimenti di pietre preziose: ecco la chiave comune, che serve per aprire tutti i quartieri. Quanto poi a quest'altra chiavicina qui, è quella della stanzina, che rimane in fondo al gran corridoio del pian terreno. Padrona di aprir tutto, di andar dappertutto: ma in quanto alla piccola stanzina, vi proibisco d'entrarvi e ve lo proibisco in modo così assoluto, che se vi accadesse per disgrazia di aprirla, potete aspettarvi tutto dalla mia collera.»

Ella promette che sarebbe stata attaccata agli ordini: ed egli, dopo averla abbracciata, monta in carrozza, e via per il suo viaggio.

Le vicine e le amiche non aspettarono di essere cercate, per andare dalla sposa novella, tanto si struggevano dalla voglia di vedere tutte le magnificenze del suo palazzo, non essendosi arrisicate di andarci prima, quando c'era sempre il marito, a motivo di quella barba blu, che faceva loro tanta paura. Ed eccole subito a sgonnellare per le sale, per le camere e per le gallerie, sempre di meraviglia in meraviglia. Salite di sopra, nelle stanze di guardaroba, andarono in visibilio nel vedere la bellezza e la gran quantità dei parati, dei tappeti, dei letti, delle tavole, dei tavolini da lavoro, e dei grandi specchi, dove uno si poteva mirare dalla punta dei piedi fino ai capelli, e le cui cornici, parte di cristallo e parte d'argento e d'argento dorato, erano la cosa più bella e più sorprendente che si fosse mai veduta. Esse non rifinivano dal magnificare e dall'invidiare la felicità della loro amica, la quale, invece, non si divertiva punto alla vista di tante ricchezze, tormentata, com'era, dalla gran curiosità di andare a vedere la stanzina del pian terreno.

E non potendo più stare alle mosse, senza badare alla sconvenienza di lasciar lì su due piedi tutta la compagnia, prese per una scaletta segreta, e scese giù con tanta furia, che due o tre volte ci corse poco non si rompesse l'osso del collo. Arrivata all'uscio della stanzina, si fermò un momento, ripensando alla proibizione del marito, e per la paura dei guai, ai quali poteva andare incontro per la sua disubbidienza: ma la tentazione fu così potente, che non ci fu modo di vincerla. Prese dunque la chiave, e tremando come una foglia aprì l'uscio della stanzina.

Dapprincipio non poté distinguere nulla perché le finestre erano chiuse: ma a poco a poco cominciò a vedere che il pavimento era tutto coperto di sangue accagliato, dove si riflettevano i corpi di parecchie donne morte e attaccate in giro alle pareti. Erano tutte le donne che Barba-blu aveva sposate, eppoi sgozzate, una dietro l'altra. Se non morì dalla paura, fu un miracolo: e la chiave della stanzina, che essa aveva ritirato fuori dal buco della porta, le cascò di mano. Quando si fu riavuta un poco, raccattò la chiave, richiuse la porticina e salì nella sua camera, per rimettersi dallo spavento: ma era tanto commossa e agitata, che non trovava la via a pigliar fiato e a rifare un po' di colore.

Essendosi avvista che la chiave della stanzina si era macchiata di sangue, la ripulì due o tre volte: ma il sangue non voleva andar via. Ebbe un bel lavarla e un bello strofinarla colla rena e col gesso: il sangue era sempre lì: perché la chiave era fatata e non c'era verso di pulirla perbene: quando il sangue spariva da una parte, rifioriva subito da quell'altra.

Barba-blu tornò dal suo viaggio quella sera stessa, raccontando che per la strada aveva ricevuto lettere, dove gli dicevano che l'affare, per il quale si era dovuto muovere da casa, era stato bell'e accomodato e in modo vantaggioso per lui. La moglie fece tutto quello che poté per dargli ad intendere che era oltremodo contenta del suo sollecito ritorno.

Il giorno dipoi il marito le richiese le chiavi: ed ella gliele consegnò: ma la sua mano tremava tanto, che esso poté indovinare senza fatica tutto l'accaduto.

– Come va, – diss'egli, – che fra tutte queste chiavi non ci trovo quella della stanzina?

– Si vede, – ella rispose, – che l'avrò lasciata disopra, sul mio tavolino.

– Badate bene, – disse Barba-blu, – che la voglio subito.

Riuscito inutile ogni pretesto per traccheggiare, convenne portar la chiave. Barba-blu, dopo averci messo sopra gli occhi, domandò alla moglie:

– Come mai su questa chiave c'è del sangue?

– Non lo so davvero, – rispose la povera donna, più bianca della morte.

– Ah! non lo sapete, eh! – replicò Barba-blu, – ma lo so ben io! Voi siete voluta entrare nella stanzina. Ebbene, o signora: voi ci entrerete per sempre e andrete a pigliar posto accanto a quelle altre donne, che avete veduto là dentro.

Ella si gettò ai piedi di suo marito piangendo e chiedendo perdono, con tutti i segni di un vero pentimento, dell'aver disubbidito. Bella e addolorata com'era, avrebbe intenerito un macigno: ma Barba-blu aveva il cuore più duro del macigno.

– Bisogna morire, signora, – diss'egli, – e subito.

– Poiché mi tocca a morire, – ella rispose guardandolo con due occhi tutti pieni di pianto, – datemi almeno il tempo di raccomandarmi a Dio.

– Vi accordo un mezzo quarto d'ora: non un minuto di più, – replicò il marito.

Appena rimasta sola, chiamò la sua sorella e le disse:

– Anna, – era questo il suo nome, – Anna, sorella mia, ti prego, sali su in cima alla torre per vedere se per caso arrivassero i miei fratelli; mi hanno promesso che oggi sarebbero venuti a trovarmi; se li vedi, fa' loro segno, perché si affrettino a più non posso.

La sorella Anna salì in cima alla torre e la povera sconsolata le gridava di tanto in tanto:

– *Anna, Anna, sorella mia, non vedi tu apparir nessuno?*

– *Non vedo altro che il sole che fiammeggia e l'erba che verdeggia.*

Intanto Barba-blu, con un gran coltellaccio in mano, gridava con quanta ne aveva ne' polmoni:

– Scendi subito! o se no, salgo io.

– Un altro minuto, per carità – rispondeva la moglie.

E di nuovo si metteva a gridare con voce soffocata:

– *Anna, Anna, sorella mia, non vedi tu apparir nessuno?*

– *Non vedo altro che il sole che fiammeggia e l'erba che verdeggia.*

– Spicciati a scendere, – urlava Barba-blu, – o se no salgo io.

– Eccomi – rispondeva sua moglie; e daccapo a gridare:

– *Anna, Anna, sorella mia, non vedi tu apparir nessuno?*

– Vedo – rispose la sorella Anna – vedo un gran polverone che viene verso questa parte...

– Sono forse i miei fratelli?

– Ohimè no, sorella mia: è un branco di montoni.
– Insomma vuoi scendere, sì o no? – urlava Barba-blu.
– Un altro momentino – rispondeva la moglie: e tornava a gridare:
– *Anna, Anna, sorella mia, non vedi tu apparir nessuno?*
– Vedo – ella rispose – due cavalieri che vengono in qua: ma sono ancora molto lontani.
– Sia ringraziato Iddio, – aggiunse un minuto dopo, – sono proprio i nostri fratelli: io faccio loro tutti i segni che posso, perché si spiccino e arrivino presto.

Intanto Barba-blu si messe a gridare così forte, che fece tremare tutta la casa. La povera donna ebbe a scendere, e tutta scapigliata e piangente andò a gettarsi ai suoi piedi:
– Sono inutili i piagnistei, – disse Barba-blu, – bisogna morire.

Quindi pigliandola con una mano per i capelli, e coll'altra alzando il coltellaccio per aria, era lì lì per tagliarle la testa. La povera donna, voltandosi verso di lui e guardandolo cogli occhi morenti, gli chiese un ultimo istante per potersi raccogliere.
– No, no! – gridò l'altro, – raccomandati subito a Dio! – e alzando il braccio...

In quel punto fu bussato così forte alla porta di casa, che Barba-blu si arrestò tutt'a un tratto; e appena aperto, si videro entrare due cavalieri i quali, sfoderata la spada, si gettarono su Barba-blu.

Esso li riconobbe subito per i fratelli di sua moglie, uno dragone e l'altro moschettiere, e per mettersi in salvo, si dette a fuggire. Ma i due fratelli lo inseguirono tanto a ridosso, che lo raggiunsero prima che potesse arrivare sul portico di casa. E costì colla spada lo passarono da parte a parte e lo lasciarono morto. La povera donna era quasi più morta di suo marito, e non aveva fiato di rizzarsi per andare ad abbracciare i suoi fratelli.

E perché Barba-blu non aveva eredi, la moglie sua rimase padrona di tutti i suoi beni: dei quali, ne dette una parte in dote alla sua sorella Anna, per maritarla con un gentiluomo, col quale da tanto tempo faceva all'amore: di un'altra se ne servì per comprare il grado di capitano ai suoi fratelli: e il resto lo tenne per sé, per maritarsi con un fior di galantuomo, che le fece dimenticare tutti i crepacuori che aveva sofferto con Barba-blu. Così per tutti gli sposi.

Da questo racconto, che risale al tempo delle fate, si potrebbe imparare che la curiosità, massime quando è spinta troppo, spesso e volentieri ci porta addosso qualche malanno.

LA BELLA ADDORMENTATA NEL BOSCO

di Charles Perrault (1697)

C'era una volta un Re e una Regina che erano disperati di non aver figliuoli, ma tanto disperati, da non potersi dir quanto. Andavano tutti gli anni ai bagni, ora qui ora là: voti, pellegrinaggi; vollero provarle tutte: ma nulla giovava. Alla fine la Regina rimase incinta, e partorì una bambina. Fu fatto un battesimo di gala; si diedero per comari alla Principessina tutte le fate che si poterono trovare nel paese (ce n'erano sette) perché ciascuna di esse le facesse un regalo; e così toccarono alla Principessa tutte le perfezioni immaginabili di questo mondo.

Dopo la cerimonia del battesimo, il corteggio tornò al palazzo reale, dove si dava una gran festa in onore delle fate. Davanti a ciascuna di esse fu messa una magnifica posata, in un astuccio d'oro massiccio, dove c'era dentro un cucchiaio, una forchetta e un coltello d'oro finissimo, tutti guarniti di diamanti e di rubini. Ma in quel mentre stavano per prendere il loro posto a tavola, si vide entrare una vecchia fata, la quale non era stata invitata con le altre, perché da cinquant'anni non usciva più dalla sua torre e tutti la credevano morta e incantata. Il Re le fece dare una posata, ma non ci fu modo di farle dare, come alle altre, una posata d'oro massiccio, perché di queste ne erano state ordinate solamente sette, per le sette fate. La vecchia prese la cosa per uno sgarbo, e brontolò fra i denti alcune parole di minaccia. Una delle giovani fate, che era accanto a lei, la sentì, e per paura che volesse fare qualche brutto regalo alla Principessina, appena alzati da tavola, andò a nascondersi dietro una portiera, per potere in questo modo esser l'ultima a parlare, e rimediare, in quanto fosse stato possibile, al male che la vecchia avesse fatto.

Intanto le fate cominciarono a distribuire alla Principessa i loro doni. La più giovane di tutte le diede in regalo che ella sarebbe stata la più bella donna del mondo: un'altra, che ella avrebbe avuto moltissimo spirito: la terza, che avrebbe messo una grazia incantevole in tutte le cose che avesse fatto: la quinta che avrebbe cantato come un usignolo: e la sesta, che avrebbe suonato tutti gli strumenti con una perfezione da strasecolare. Essendo venuto il momento della vecchia fata, essa disse tentennando il capo più per la bizza che per ragion degli anni, che la Principessa si sarebbe bucata la mano con un fuso e che ne sarebbe morta!

Questo orribile regalo fece venire i brividi a tutte le persone della corte, e non ci fu uno solo che non piangesse.

A questo punto, la giovane fata uscì di dietro la portiera e disse forte queste parole: «Rassicuratevi, o Re e Regina; la vostra figlia non morirà: è vero che io non ho abbastanza potere per disfare tutto l'incantesimo che ha fatto la mia sorella maggiore: la Principessa si bucherà la mano con un fuso, ma invece di morire, s'addormenterà soltanto in un profondo sonno, che durerà cento anni, in capo ai quali il figlio di un Re la verrà a svegliare.»

Il Re, per la passione di scansare la sciagura annunziatagli dalla vecchia, fece subito bandire un editto, col quale era proibito a tutti di filare col fuso e di tenere fusi per casa, pena la vita. Fatto sta, che passati quindici o sedici anni, il Re e la Regina essendo andati a una loro villa, accadde che la

Principessina, correndo un giorno per il castello e mutando da un quartiere all'altro, salì fino in cima a una torre, dove in una piccola soffitta c'era una vecchina, che se ne stava sola sola, filando la sua rocca. Questa buona donna non sapeva nulla della proibizione fatta dal Re di filare col fuso.

– Che fate voi, buona donna? – disse la Principessa.

– Son qui che filo, mia bella ragazza, – le rispose la vecchia, che non la conosceva punto.

– Oh! carino, carino tanto! – disse la Principessa, – ma come fate? datemi un po' qua, che voglio vedere se mi riesce anche a me.

Vivacissima e anche un tantino avventata com'era (e d'altra parte il decreto della fata voleva così), non aveva ancora finito di prendere in mano il fuso, che si bucò la mano e cadde svenuta.

La buona vecchia, non sapendo che cosa si fare, si mette a gridare aiuto. Corre gente da tutte le parti; spruzzano dell'acqua sul viso alla Principessa: le sganciano i vestiti, le battono sulle mani, le stropicciano le tempie con acqua della Regina d'Ungheria; ma non c'è verso di farla tornare in sé. Allora il Re, che era accorso al rumore, si ricordò della predizione delle fate: e sapendo bene che questa cosa doveva accadere, perché le fate l'avevano detto, fece mettere la Principessa nel più bell'appartamento del palazzo, sopra un letto tutto ricami d'oro e d'argento. Si sarebbe detta un angelo, tanto era bella: perché lo svenimento non aveva scemato nulla alla bella tinta rosa del suo colorito: le gote erano di un bel carnato, e le labbra come il corallo. Ella aveva soltanto gli occhi chiusi: ma si sentiva respirare dolcemente; e così dava a vedere che non era morta.

Il Re ordinò che la lasciassero dormire in pace finché non fosse arrivata la sua ora di destarsi. La buona fata, che le aveva salvata la vita, condannandola a dormire per cento anni, si trovava nel regno di Matacchino, distante di là dodici mila chilometri, quando capitò alla Principessa questa disgrazia: ma ne fu avvertita in un baleno da un piccolo nano che portava ai piedi degli stivali di sette chilometri (erano stivali, coi quali si facevano sette chilometri per ogni gambata). La fata partì subito, e in men di un'ora fu vista arrivare dentro un carro di fuoco, tirato dai draghi. Il Re andò ad offrirle la mano, per farla scendere dal carro. Ella diè un'occhiata a quanto era stato fatto: e perché era molto prudente, pensò che quando la Principessa venisse a svegliarsi, si vedrebbe in un brutto impiccio, a trovarsi sola sola in quel vecchio castello; ed ecco quello che fece.

Toccò colla sua bacchetta tutto ciò che era nel castello (meno il Re e la Regina) governanti, damigelle d'onore, cameriste, gentiluomini, ufficiali, maggiordomi, cuochi, sguatteri, lacchè, guardie, svizzeri, paggi e servitori; e così toccò ugualmente tutti i cavalli, che erano nella scuderia coi loro palafrenieri e i grossi mastini di guardia nei cortili e la piccola Puffe, la canina della Principessa, che era accanto a lei, sul suo letto. Appena li ebbe toccati, si addormentarono tutti, per risvegliarsi soltanto quando si sarebbe risvegliata la loro padrona, onde trovarsi pronti a servirla in tutto e per tutto. Gli stessi spiedi, che giravano sul fuoco, pieni di pernici e di fagiani si addormentarono: e si addormentò anche il fuoco. E tutte queste cose furono fatte in un batter d'occhio; perché le fate sono sveltissime nelle loro faccende.

Allora il Re e la Regina, quand'ebbero baciata la loro figliuola, senza che si svegliasse, uscirono dal castello, e fecero bandire che nessuno si fosse avvicinato a quei pressi. E la proibizione non era nemmeno necessaria, perché in meno d'un quarto d'ora crebbe, lì dintorno al parco, una quantità straordinaria di alberi, di arbusti, di sterpi e di pruneti, così intrecciati fra loro, che non c'era pericolo che uomo o animale potesse passarvi attraverso. Si vedevano appena le punte delle torri del castello: ma bisognava guardarle da una gran distanza. E anche qui è facile riconoscere che la fata aveva trovato un ripiego del suo mestiere, affinché la Principessa, durante il sonno, non avesse a temere l'indiscretezza dei curiosi.

In capo a cent'anni, il figlio del Re che regnava allora, e che era di un'altra famiglia che non aveva che far nulla con quella della Principessa addormentata, andando a caccia in quei dintorni, domandò che cosa fossero le torri che si vedevano spuntare al di sopra di quella folta boscaglia. Ciascuno gli rispose, secondo quello che ne avevano sentito dire: chi gli diceva che era un vecchio castello abitato dagli spiriti; chi raccontava che tutti gli stregoni del vicinato ci facevano il loro sabato. La voce più comune era quella che ci stesse di casa un orco, il quale portava dentro tutti i ragazzi che poteva agguantare, per poi mangiarseli a suo comodo, e senza pericolo che qualcuno lo rincorresse, perché egli solo aveva la virtù di aprirsi una strada attraverso il bosco.

Il Principe non sapeva a chi dar retta, quando un vecchio contadino prese la parola e gli disse: «Mio buon Principe, sarà ormai più di cinquant'anni che ho sentito raccontare da mio padre che in quel castello c'era una Principessa, la più bella che si potesse mai vedere; che essa doveva dormirvi cento anni, e che sarebbe destata dal figlio di un Re, al quale era destinata in sposa».

A queste parole, il Principe s'infiammò; senza esitare un attimo, pensò che sarebbe stato lui, quello che avrebbe condotto a fine una sì bella avventura, e spinto dall'amore e dalla gloria, decise di mettersi subito alla prova. Appena si mosse verso il bosco, ecco che subito tutti gli alberi d'alto fusto e i pruneti e i roveti si tirarono da parte, da se stessi, per lasciarlo passare. Egli s'incamminò verso il castello, che era in fondo a un viale, ed entrò dentro; e la cosa che gli fece un po' di stupore, fu quella di vedere che nessuno delle sue genti aveva potuto seguirlo, perché gli alberi, appena passato lui, erano tornati a ravvicinarsi. Ma non per questo si peritò a tirare avanti per la sua strada: un Principe giovine e innamorato è sempre pien di valore. Entrò in un gran cortile, dove lo spettacolo che gli apparve dinanzi agli occhi sarebbe bastato a farlo gelare di spavento. C'era un silenzio, che metteva paura: dappertutto l'immagine della morte: non si vedevano altro che corpi distesi per terra, di uomini e di animali, che parevano morti, se non che dal naso bitorzoluto e dalle gote vermiglie dei guardaportoni, egli si poté accorgere che erano soltanto addormentati, e i loro bicchieri, dove c'erano sempre gli ultimi sgoccioli di vino, mostravano chiaro che si erano addormentati trincando.

Passa quindi in un altro gran cortile, tutto lastricato di marmo; sale la scala ed entra nella sala delle guardie, che erano tutte schierate in fila colla carabina in braccio, e russavano come tanti ghiri; traversa molte altre stanze piene di cavalieri e di dame, tutti addormentati, chi in piedi chi a sedere. Entra finalmente in una camera tutta dorata, e vede sopra un letto, che aveva le cortine tirate su dai quattro lati, il più bello spettacolo che avesse visto mai, una Principessa che mostrava dai quindici ai sedici anni, e nel cui aspetto sfolgoreggiante c'era qualche cosa di luminoso e di divino. Si accostò tremando e ammirando, e si pose in ginocchio accanto a lei. In quel punto, siccome la fine dell'incantesimo era arrivata, la Principessa si svegliò, e guardandolo con certi occhi, più teneri assai di quello che sarebbe lecito in un primo abboccamento, «Siete voi, o mio Principe?» ella gli disse; «Vi siete fatto molto aspettare!» Il Principe, incantato da queste parole, e più ancora dal modo col quale erano dette, non sapeva come fare a esprimerle la sua grazia e la sua gratitudine. Giurò che l'amava più di se stesso. I suoi discorsi furono sconnessi e per questo piacquero di più; perché, poca eloquenza, grande amore! Esso era più imbrogliato di lei, né c'è da farsene meraviglia, a motivo che la Principessa aveva avuto tutto il tempo per poter pensare alle cose che avrebbe avuto da dirgli: perché, a quanto pare (la storia peraltro non ne fa parola), durante un sonno così lungo, la sua buona fata le avea regalato dei piacevolissimi sogni. Fatto sta, che erano già quattro ore che parlavano fra loro due, fitto fitto, e non si erano ancora detta la metà delle cose che avevano da dirsi.

Intanto tutte le persone del palazzo si erano svegliate colla Principessa: e ciascuno aveva ripreso le sue faccende: e siccome tutti non erano innamorati, così non si reggevano in piedi dalla fame. La dama d'onore, che sentiva sfinirsi come gli altri, perdé la pazienza e disse ad alta voce alla Principessa che la zuppa era in tavola. Il Principe diede mano alla Principessa perché si alzasse: ella era già abbigliata e con gran magnificenza: ed egli fu abbastanza prudente da farle osservare, che era vestita come la mi' nonna, e che aveva un camicino alto fin sotto gli orecchi, come costumava un secolo addietro. Ma non per questo era meno bella.

Passarono nel gran salone degli specchi e lì cenarono, serviti a tavola dagli ufficiali della Principessa. Gli oboè e i violini suonarono delle sinfonie vecchissime, ma sempre belle, quantunque fosse quasi cent'anni che nessuno pensava più a suonarle: e dopo cena, senza metter tempo in mezzo, il grande elemosiniere li maritò nella cappella di corte, e la dama d'onore tirò le cortine del parato. Dormirono poco. La Principessa non ne aveva un gran bisogno, e il Principe, appena fece giorno, la lasciò per ritornare in città, dove il padre suo stava in pensiero per lui. Il Principe gli dette a intendere che, nell'andare a caccia, s'era sperso in una foresta e che aveva dormito nella capanna d'un carbonaio, dove aveva mangiato del pan nero e un po' di formaggio. Quel buon uomo di suo padre, che era proprio un buon uomo, ci credé: ma non fu così di sua madre, la quale, vedendo che il figliuolo andava quasi tutti i giorni a caccia e che aveva sempre degli ammennicoli pronti per giustificarsi, tutte le volte che gli accadeva di passare tre o quattro nottate fuori di casa, finì col mettersi in capo che ci doveva essere di mezzo qualche amoretto. Perché bisogna sapere che egli passò più di due anni insieme colla Principessa, e ne ebbe due figli; di cui il maggiore, che era una femmina, si chiamava Aurora, e il secondo che era maschio, fu chiamato Giorno, comecché promettesse di essere anche più bello della sorella.

La Regina si provò più volte a interrogare il figlio, e a metterlo su per levargli di sotto qualche parola: dicendogli che in questo mondo ognuno è padrone di fare il piacer suo: ma egli non si arrisicò mai a confidarle il segreto del suo cuore. Voleva bene a sua madre; ma ne aveva paura, perché essa veniva da una famiglia d'orchi, e il Re s'era indotto a sposarla unicamente a cagione delle sue grandi ricchezze. Anzi c'era in corte la diceria che ella avesse tutti gli istinti dell'orco; e che, quando vedeva passare dei ragazzetti, facesse sopra di sé degli sforzi inauditi per trattenersi dalla voglia di avventarsi su di essi e di mangiarseli vivi vivi. Ecco perché il Principe non volle mai dir nulla dei suoi segreti.

Ma quando il Re morì, e questo accadde due anni dopo, e che egli diventò il padrone del regno, fece subito bandire pubblicamente il suo matrimonio e andò con grande scialo a prendere la Regina sua moglie al castello. Le fu preparato un solenne ingresso nella capitale del Regno, dov'ella entrò in mezzo ai suoi due figli.

Di lì a poco tempo il Re andò a far la guerra al Re Cantalabutta, suo vicino. Lasciò la reggenza del Regno alla Regina sua madre, e le raccomandò tanto e poi tanto la moglie e i figliuoli suoi. Si contava che egli dovesse restare alla guerra tutta l'estate, che appena fu partito la Regina mandò la nuora e i suoi ragazzi in una casa in mezzo ai boschi, per poter meglio soddisfare le sue orribili voglie. Dopo qualche giorno, vi andò essa pure, e una tal sera disse al suo capo cuoco:

– Domani a pranzo voglio mangiare la piccola Aurora.

– Ah, signora! – esclamò il cuoco.

– Voglio così – rispose la Regina; e lo disse col tono di voce d'un'orchessa, che ha proprio voglia di mangiare della carne viva.

– E la voglio mangiare in salsa piccante.

Quel pover'uomo del cuoco, vedendo che con un'orchessa c'era poco da scherzare, prese una grossa coltella e salì su nella camera della piccola Aurora. Ella aveva allora quattr'anni appena, e corse saltellando e ridendo a gettarglisi al collo e a chiedergli delle chicche. Egli si mise a piangere, la coltella gli cascò di mano e andò giù nella corte a sgozzare un agnellino, e lo cucinò con una salsa così buona, che la sua padrona ebbe a dire di non aver mai mangiato una cosa così squisita in tempo di vita sua. In quello stesso tempo esso aveva portato via la piccola Aurora e l'aveva data in custodia alla sua moglie, perché la nascondesse nel quartierino di sua abitazione in fondo al cortile.

Otto giorni dopo quella strega della Regina disse al suo capo cuoco: «Voglio mangiare a cena il piccolo Giorno.» Egli non rispose né sì né no, risoluto com'era a farle lo stesso tiro della volta passata. Andò a cercare il piccolo Giorno, e lo trovò con una spada in mano, che tirava di scherma con una grossa scimmia: eppure non aveva più di tre anni. Lo prese e lo portò alla sua moglie, la quale lo nascose insieme colla piccola Aurora: e in luogo del fanciullo, servì in tavola un caprettino di latte, che l'orchessa trovò delizioso.

Fin lì le cose erano andate bene; ma una sera la malvagia Regina disse al cuoco: «Voglio mangiare la Regina, cucinata colla stessa salsa de' suoi figliuoli.» Fu allora che il povero cuoco sentì cascarsi le braccia, perché non sapeva proprio come fare a ingannarla per la terza volta. La giovane Regina aveva vent'anni suonati, senza contare i cento passati dormendo; e la sua pelle, quantunque sempre bella e bianchissima, era diventata un po' tosta: e ora come trovare nello stallino un animale che avesse per l'appunto la pelle tigliosa a quel modo? Per salvare la propria vita, prese la risoluzione di tagliar la gola alla Regina e salì nella camera di lei, col fermo proposito di non dovercisi rifare due volte. Egli fece di tutto per eccitarsi e per andare in bestia, e con un pugnale in mano entrò nella camera della giovane Regina: ma non volendola prendere di sorpresa, le raccontò con grandissimo rispetto l'ordine ricevuto dalla Regina madre.

– Fate pure, fate pure, – ella gli disse, porgendogli il collo, – eseguite l'ordine che vi hanno dato; io andrò così a rivedere i miei figli, i miei poveri figli, che ho tanto amato.

Ella li credeva morti fin dal momento che li aveva veduti sparire, senza saperne altro.

– No, no, o signora, – rispose il povero cuoco, tutto intenerito, – voi non morirete nient'affatto: e non lascerete per questo di andare a rivedere i vostri figliuoli: ma li vedrete a casa mia, dov'io li ho nascosti, e anche per questa volta ingannerò la Regina, facendole mangiare una giovine cervia invece di voi.

La condusse subito nella sua camera, dove, lasciandola che si sfogasse a baciare le sue creature, e a piangere con esse, se ne andò diviato a cucinare una cervia, che la Regina mangiò per cena, col medesimo gusto, come se avesse mangiato la giovine Regina. Ella era molto soddisfatta della sua crudeltà; e già studiava il modo per dare a intendere al Re, quando fosse tornato, che i lupi affamati avevano divorato la Regina sua moglie e i suoi ragazzi.

Una sera che la Regina madre, secondo il suo solito, ronzava in punta di piedi per le corti e per i cortili, a fiutare l'odore della carne cruda, sentì in una stanza terrena il piccolo Giorno che piangeva, perché la sua mamma lo voleva picchiare, a causa che era stato cattivo, e sentì nello stesso tempo la piccola Aurora che implorava perdono per il suo fratellino. L'orchessa riconobbe la voce della Regina e de' suoi figliuoli, e furibonda d'essere stata ingannata, con una voce spaventevole, che fece tremar tutti, ordinò che la mattina dipoi fosse portata in mezzo alla corte una gran vasca, e che la vasca fosse riempita di vipere, di rospi, di ramarri e di serpenti per farvi gettar dentro la Regina, i figliuoli, il capo cuoco, la moglie di lui e la sua serva di casa. Ella aveva ordinato che fossero menati tutti colle mani legate di dietro.

Essi erano lì, e già i carnefici si preparavano a gettarli nella vasca, quand'ecco che il Re, il quale non era aspettato così presto di ritorno, entrò nella corte a cavallo: esso era venuto colla posta, e domandò tutto stupito che cosa mai volesse dire quell'orrendo spettacolo. Nessuno aveva coraggio di aprir bocca, quando l'orchessa, presa da una rabbia indicibile nel vedere quel che vedeva, si gettò da se stessa colla testa avanti nella vasca, dove in un attimo fu divorata da tutte quelle bestiacce, che c'erano state messe dentro per suo comando.

A ogni modo il Re se ne mostrò addolorato, perché in fin dei conti era sua madre: ma trovò la maniera di consolarsene presto colla sua bella moglie e coi suoi bambini.

*
* *

Se questo racconto avesse voglia d'insegnar qualche cosa, potrebbe insegnare alle fanciulle che chi dorme non piglia pesci... né marito. La Bella addormentata nel bosco dormì cent'anni, e poi trovò lo sposo: ma il racconto forse è fatto apposta per dimostrare alle fanciulle che non sarebbe prudenza imitarne l'esempio.

CENERENTOLA

di Charles Perrault (1697)

C'era una volta un gentiluomo, il quale aveva sposata in seconde nozze una donna così piena di albagia e d'arroganza, da non darsi l'eguale. Ella aveva due figlie dello stesso carattere del suo, e che la somigliavano come due gocce d'acqua. Anche il marito aveva una figlia, ma di una dolcezza e di una bontà da non farsene un'idea; e in questo tirava dalla sua mamma, la quale era stata la più buona donna del mondo.

Le nozze erano appena fatte, che la matrigna dette subito a divedere la sua cattiveria. Ella non poteva patire le buone qualità della giovinetta, perché, a quel confronto, le sue figliuole diventavano più antipatiche che mai. Ella la destinò alle faccende più triviali della casa: era lei che rigovernava in cucina, lei che spazzava le scale e rifaceva le camere della signora e delle signorine; lei che dormiva a tetto, proprio in un granaio, sopra una cattiva materassa di paglia, mentre le sorelle stavano in camere coll'impiantito di legno, dov'erano letti d'ultimo gusto, e specchi da potervisi mirare dalla testa fino ai piedi. La povera figliuola tollerava ogni cosa con pazienza, e non aveva cuore di rammaricarsene con suo padre, il quale l'avrebbe sgridata, perché era un uomo che si faceva menare per il naso in tutto e per tutto dalla moglie.

Quando aveva finito le sue faccende, andava a rincantucciarsi in un angolo del focolare, dove si metteva a sedere nella cenere; motivo per cui la chiamavano comunemente la Culincenere. Ma la seconda delle sorelle, che non era così sboccata come la maggiore, la chiamava Cenerentola. Eppure Cenerentola, con tutti i suoi cenci, era cento volte più bella delle sue sorelle, quantunque fossero vestite in ghingheri e da grandi signore.

Ora accadde che il figlio del Re diede una festa da ballo, alla quale furono invitate tutte le persone di grand'importanza e anche le nostre due signorine furono del numero, perché erano di quelle che facevano grande spicco in paese. Eccole tutte contente e tutte affaccendate a scegliersi gli abiti e le pettinature, che tornassero loro meglio a viso. E questa fu un'altra seccatura per la povera Cenerentola, perché toccava a lei a stirare le sottane e a dare l'amido ai manichini. Non si parlava d'altro in casa che del come si sarebbero vestite in quella sera.

– Io – disse la maggiore, – mi metterò il vestito di velluto rosso e le mie trine d'Inghilterra.

– E io, – disse l'altra, – non avrò che il mio solito vestito: ma, in compenso, mi metterò il mantello a fiori d'oro e la mia collana di diamanti, che non è dicerto di quelle che si vedono tutti i giorni.

Mandarono a chiamare la pettinatora di gala, per farsi fare i riccioli su due righe, e comprarono dei nèi dalla fabbricante più in voga della città. Quindi chiamarono Cenerentola perché dicesse il suo parere, come quella che aveva moltissimo gusto; e Cenerentola die' loro i migliori consigli, e per giunta si offrì di vestirle: la qual cosa fu accettata senza bisogno di dirla due volte.

Mentre le vestiva e le pettinava, esse dicevano:

– Di', Cenerentola, avresti caro di venire al ballo?...

– Ah, signorine! voi mi canzonate: questi non son divertimenti per me!

– Hai ragione: ci sarebbe proprio da ridere, a vedere una Cenerentola, pari tua, a una festa da ballo.

Un'altra ragazza, nel posto di Cenerentola, avrebbe fatto di tutto per vestirle male; ma essa era una buonissima figliuola, e le vestì e le accomodò come meglio non si poteva fare. Per la gran contentezza di questa festa, stettero quasi due giorni senza ricordarsi di mangiare: strapparono più di dodici aghetti per serrarsi ai fianchi e far la vita striminzita; e passavano tutt'intera la santa giornata a guardarsi nello specchio.

Venne finalmente il giorno sospirato. Partirono di casa e Cenerentola le accompagnò cogli occhi più lontano che poté: quando non le scorse più, si mise a piangere. La sua Comare, che la trovò cogli occhi rossi e pieni di pianto, le domandò che cosa avesse.

– Vorrei... vorrei... – E piangeva così forte, che non poteva finir la parola.

La Comare, che era una fata, le disse:

– Vorresti anche tu andare al ballo, non è vero?

– Anch'io, sì – disse Cenerentola con un gran sospirone.

– Ebbene: prometti tu d'essere buona? – disse la Comare.
– Allora ti ci farò andare.

E menatala in camera, le disse: – Vai nel giardino e portami un cetriolo.

Cenerentola scappò subito a cogliere il più bello che poté trovare e lo portò alla Comare, non sapendo figurarsi alle mille miglia come mai questo cetriolo l'avrebbe fatta andare alla festa di ballo. La Comare lo vuotò per bene, e rimasta la buccia sola, ci batté sopra colla bacchetta fatata, e in un attimo il cetriolo si mutò in una bella carrozza tutta dorata.

Dopo, andò a guardare nella trappola, dove trovò sei sorci,

tutti vivi. Ella disse a Cenerentola di tenere alzato un pochino lo sportello della trappola, e a ciascun sorcio che usciva fuori, gli dava un colpo di bacchetta, e il sorcio diventava subito un bel cavallo: e così messe insieme un magnifico tiro a sei, con tutti i cavalli di un bel pelame grigio-topo-rosato.

E siccome essa non sapeva di che pasta fabbricare un cocchiere:

– Aspettate un poco – disse Cenerentola – voglio andare a vedere se per caso nella topaiola ci fosse un topo; che così ne faremo un cocchiere.

– Brava! – disse la Comare – va' un po' a vedere.

Cenerentola ritornò colla topaiola, dove c'erano tre grossi topi. La fata, fra i tre, scelse quello che aveva la barba più lunga; il quale, appena l'ebbe toccato, diventò un bel pezzo di cocchiere, e con certi baffi, i più belli che si fossero mai veduti.

Fatto questo, le disse:

– Ora vai nel giardino: e dietro l'annaffiatoio troverai sei lucertole. Portamele qui.

Appena l'ebbe portate, la Comare le convertì in sei lacchè, i quali salirono subito dietro la carrozza, colle loro livree gallonate, e vi si tenevano attaccati, come se in vita loro non avessero fatto altro mestiere. Allora la fata disse a Cenerentola:

– Eccoti qui tutto l'occorrente per andare al ballo: sei contenta?

– Sì, ma che ci devo andare in questo modo, e con questi vestitacci che ho addosso?

La fata non fece altro che toccarla colla sua bacchetta, e i suoi poveri panni si cambiarono in vestiti di broccato d'oro e di argento, e tutti tempestati di pietre preziose: quindi le diede un paio di scarpine di vetro, che erano una meraviglia.

Quand'ella ebbe finito di accomodarsi, montò in carrozza: ma la Comare le raccomandò sopra ogni altra cosa di non far più tardi della mezzanotte, ammonendola che se ella si fosse trattenuta al ballo un minuto di più, la sua carrozza sarebbe ridiventata un cetriolo, i suoi cavalli dei sorci, i suoi lacchè delle lucertole, i suoi vestiti avrebbero ripreso la forma e l'aspetto cencioso di prima.

Ella dette alla Comare la sua parola d'onore che sarebbe venuta via dal ballo avanti la mezzanotte. E partì, che non entrava più nella pelle dalla gran contentezza. Il figlio del Re, essendogli stato annunziato l'arrivo di una Principessa, che nessuno sapeva chi fosse, corse incontro a riceverla, e offrì la mano per iscendere di carrozza, e la condusse nella sala dov'erano gl'invitati. Si fece allora un gran silenzio: le danze rimasero interrotte, i violini smessero di suonare, tutti gli occhi erano rivolti a contemplare le grandi bellezze della sconosciuta. Non si sentiva altro che un bisbiglio confuso, e un dire sottovoce: «Oh! com'è bella!...». Lo stesso Re, per quanto vecchio, non rifiniva dal guardarla, e andava dicendo sottovoce alla Regina, che da molti anni non gli era più capitato di vedere una donna tanto bella e tanto graziosa. Tutte le dame avevano gli occhi addosso a lei, per esaminarne la pettinatura e i vestiti, e farsene fare degli uguali per il giorno dopo, sempre che fosse stato possibile trovare delle stoffe così belle e delle modiste così valenti.

Il figlio del Re la collocò nel posto d'onore: quindi andò a prenderla per farla ballare. Ella ballò con tanta grazia, da far crescere in tutti lo stupore. Fu servito un magnifico rinfresco, che il giovine Principe non assaggiò nemmeno, tanto era assorto nel rimirare la bella sconosciuta. Ella andò a porsi accanto alle sue sorelle: usò loro mille finezze: e fece parte ad esse delle arance e dei cedri, che il Principe le aveva regalato;

la qual cosa le meravigliò moltissimo, perché esse non la riconobbero né punto né poco.

In quella che stavano discorrendo insieme, Cenerentola sentì battere le undici e tre quarti; e fatta subito una gran riverenza a tutta la società, scappò via come il vento. Appena arrivata a casa, corse a trovare la Comare, e dopo averla ringraziata, le disse che avrebbe avuto un gran piacere di tornare anche alla festa del giorno dipoi, perché il figlio del Re l'aveva pregata molto. Mentre stava raccontando alla Comare tutti i particolari della festa, le due sorelle bussarono alla porta: Cenerentola andò loro ad aprire.

– Quanto siete state a tornare! – disse ella stropicciandosi gli occhi e stirandosi come se si fosse svegliata in quel momento. E sì, che ella non aveva avuto davvero una gran voglia di dormire, dacché s'erano lasciate.

– Se tu fossi stata al ballo, – le disse una delle sue sorelle – non ti saresti annoiata: vi è capitato la più bella Principessa, ma di' pure la più bella che si possa vedere al mondo: essa ci ha fatto mille garbatezze, e ci ha regalato dei cedri e delle arance.

Cenerentola non capiva più in sé dalla gioia. Ella domandò loro il nome di questa Principessa; ma quelle risposero che non la conoscevano, e che il figlio del Re si struggeva della voglia di sapere chi fosse, e che per saperlo avrebbe dato qualunque cosa. Cenerentola sorrise, e disse loro:

– Dev'esser bella davvero! Dio mio! come siete felici voi altre! Che cosa pagherei di poterla vedere! Via, signora Giulietta, prestatemi il vostro vestito giallo, quello di tutti i giorni...

– Giusto, lo dicevo anch'io! – rispose Giulietta. – Prestare il mio vestito a una brutta Cenerentola come te. Bisognerebbe proprio dire che avessi perso il giudizio.

Questa risposta Cenerentola se l'aspettava: e ne fu contentissima; perché si sarebbe trovata in un grande impiccio, se la sua sorella le avesse prestato il vestito.

La sera dopo le due sorelle tornarono al ballo: e Cenerentola pure; ma vestita anche più sfarzosamente della prima volta. Il figlio del Re non la lasciò un minuto; e in tutta la serata non fece altro che dirle un monte di cose appassionate e galanti. La giovinetta, che non s'annoiava punto, si era dimenticata le raccomandazioni fatte dalla Comare; tant'è vero che sentì battere il primo tocco della mezzanotte, e credeva che non fossero ancora le undici. S'alzò e fuggì con tanta leggerezza, che pareva una cervia. Il Principe le corse dietro, ma non poté raggiungerla. Nel fuggire, ella lasciò cascare una delle sue scarpine di vetro, che il Principe raccattò con grandissimo amore. Cenerentola arrivò a casa tutta scalmanata, senza carrozza, senza lacchè e con addosso il vestito di tutti i giorni, non essendole rimasto nulla delle sue magnificenze, all'infuori di una delle sue scarpine, la compagna di quella che aveva perduta per la strada. Fu domandato ai guardaportoni del palazzo, se per caso avessero veduto uscire una Principessa; ma essi risposero che non avevano veduto uscir nessuno, tranne una ragazza mal vestita e che dall'aspetto pareva piuttosto una contadina che una signora.

Quando le sorelle ritornarono dal ballo, Cenerentola chiese loro se si erano divertite e se c'era stata anche la bella signora. Esse risposero di sì, e che era scappata via allo scocco della mezzanotte, e con tanta furia, che s'era lasciata cascare una delle sue scarpine di vetro, la più bella scarpina del mondo: e che il figlio del Re l'aveva raccattata, e non aveva fatto altro che guardarla tutto il tempo del ballo, e che questo voleva dire che egli era innamorato morto della bella signora, alla quale apparteneva la scarpina.

E dicevano la verità: perché di lì a pochi giorni il figlio del Re fece bandire a suon di tromba che sposerebbe colei, il cui piede avesse calzato bene quella scarpina. Si cominciò a provare la scarpa alle Principesse: poi alle Duchesse e a tutte le dame di corte: ma era tempo perso. Fu portata a casa delle due sorelle, le quali fecero ogni sforzo possibile per far entrare il piede in quella scarpa: ma non ci fu modo. Cenerentola, che stava a guardarle e che aveva riconosciuta la scarpina, disse loro: «Voglio vedere anch'io se mi va bene!» Le sorelle si misero a ridere e a canzonarla. Il gentiluomo incaricato di far la prova della scarpa, avendo posato gli occhi addosso a Cenerentola e parendogli molto bella, disse che era giustissimo, e che egli aveva l'ordine di provar la scarpa a tutte le fanciulle. Fece sedere Cenerentola, e avvicinando la scarpa al suo piedino, vide che c'entrava senz'ombra di fatica e che calzava proprio come un guanto. Lo stupore delle due sorelle fu grande, ma crebbe del doppio, quando Cenerentola cavò fuori di tasca l'altra scarpina e se la infilò in quell'altro piede. In codesto punto arrivò la Comare, la quale, dato un colpo di bacchetta ai vestiti di Cenerentola, li fece diventare assai più sfarzosi, che non fossero stati mai.

Allora le due sorelle riconobbero in essa la bella signora veduta al ballo; e si gettarono ai suoi piedi per chiederle perdono dei mali trattamenti che le avevano fatto patire. Cenerentola le fece alzare, e disse, abbracciandole, che perdonava loro di cuore, e che le pregava ad amarla sempre e dimolto. Vestita com'era, fu condotta dal Principe, al quale parve più bella di tutte le altre volte, e dopo pochi giorni la sposò. Cenerentola, buona figliuola quanto bella, fece dare un quartiere alle sue sorelle, e le maritò il giorno stesso a due gentiluomini della corte.

*
**

Questo racconto, invece di una morale, ne ha due. Prima morale: la bellezza, per le donne in ispecie, è un gran tesoro; ma c'è un tesoro che vale anche di più, ed è la grazia, la modestia e le buone maniere. Con queste doti Cenerentola arrivò a diventar Regina.

Altra morale: grazia, spirito, coraggio, modestia, nobiltà di sangue, buon senso, tutte bellissime cose; ma che giovano questi doni della Provvidenza, se non si trova un compare o una comare, oppure, come si dice oggi, un buon diavolo che ci porti? Senza l'aiuto della Comare, che cosa avrebb'ella fatto quella buona e brava figliuola di Cenerentola?

PUCCETTINO

di Charles Perrault (1697)

C'era una volta un taglialegna e una taglialegna, i quali avevano sette figliuoli, tutti maschi: il maggiore aveva dieci anni, il minore sette. Farà forse caso di vedere come un taglialegna avesse avuto tanti figliuoli in così poco tempo: ma egli è, che la sua moglie era svelta nelle sue cose, e quando ci si metteva, non faceva meno di due figliuoli alla volta.

E perché erano molto poveri, i sette ragazzi davano loro un gran pensiero, per la ragione che nessuno di essi era in grado di guadagnarsi il pane. La cosa che maggiormente li tormentava, era che il minore veniva su delicato e non parlava mai: e questo che era un segno manifesto di bontà del suo carattere, lo scambiavano per un segno di stupidaggine. Il ragazzo era minuto di persona; e quando venne al mondo, non passava la grossezza di un dito pollice; per cui lo chiamarono Puccettino.

Capitò un'annata molto trista, nella quale la carestia fu così grande, che quella povera gente risolvettero di disfarsi de' loro figliuoli. Una sera che i bambini erano a letto, e che il taglialegna stava nel canto del fuoco, disse, col cuore che gli si spezzava, alla sua moglie:

– Come tu vedi, non abbiamo più da dar da mangiare ai nostri figliuoli: e non mi regge l'animo di vedermeli morir di fame innanzi agli occhi: oramai io sono risoluto a menarli nel bosco e farveli sperdere; né ci vorrà gran fatica, perché, mentre essi si baloccheranno a far dei fastelli, noi ce la daremo a gambe, senza che abbiano tempo di addarsene.

– Ah! – gridò la moglie, – e puoi tu aver tanto cuore da sperdere da te stesso le tue creature?

Il marito ebbe un bel tornare a battere sulla miseria, in cui si trovavano; ma la moglie non voleva acconsentire a nessun patto. Era povera, ma era madre: peraltro, ripensando anch'essa al dolore che avrebbe provato se li avesse veduti morire di fame, finì col rassegnarvisi, e andò a letto piangendo.

Puccettino aveva sentito tutti i loro discorsi: e avendo capito, dal letto, che ragionavano di affari, si levò in punta di piedi, sgattaiolando sotto lo sgabello di suo padre, per potere ascoltare ogni cosa senz'esser visto. Quindi ritornò a letto, e non chiuse un occhio nel resto della nottata, rimuginando quello che doveva fare. Si levò a giorno, e andò sul margine di un ruscello, dove si riempì la tasca di sassolini bianchi: poi chiotto chiotto se ne tornò a casa. Partirono, ma Puccettino non disse nulla ai suoi fratelli di quello che sapeva.

Entrarono dentro una foresta foltissima, dove alla distanza di due passi non c'era modo di vedersi l'uno coll'altro. Il taglialegna si messe a tagliar legne, e i ragazzi a raccogliere delle frasche per far dei fastelli. Il padre e la madre, vedendoli intenti al lavoro, si allontanarono adagio adagio, finché se la svignarono per un viottolo fuori di mano.

Quando i ragazzi si videro soli, si misero a strillare e a piangere forte forte. Puccettino li lasciò berciare, essendo sicuro che a ogni modo sarebbero tornati a casa; perché egli, strada facendo, aveva lasciato cadere lungo la via i sassolini bianchi che s'era messi nella tasca. «Non abbiate paura di nulla, fratelli miei,» disse loro, «il babbo e la mamma ci hanno lasciati qui soli; ma io vi rimenerò a casa: venitemi dietro».

Essi infatti lo seguirono, ed egli li menò per la stessa strada che avevano fatta, andando al bosco. Da principio non ebbero coraggi d'entrarvi: e si messero in orecchio alla porta di casa per sentire quello che dicevano fra loro, il padre e la madre.

Ora bisogna sapere che quando il taglialegna e sua moglie rientrarono in casa, trovarono che il signore del villaggio aveva mandato loro dieci scudi, di cui era debitore da molto tempo, e sui quali non ci contavano più. Questo bastò per rimettere un po' di fiato in corpo a quella povera gente, che era proprio a tocco e non tocco per morir di fame. Il taglialegna mandò subito la moglie dal macellaro. E siccome era molto tempo che non s'erano sfamati, essa comprò tre volte più di carne di quella che ne sarebbe abbisognata per la cena di due persone. Quando furono pieni, la moglie disse: «Ohimè! dove saranno ora i nostri figliuoli? se fossero qui potrebbero farsi tondi coi nostri avanzi! Ma tant'è, Guglielmo, se' stato tu che hai voluto smarrirli: ma io l'ho detto sempre che ce ne saremmo pentiti. Che faranno ora nella foresta? Ohimè! Dio mio! i lupi forse a quest'ora l'hanno bell'e divorati. Proprio non bisogna aver cuore, come te, per isperdere i figliuoli a questo modo!...».

Il taglialegna perse la pazienza, perché la moglie tornò a ripetere più di venti volte che egli se ne sarebbe pentito, e che essa l'aveva di già detto e ridetto: e minacciò di picchiarla se non si fosse chetata. Questo non voleva dire che il taglialegna non potesse essere anche più addolorato della moglie; ma essa lo tormentava troppo: ed egli somigliava a tanti altri, che se la dicono molto colle donne che parlano con giudizio, ma non possono soffrire quelle che hanno sempre ragione.

La taglialegna si struggeva in pianti, e seguitava sempre a dire: «Ohimè! dove saranno ora i miei bambini? i miei poveri bambini?» Una volta, fra le altre, lo disse così forte, che i ragazzi, che erano dietro l'uscio, la sentirono e gridarono tutti insieme: «Siamo qui! siamo qui!» Essa corse subito ad aprir l'uscio e, abbracciandoli, disse: «Che contentezza a rivedervi, miei cari figliuoli! Chi lo sa come siete stanchi, e che fame avete! e tu, Pieruccio, guarda un po' come ti sei inzaccherato! vien qua, che ti spillaccheri». Pieruccio era il maggiore dei figliuoli e la madre gli voleva più bene che agli altri, perché era rosso di capelli come lei.

Si messero a tavola e mangiarono con un appetito, che fecero proprio consolazione al babbo e alla mamma, ai quali raccontarono, parlando quasi tutti nello stesso tempo, la gran paura che avevano avuta nella foresta. Quella buona gente era tutta contenta di rivedere i figliuoli in casa; ma la contentezza durò finché durarono i dieci scudi. Quando questi finirono, tornarono al sicutera delle miserie, e allor decisero di smarrirli daccapo; e per andare sul sicuro, pensarono di condurli molto più lontani della prima volta.

Peraltro di questa cosa non poterono parlarne con tanta segretezza, che Puccettino non sentisse tutto; il quale pensò di cavarsene fuori col solito ripiego: se non che, quantunque si alzasse sul far del giorno per andare in cerca di sassolini bianchi, rimase proprio come quello, e non poté far nulla, perché trovò l'uscio di casa serrato a doppia mandata. Egli non sapeva davvero che cosa stillarsi, quando ecco che la madre dette a ciascuno di loro un pezzo di pane per colazione. Allora gli venne in capo che di quel pane avrebbe potuto servirsene, invece dei sassolini, seminando i minuzzoli lungo la strada per dove sarebbero passati. E si messe il pane in tasca.

Il padre e la madre li condussero nel punto più folto e più oscuro della foresta: e quando ci furono arrivati, essi presero una scappatoia e via. Puccettino non se ne fece né in qua né in là, perché sapeva di poter ritrovare facilmente la strada coll'aiuto dei minuzzoli sparsi; ma figuratevi come rimase, quando si accorse che i minuzzoli glieli avevano beccati gli uccelli.

Eccoli dunque tutti afflitti, perché più camminavano e più si perdevano nella foresta. Intanto si fece notte e si alzò un vento da far paura. Pareva ad essi di sentire da tutte le parti urli di lupi, che si avvicinavano per mangiarli. Non avevano fiato né per discorrere, né per voltarsi indietro. Venne poi una grand'acqua che li bagnò fin sotto la pelle: a ogni passo sdrucciolavano e cascavano nella mota: e quando si rizzavano tutti infangati, non sapevano dove mettersi le mani.

Puccettino montò in cima a un albero per vedere se scopriva paese; e guardando da ogni parte, vide un lumicino piccino, come quello di una candela, il quale era lontano lontano, molto al di là della foresta. Scese dall'albero: e quando fu in terra, non vide più nulla. Questa cosa gli diede un gran dolore. Nonostante, camminando innanzi coi suoi fratelli, verso quella parte dove aveva veduto il lumicino, finì col rivederlo da capo mentre usciva fuori del bosco.

Arrivarono finalmente alla casa dove si vedeva questo lume: non senza provare delle grandi strette al cuore, perché di tanto in tanto lo perdevano di vista, segnatamente quando camminavano in qualche pianura molto bassa. Picchiarono a una porta: una buona donna venne loro ad aprire, e domandò loro che cosa volevano. Puccettino disse che erano poveri ragazzi che s'erano spersi nella foresta, e che chiedevano da dormire per amor d'Iddio. La donna, vedendoli tutti così carini, si messe a piangere, e disse:

– Ohimè! poveri miei figliuoli, dove siete mai capitati? Ma non sapete che questa è la casa dell'Orco che mangia tutti i bambini?

– Ah, signora – rispose Puccettino, il quale tremava come una foglia, e così i suoi fratelli. – Che cosa volete che facciamo? Se non ci pigliate in casa, è sicuro che i lupi stanotte ci mangeranno. E in tal caso, è meglio che ci mangi questo signore. Forse se voi lo pregate, potrebbe darsi che avesse compassione di noi.

La moglie dell'Orco, sperando di poterli nascondere a suo marito fino alla mattina dopo, li lasciò entrare e li menò a riscaldarsi intorno a un buon fuoco, dove girava sullo spiede un montone tutt'intero, che doveva servire per la cena dell'Orco.

Mentre cominciavano a riscaldarsi, sentirono battere tre o quattro colpi screanzati alla porta. Era l'Orco che tornava. In men d'un baleno, la moglie li nascose tutti sotto il letto ed andò ad aprire. L'Orco domandò subito se la cena era lesta e il vino levato di cantina: e senza perder tempo si mise a tavola. Il montone non era ancora cotto e faceva sempre sangue, e per questo gli parve anche più buono. Poi, fiutando di qua e di là, cominciò a dire che sentiva odore di carne viva.

– Sarà forse, – disse la moglie, – quel vitello che ho spellato or ora, che vi mette per il naso quest'odore.

– E io dico che sento l'odore di carne viva, – riprese l'Orco guardando la moglie di traverso, – e qui ci deve essere qualche sotterfugio!...

Nel dir così si alzò da tavola e andò difilato verso il letto.

– Ah! – egli gridò, – tu volevi dunque ingannarmi, brutta strega? Non so chi mi tenga dal fare un boccone anche di te. Buon per te, che sei vecchia e tigliosa! Ecco qui della selvaggina, che mi capita in buon punto per far trattamento a tre Orchi miei amici, che verranno da me in questi giorni.

E li tirò fuori di sotto il letto, uno dietro l'altro. Quei poveri bambini si buttarono in ginocchio, chiedendogli perdono, ma avevano da fare col più crudele di tutti gli Orchi, il quale, facendo finta di sentirne compassione, li mangiava di già cogli occhi prima del tempo, dicendo alla moglie che sarebbero stati una pietanza delicata, in specie se gli avesse accomodati con una buona salsa.

Andò a prendere un coltellaccio, e avvicinandosi a quei poveri figliuoli, lo affilava sopra una lunga pietra che egli teneva nella mano sinistra. E ne aveva già agguantato uno, quando la moglie gli disse:

– Che ne volete voi fare a quest'ora? non sarebbe meglio aspettare a domani?

– Chetati, te! – riprese l'Orco. – Così saranno più frolli.

– Ma ve ne avanza ancora tanta della carne! C'è qui un vitello, un montone e un mezzo maiale...

– Hai ragione, disse l'Orco, – rimpinzali dunque per bene, perché non abbiano a smagrire, e portali a letto.

Quella buona donna, fuor di sé dalla contentezza, dette loro da cena: ma essi non poterono mangiare a cagione della gran paura che avevano addosso. In quanto all'Orco, ricominciò a bere, soddisfattissimo di aver trovato di che regalare ai suoi amici. Vuotò una dozzina di bicchieri di più del solito, finché il vino gli die' al capo e fu obbligato ad andare a letto.

L'Orco aveva sette figliuole, che erano sempre bambine, le quali erano tutte di un bel colorito, perché, come il padre, si cibavano di carne cruda; ma avevano degli occhiettini grigi e tondi, e il naso a punta e una bocca larghissima, con una rastrelliera di denti lunghi, affilati e staccati l'uno dall'altro. Non erano ancora diventate cattive: ma promettevano bene, perché di già mordevano i fanciulli per succhiare il sangue.

Le avevano mandate a dormire di buon'ora, ed erano tutte e sette in un gran letto, ciascuna con una corona d'oro sulla testa. Nella stessa camera c'era un altro letto della medesima grandezza. Fu appunto in questo letto che la moglie dell'Orco messe a dormire i sette ragazzi; e dopo andò a coricarsi accanto a suo marito.

Puccettino, che s'era avviso che le figlie dell'Orco portavano una corona d'oro in capo, e che aveva sempre paura che l'Orco non si ripentisse di averli sgozzati subito, si levò verso mezzanotte, e prendendo i berretti dei fratelli ed il suo, andò pian pianino a metterli sul capo delle sette figlie dell'Orco, dopo aver loro levata la corona d'oro, che pose sul capo suo e de' suoi fratelli, perché l'Orco li scambiasse per le proprie figlie, e pigliasse le sue figlie per i fanciulli che voleva sgozzare. E la cosa andò appuntino com'egli se l'era figurata; perché l'Orco, svegliatosi sulla mezzanotte, si pentì di aver differito al giorno dopo quello che poteva aver fatto la sera stessa.

Saltò dunque il letto bruscamente, e prendendo il coltellaccio: «Andiamo un po' a vedere,» disse, come stanno queste birbe; e facciamola finita una volta per tutte».

Quindi salì a tastoni nella camera delle sue figlie, e si avvicinò al letto dove erano i ragazzi, i quali dormivano tutti, meno Puccettino, che ebbe una gran paura quando sentì l'Orco che gli tastava la testa, come l'aveva già tastata ai suoi fratelli. L'Orco sentendo la corona d'oro, disse: «Ora la facevo bella davvero! Si vede proprio che ieri sera ne ho bevuto mezzo dito di più». Allora andò all'altro letto, e avendo sentito i berretti dei ragazzi: «Eccoli,» disse, «questi monellacci! Lavoriamo di fine». E nel dir così, senza esitare, tagliò la gola alle sue sette figliuole.

Contentissimo del fatto suo, andò di nuovo a coricarsi accanto alla moglie.

Appena che Puccettino sentì l'Orco che russava, svegliò i suoi fratelli e disse loro di vestirsi subito e di seguirlo. Scesero in punta di piedi nel giardino e scavalcarono il muro. Corsero a gambe quasi tutta la notte, tremando come foglie, e senza sapere dove andavano. Quando l'Orco si svegliò, disse alla moglie: «Va' un po' a vestire quei monelli di ieri sera». L'Orchessa restò molto meravigliata della bontà insolita di suo marito, e non le passò neanche dalla mente che per vestirli egli volesse intendere un'altra cosa, credendo in buona fede di doverli andare a vestire. Salì dunque di sopra, e rimase senza fiato in corpo, vedendo le sue sette figliuole scannate e immerse nel proprio sangue.

Cominciò subito dallo svenirsi (essendo questo il primo espediente, a cui in simili casi ricorrono tutte le donne). L'Orco, temendo che la moglie non mettesse troppo tempo a far quello che le aveva ordinato, salì di sopra anche lui per darle una mano; e non rimase meno sconcertato alla vista di quello spettacolo orrendo.

– Ah! che ho mai fatto? – gridò. – Ma quei disgraziati me la pagheranno, e subito!

E senza mettere tempo in mezzo, gettò una brocca d'acqua sul naso della moglie, e così avendola fatta tornare in sé: – Dammi subito, – disse, – i miei stivali di sette chilometri, perché io li voglio raggiungere.

E uscì fuori all'aperta campagna, e dopo aver corso di qua e di là, finalmente infilò la strada che battevano per l'appunto quei poveri ragazzi, che erano forse distanti non più di cento passi dalla casa paterna. Essi videro l'Orco che passava di montagna in montagna, traversando i fiumi colla stessa facilità come se fossero stati rigagnoli. Puccettino avendo occhiata una roccia incavata, lì vicino al luogo dove si trovavano, vi fece nascondere i sei fratelli, e vi si nascose anch'esso, senza perdere peraltro di vista tutte le mosse dell'Orco. L'Orco che cominciava a sentirsi rifinito dalla strada fatta (perché gli stivali di sette chilometri son molto faticosi per chi li porta), pensò di ripigliar fiato, e il cielo volle che andasse per l'appunto a sedersi sopra la roccia, dove quei ragazzi si erano nascosti.

E siccome era stanco morto, dopo essersi sdraiato si addormentò, e si messe a russare con tanto fracasso, che i poveri ragazzi ebbero la stessa paura di quando lo videro col coltellaccio in mano, in atto di far loro la festa. Ma Puccettino non ebbe tutta questa paura, e disse ai fratelli di scappare a gambe verso casa, mentre l'Orco dormiva come un ghiro; e di non stare in pena per lui. Essi non se lo fecero dir due volte, e in pochi minuti arrivarono a casa.

Puccettino intanto si avvicinò all'Orco: gli levò adagino gli stivali, e se l'infilò per sé. Questi stivali erano molto grandi e molto larghi, ma perché eran fatati, avevano la virtù d'ingrandirsi e di rimpicciolirsi, secondo la gamba di chi li calzava: per cui, gli tornavano precisi, come se fossero stati fatti per il suo piede.

Egli andò di carriera alla casa dell'Orco, dove trovò la moglie che piangeva per le figlie uccise. «Vostro marito,» le disse Puccettino, «si trova in un gran pericolo: è cascato fra le mani di una banda di assassini, che hanno giurato di ucciderlo, se non consegna loro tutto il suo oro e il suo argento. Mentre gli stavano col pugnale alla gola, esso mi ha visto, e mi ha pregato di venir qui per avvertirvi della sua trista condizione e per invitarvi a darmi tutto quello che egli possiede di prezioso, senza ritenervi nulla, perché caso diverso, lo uccideranno senz'ombra di misericordia. E siccome il tempo stringe, egli ha voluto che prendessi i suoi stivali di sette chilometri, come vedete, e non solo perché mi spicciassi, ma anche perché possiate accertarvi che non sono un imbroglione».

La buona donna, tutta spaventata, gli diede ogni cosa che aveva; perché l'Orco, in fin dei conti, era un buon marito, quantunque fosse ghiotto di bambini. Puccettino, col carico addosso di tutte le ricchezze dell'Orco, tornò a casa del padre, dove fu accolto con grandissima festa.

C'è per altro della gente che non crede che la cosa finisse così; e pretendono che Puccettino non commettesse mai questo furto a danno dell'Orco: e che solo non si facesse scrupolo di prendergli gli stivali di sette chilometri, perché egli se ne serviva unicamente per dare la caccia ai ragazzi. Questi tali accertano di aver saputo la verità proprio sul posto, per essersi trovati a mangiare e bere nella stessa casa del taglialegna. Raccontano, dunque, che quando Puccettino ebbe infilato gli stivali dell'Orco, se ne andò alla Corte, dove stavano tutti in gran pensiero per un'armata, che era in campagna alla distanza di duecento chilometri, e per l'esito di una battaglia data pochi giorni avanti. Dimodoché Puccettino andò a trovare il Re e gli disse che se lo desiderava avrebbe potuto portargli le notizie dell'armata, prima del calar del sole. E il Re gli promise una grossa somma, se egli fosse stato da tanto. La sera stessa Puccettino ritornò colle notizie dell'armata; e questa prima corsa avendolo messo in buona vista, guadagnava quel che voleva; perché il Re lo pagava profumatamente, valendosi di lui per portare i suoi ordini al campo; e un'infinità di signore gli davano quel che chiedeva, per aver le nuove dei loro amanti; e questo fu il guadagno più concludente di tutti gli altri.

Ci furono anche alcune mogli che gli consegnarono delle lettere per i loro mariti; ma esse pagavano coi gomiti, e il profitto era così meschino, che egli non si degnò nemmeno di segnare nel libro degli utili i piccoli benefizi che gli pervenivano per questo titolo.

Dopo aver fatto per qualche tempo il mestiere del corriere, e avere ammassato grandi ricchezze, ritornò alla casa di suo padre, dove non è possibile immaginarsi la festa che gli fecero nel rivederlo fra loro. Egli messe la sua famiglia nell'agiatezza; comprò degl'impieghi, di recente fondazione, per il padre e per i fratelli: formò a tutti uno stato conveniente; e gli rimase sempre un ritaglio di tempo, tanto da fare il damerino colle signore.

La storia di questo piccolo eroe, che i francesi chiamano Petit Poucet, perché era grande appena come il dito pollice, è stata forse inventata apposta per dar ragione e autorità a quell'antico proverbio che dice: "Gli uomini non si misurano a canne!"

PELLE D'ASINO

di Charles Perrault (1694)

C'era una volta un Re così potente, così ben voluto da' suoi popoli e così rispettato dai suoi vicini e alleati, che poteva dirsi il più felice di tutti i monarchi della terra. Fra le sue tante fortune, c'era anche quella di avere scelta per compagna una Principessa, bella quanto virtuosa: e questi avventurati sposi vivevano come due anime in un nocciolo. Dal loro casto imeneo era nata una figlia, ornata di tutte le grazie e di tutte le attrattive, a segno tale da non far loro desiderare una figliuolanza più numerosa.

Il lusso, l'abbondanza, il buon gusto regnavano nel loro palazzo: i ministri erano saggi e capaci: i cortigiani virtuosi e affezionati: i domestici fidati e laboriosi: le scuderie vaste e piene de' più bei cavalli del mondo, tutti coperti di magnifiche gualdrappe. Ma la cosa che faceva maggiormente stupire i forestieri, che venivano a visitare quelle belle scuderie, era che nel bel mezzo di esse e nel luogo più vistoso, un signor Somaro faceva sfoggio delle sue grandi e lunghe orecchie. Né si può dire che questo fosse un capriccio; se il Re gli aveva assegnato un posto particolare e quasi d'onore, c'era la sua ragione. Perché bisogna sapere che questo raro animale meritava davvero ogni riguardo, a motivo che la natura lo aveva formato in un modo così straordinario e singolare, che tutte le mattine la sua lettiera, invece di essere sporca, era ricoperta a profusione di bellissimi zecchini e napoleoni d'oro, che venivano raccattati, appena egli si svegliava.

Ma siccome le disgrazie sono tegoli che cascano sul capo dei Re come su quello dei sudditi, e non c'è allegrezza senza che ci sia mescolato qualche dispiacere, così accadde che la Regina fu colta all'improvviso da una fiera malattia, per la quale né la scienza né i medici sapevano suggerire rimedio di sorta. La desolazione era al colmo. Il Re, tenero di cuore e innamoratissimo, a dispetto del proverbio che dice "Il matrimonio è la tomba dell'amore", si dava alla disperazione e faceva voti ardentissimi a tutte le divinità del regno, e offriva la sua vita per quella di una sposa così adorata: ma gli Dei e le fate erano sordi a ogni preghiera. Intanto la Regina, sentendo avvicinarsi l'ultim'ora, disse al suo sposo, il quale struggevasi in pianto:

– Prima di morire, non vi abbiate a male se esigo da voi una cosa; ed è, che nel caso vi venisse voglia di rimaritarvi...

A queste parole il Re dette in urli da straziare il cuore. Prese le mani di sua moglie e le bagnò di pianto, giurando che era un di più venirgli a parlare di un altro matrimonio.

– No, no, mia cara Regina, – egli gridava, – ditemi piuttosto che io debbo seguirvi!

– Lo Stato, – ripigliò la Regina con una tranquillità imperturbabile, che accresceva gli spasimi e le torture del Re, – lo Stato ha ragione di pretendere da voi dei successori; e vedendo che io ho dato solamente una figlia, vorrà da voi dei figli che vi somiglino: ma io, con tutte le forze dell'anima e per tutto il bene che mi avete voluto, vi domando di non cedere alle insistenze de' vostri popoli, se non quando avrete trovato una Principessa più bella e fatta meglio di me. Giuratemelo, e morirò contenta.

Alcuni credono che la Regina, la quale non mancava di una certa dose di amor proprio, volesse per forza questo giuramento, perché, persuasa com'era che nel mondo non ci fosse altra donna da starle a fronte per bellezza, veniva così ad assicurarsi che il Re non si sarebbe mai riammogliato. Finalmente ella morì, né ci fu marito che facesse mai tanto fracasso. Piangeva come una vite tagliata, singhiozzava giorno e notte, e non aveva altro pensiero, che quello di adempiere a tutto il cerimoniale e a tutte le seccature del vedovile.

Ma i grandi dolori non durano. D'altra parte, i maggiorenti dello Stato si riunirono, e presentatisi in deputazione al Re, si fecero a domandargli che riprendesse moglie. Questa proposta gli parve dura, e fu cagione di nuovi piagnistei. Messe di mezzo il giuramento fatto alla Regina e sfidò tutti i suoi consiglieri a trovargli una moglie più bella e fatta meglio della sua sposa buon'anima; persuaso che sarebbe stato impossibile. Ma il Consiglio chiamò ragazzate simili giuramenti, e soggiunse che la bellezza importava fino ad un certo segno, purché la regina fosse virtuosa e buona da far figliuoli: che per la quiete e la tranquillità dello Stato ci volevano dei Principi ereditarii: che, senza ombra di dubbio, l'infanta aveva tutte le doti volute per diventare una gran Regina, ma bisognava darle per isposo un forestiero: e in questo caso, o il forestiero l'avrebbe menata a casa sua, o, regnando con essa, i loro figli non sarebbero stati considerati dello stesso sangue: e finalmente, che non avendo egli nessun figlio maschio che portasse il suo nome, i popoli vicini avrebbero potuto far nascere delle guerre da condurre lo Stato in rovina. Il Re, toccato da queste considerazioni, dette parola che avrebbe pensato a contentarli.

Cercò difatti fra le Principesse da marito quella che sarebbe stata più adatta per lui. Ogni giorno gli portavano a vedere dei bellissimi ritratti: ma non ce n'era neppur una che avesse le grazie della defunta Regina. E così non si decideva mai.

Quand'ecco che per sua gran disgrazia, sebbene fosse stato fin allora un uomo pien di giudizio, tutto a un tratto dette volta al cervello, e cominciò a pigliare la fissazione di credere che l'infanta sua figlia vincesse di gran lunga in grazia e in bellezza la Regina madre, e fece intendere che era deciso a volerla sposare, perché ella sola poteva scioglierlo dalla fatta promessa.

A questa brutale proposizione, la giovane Principessa, un fior di virtù e di pudore, ci corse poco non cadesse in terra svenuta. Si gettò ai piedi del Re suo padre, e lo scongiurò, con tutte le forze dell'anima, a non costringerla a commettere un tal delitto.

Ma il Re, che si era fitto in testa questa strana idea, volle consultare un vecchio druido, per acquietare la coscienza della giovane Principessa. Il druido, che sapeva più d'ambizioso che di santo, non badò a sacrificare l'innocenza e la virtù, per la boria di diventare il confidente di un gran Re, e trovò il modo di insinuarsi con tanto garbo nell'animo di lui, e gli abbellì talmente il delitto che stava per commettere, che lo persuase perfino che lo sposare la propria figlia era un'opera meritoria. Il Re, messo su dai discorsi dello scellerato, lo abbracciò, e si partì da lui più incaponito che mai nella sua idea, e ordinò all'infanta di prepararsi a ubbidire.

La giovane Principessa straziata da un acerbo dolore, non vide altro scampo che andare a casa della sua comare, la fata Lilla. Per cui partì la sera stessa in un grazioso calessino, tirato da un grosso montone che conosceva tutte le strade, e arrivò felicemente. La fata, che voleva molto bene all'infanta, le disse che aveva saputo ogni cosa, ma che non se ne desse alcun pensiero, perché non poteva accaderle nulla di male, solo che avesse dato retta fedelmente alle sue prescrizioni.

«Perché, mia cara figlia,» ella disse, «sarebbe un grande sproposito lo sposare vostro padre: e voi, senza contraddirlo, potete tirarvene fuori: ditegli, che per contentare un vostro capriccio, bisogna che egli vi regali un vestito color dell'aria. Con tutta la sua potenza non sarà mai capace di tanto».

La Principessa ringraziò senza fine la comare, e la mattina dopo ripeté al Re, suo padre, quello che la fata le aveva consigliato, dichiarando che senza il vestito color dell'aria, ella non avrebbe mai acconsentito a nulla. Il Re, tutto contento per la speranza avuta, radunò gli operai più famosi e ordinò loro questa stoffa, sotto pena che, se non ci fossero riusciti, li avrebbe fatti tutti impiccare dal primo all'ultimo. Ma non ebbe il dispiacere di venire a questi estremi. Il giorno dopo gli portarono il vestito tanto desiderato: e il cielo quando è sparso di nuvole d'oro non ha un colore più bello di quello che aveva questa stoffa, quando venne spiegata. L'infanta ne rimase afflittissima e non sapeva come uscire da quest'impiccio. Il Re pigiava per venire a una conclusione. Bisognò tornare un'altra volta dalla comare, la quale stupita che il suo ripiego non avesse fatto l'effetto, le suggerì di provarsi a chiedere un altro vestito color della luna. Il Re, che non sapeva ricusarle nulla, mandò fuori in cerca di operai più capaci, e ordinò loro un vestito color della luna, e con tanta premura di averlo subito, che fra l'ordinarlo e il riportarlo bell'e fatto, non ci corsero ventiquattr'ore.

L'infanta, invaghita in quel primo momento più del magnifico vestito che di tutte le attenzioni di suo padre, se ne afflisse poi oltremisura, appena si trovò insieme colle sue donne e colla sua nutrice. La fata Lilla, che sapeva tutto, venne in aiuto alla sconsolata Principessa, e le disse:

«O io non ne azzecco più una, oppure ho ragione di credere che se ora gli chiedeste un vestito color del sole, si sarebbe trovato il verso di disgustare il Re, vostro padre; perché è impossibile che si possa giungere a fabbricare una simile stoffa.

Male male che la vada, guadagneremo sempre del tempo».

L'infanta se ne persuase, e chiese il vestito. Il Re, tutto amore per lei, diede senza rincrescimento tutti i diamanti e i rubini della sua corona, con ordine di non risparmiare alcuna cosa perché questa stoffa riuscisse compagna al sole: tanto che quando fu messa in mostra, tutti quelli che la videro, furono costretti a chiuder gli occhi per il gran bagliore. Si vuole anzi che incominci da quel tempo l'uso degli occhiali verdi e delle lenti affumicate. Figuratevi un po' come rimase l'infanta a quella vista. Cosa più bella e più artisticamente lavorata non s'era veduta mai. Ella restò confusa, e col pretesto che le faceva male agli occhi, si ritirò nella sua camera, dove la fata l'aspettava col rossore della vergogna fino alla punta dei capelli. E lì accadde di peggio; perché la fata, vedendo il vestito color del sole, diventò paonazza dal gran dispetto.

«Oh! questa volta poi, figlia cara,» diss'ella all'infanta, «metteremo l'indegno amore di vostro padre a una prova terribile. Sia pure che egli abbia fissato davvero il chiodo in questo matrimonio, che si figura assai vicino: ma io son sicura che rimarrà molto sbalestrato dalla domanda che vi consiglio di fargli. Si tratta della pelle di quell'asino, al quale egli vuole un gran bene perché provvede con tanta larghezza a tutte le spese della sua Corte. Andate, e ditegli che desiderate quella pelle».

L'infanta, tutt'allegra di aver trovato un altro scappavia per mandare a monte un matrimonio che detestava, e colla speranza sicura che il padre suo non avrebbe mai acconsentito a sacrificare l'asino del suo cuore, andò da lui e gli disse chiaro e tondo che voleva la pelle di quel bell'animale. Sebbene il Re rimanesse molto sconcertato per questo capriccio, non esitò a contentarla. Il povero asino fu sacrificato e la sua pelle venne presentata con molta galanteria all'infanta, la quale, non vedendo più alcun mezzo per sottrarsi alla sua disgrazia, stava per perdersi d'animo e darsi alla disperazione; quando ecco che sopraggiunse la fata:

«Che fate voi, figlia mia,» diss'ella vedendo la Principessa che si strappava i capelli e si graffiava il bel viso; «questo è il momento più fortunato della vostra vita. Avvolgetevi in codesta pelle, uscite dal palazzo e camminate finché troverete terra sotto i piedi. Quando si sacrifica tutto alla virtù, gli Dei sanno ricompensare. Andate; sarà mia cura che le vostre robe vi seguano dappertutto; in qualunque luogo, dove vi fermerete, la cassetta de' vostri vestiti e delle vostre gioie vi sarà venuta dietro sotto terra: eccovi la mia bacchetta: ve la regalo, e battendola in terra tutte le volte che avrete bisogno della vostra cassetta, la cassetta apparirà dinanzi ai vostri occhi. Ma spicciatevi a partire, e non più indugi».

L'infanta abbracciò mille volte la sua comare, pregandola di non abbandonarla mai; si messe addosso quella brutta pelle, e dopo essersi insudiciato il viso di fuliggine, uscì da quel magnifico palazzo, senza che nessuno la riconoscesse.

La sparizione dell'infanta fece un gran chiasso. Il Re, che aveva fatto preparare una magnifica festa, era disperato e non sapeva darsene pace. Diè ordine che partissero più di cento giandarmi e più di mille moschettieri in cerca della figlia: ma la fata, che la proteggeva, la rendeva invisibile agli occhi di tutti; e così bisognò farsene una ragione.

L'infanta intanto comminava giorno e notte. Essa andò lontano, e poi più lontano, e sempre più lontano, e cercava dappertutto un posto da impiegarsi; ma sebbene per carità le dessero un boccone, nessuno voleva saperne di lei, a cagione di vederla tanto sudicia. Giunse finalmente a una bella città, dove vicino alla porta c'era una fattoria: e la fattoressa aveva appunto bisogno di una donna da strapazzo per lavare i cenci e per tenere puliti i tacchini e lo stallino dei maiali. Vedendo questa zingara così sudicia, le propose di entrare al suo servizio: e l'infanta accettò di gran cuore, stanca com'era di aver fatto tanto paese. Fu messa in un canto della cucina, dove sui primi giorni ebbe a patire gli scherzi triviali del basso servidorame, tanto la sua pelle d'asino la rendeva sporca e nauseante. Alla fine ci fecero l'occhio, e perché ella si mostrava molto precisa nelle faccende che doveva fare, la fattoressa la prese nelle sue buone grazie. Menava le pecore all'erba, e, alla sua ora, le rimetteva dentro: e guardava anche i tacchini, e lo faceva con tanta intelligenza, che pareva non avesse fatto altro mestiere in vita sua: ogni cosa fioriva e prosperava fra le sue mani.

Un giorno, mentre stava seduta presso una fontana d'acqua limpidissima, dove veniva spesso a piangere la sua misera sorte, le saltò in capo di specchiarvisi dentro, e l'orribile pelle d'asino, che le serviva da cappello e da vestito, la spaventò. Vergognandosi di trovarsi in quello stato, si lavò ben bene il viso e le mani, che diventarono bianche più dell'avorio, e il suo bel carnato riprese la freschezza di prima. Il piacere di vedersi così bella le fece entrar la voglia di bagnarsi, e si bagnò: ma dopo, per tornare alla fattoria, le convenne rimettersi addosso la solita pellaccia. Per buona fortuna l'indomani era giorno di festa; per cui ebbe tutto il comodo di fare apparire la sua cassetta, di accomodarsi e di pettinarsi perbene, di dare la cipria ai suoi bei capelli e di mettersi il suo bel vestito color dell'aria. La sua camera era così piccina, che non c'entrava nemmeno tutto lo strascico della sottana. La bella Principessa si mirò e si ammirò da se stessa, e con molto piacere; anzi, con tanto piacere, che decise da quel momento in poi di mettersi nelle feste e per le domeniche, a uno per volta, tutti i suoi bei vestiti, non foss'altro per darsi un po' di svago. E mantenne puntualmente la presa risoluzione. Ella intrecciava dei fiori e dei diamanti fra i suoi bei capelli, con un'arte ammirabile: e spesso sospirava, mortificata di non avere per testimoni, se non le sue pecore e i suoi tacchini, che le volevano lo stesso bene, anche a vederla vestita di quella orribile pelle d'asino, che le aveva dato il brutto soprannome, fra la gente di fattoria.

Un giorno di festa, in cui Pelle d'Asino s'era messa il suo vestito color del sole, il figlio del Re, al quale apparteneva la fattoria, ritornando dalla caccia, vi si fermò per prendere un po' di riposo. Quel Principe era giovane, bello, fatto a pennello della persona, l'occhio diritto di suo padre, l'amore della Regina sua madre, l'idolo di tutti i suoi popoli. Venne offerta al Principe una merenda campestre, che egli accettò: e dopo si messe a girare per i cortili e per tutti i ripostigli. E nel girandolare di qua e di là, entrò in un andito scuro, in fondo al quale vide una porta chiusa. La curiosità gli fece metter l'occhio al buco della serratura. Ma immaginatevi come restò, quando vide la Principessa così bella e così riccamente vestita! Al suo aspetto nobile e modesto, la prese per una Dea. La foga della passione, che provò in quell'istante, fu così forte, che avrebbe dicerto sfondata la porta, se non l'avesse trattenuto il rispetto che gl'ispirava quell'angiolo di donna.

Se ne venne via a gran passi per quell'andito oscuro e tetro, ma lo fece per andar subito ad informarsi chi era la persona che stava in quella piccola cameruccia. Gli risposero che era una servaccia, chiamata Pelle d'Asino, a motivo della pelle colla quale si vestiva, e che era tutt'unta e bisunta da fare schifo a guardarla e a parlarci, e che l'avevano presa proprio per compassione per mandarla dietro ai montoni e ai tacchini.

Il Principe, poco soddisfatto di questo schiarimento, s'accorse subito che quella gente ordinaria non ne sapeva di più, e che era fiato buttato via stare a interrogarla. Se ne tornò al palazzo di suo padre, innamorato da non potersi dir quanto, e coll'immagine fissa dinanzi agli occhi, di quella creatura divina che aveva veduto dal buco della serratura. Egli si pentiva di non aver picchiato alla porta: ma fece giuro che un'altra volta non gli sarebbe più accaduto. Intanto il gran subbuglio del sangue cagionato dall'amore, gli messe addosso nella nottata un febbrone da cavalli, che in poche ore lo ridusse al lumicino. La Regina sua madre, che non aveva altri figliuoli che quello, si dava alla disperazione, vedendo tornare inutili tutti i rimedi: e invano prometteva ai medici grandi ricompense: essi adoperavano tutta la loro arte, ma non bastava a guarire il Principe.

Alla fine indovinarono che questa gran malattia derivava da qualche passione segreta, e ne avvertirono la Regina; la quale, tutta tenerezza per il suo figlio, venne a scongiurarlo di palesare la cagione del suo male, col dire che quand'anche si fosse trattato di cedergli la corona, il Re suo padre sarebbe sceso dal trono senza rammarico, pur di vederlo contento; e che se egli avesse desiderato in moglie una Principessa, avrebbe fatto qualunque sacrificio perché la potesse avere, anche se fossero stati in guerra col padre di essa e che ci fossero giusti motivi di rancore; ma che per carità lo scongiuravano a non lasciarsi morire perché dalla vita sua dipendeva la loro.

La Regina desolata non poté finire questo discorso commovente senza bagnare il viso del Principe con un diluvio di lacrime.

– Signora, – prese a dire il Principe con un fil di voce, – io non sono un figlio tanto snaturato da desiderare la corona del padre mio: Dio voglia che egli campi ancora cent'anni, e che io possa essere il più fedele e il più rispettoso dei suoi sudditi! In quanto alla Principessa che mi offrite, non ho pensato ancora ad ammogliarmi: ma quando fosse, potete ben credere che, sommesso come sono, farei sempre la vostra volontà, qualunque cosa me ne dovesse costare.

– Ah! figlio mio, – riprese la Regina, – nessuna cosa ci parrà grave, pur di salvarti la vita: ma, mio caro figlio, salva la vita mia e quella del padre tuo, facendoci conoscere il tuo desiderio, e stai sicuro che sarai contentato.

– Ebbene, signora, – disse egli, – poiché volete per forza che vi manifesti il mio desiderio, vi obbedirò; tanto più che mi parrebbe un delitto di mettere in pericolo la vita di due esseri, che mi sono carissimi. Ebbene, madre mia, io desidero che Pelle d'Asino mi faccia un piatto dolce: e quando sarà fatto, che mi sia portato qui.

La Regina, sentendo un nome così bizzarro, domandò chi fosse questa Pelle d'Asino.

– Signora, – rispose uno de' suoi ufficiali, che per caso l'aveva veduta, – è la bestia più brutta, dopo il lupo: un muso tinto, un sudiciume che abita nella vostra fattoria e che custodisce i tacchini.

– Questo non vuol dir nulla, – disse la Regina, – forse il mio figlio, tornando da caccia, avrà mangiato della sua pasticceria: sarà un capriccio da malati: ma infine io voglio che Pelle d'Asino (poiché questa Pelle d' Asino esiste) gli faccia subito un pasticcio.

Si mandò alla fattoria e fu fatta venire Pelle d'Asino, per ordinarle un pasticcio per il Principe, e perché ci mettesse tutta la sua bravura.

Alcuni scrittori pretendono che proprio in quel punto, in cui il Principe pose l'occhio al buco della serratura, gli occhi di Pelle d'Asino se ne avvidero; e che dopo, affacciatasi alla sua finestrina, e visto questo Principe così giovane, così bello, e così ben formato, ne avesse serbata l'immagine scolpita nel cuore, e che spesso e volentieri questo ricordo le fosse costato qualche grosso sospiro! Fatto sta che Pelle d'Asino, o l'avesse voluto, o avesse solamente sentito dire un gran bene di lui, era tutta contenta di aver trovata la via per farsi conoscere. Si chiuse nella sua cameretta: gettò in un canto quella pellaccia sudicia, si lavò ben bene il viso e le mani, ravviò i suoi biondi capelli, s'infilò una bella vitina di argento luccicante e una sottana della stessa roba, e si messe a fare il pasticcio tanto desiderato. Prese del fior di farina, delle uova e del burro freschissimo. E mentre lavorava a impastarlo, fosse caso o altro, un anello che aveva in dito le cascò nella pasta e vi rimase dentro. Appena il pasticcio fu cotto, si rimesse addosso la sua orribile Pelle d'Asino e consegnò il pasticcio all'ufficiale, al quale chiese le nuove del Principe: ma questi non si degnò nemmeno di rispondere, e corse subito dal Principe col pasticcio.

Il Principe glielo prese avidamente dalle mani e lo mangiò con tanta voracità, che i medici, lì presenti, dissero subito che questa fame da lupi non era punto un buon segno. Difatti ci corse poco che il Principe non rimanesse strozzato dall'anello, che trovò in una fetta del pasticcio: ma gli riuscì di cavarselo di bocca con molta destrezza, e così rallentò un poco anche la furia del mangiare, esaminando il bellissimo smeraldo incastonato in un cerchietto d'oro, il quale era così tanto stretto, che egli giudicò non potesse star bene altro che al ditino più grazioso e più affascinante del mondo.

Baciò mille volte l'anello, lo messe sotto il capezzale, e ogni tantino, quando credeva di non esser visto da nessuno, lo tirava fuori per guardarlo. Non si può dire quanto si tormentasse il cervello per immaginare il modo di arrivare a conoscere colei, alla quale questo anello andasse bene. Non osava sperare che se egli avesse domandato di Pelle d'Asino, di quella cioè che gli aveva fatto il pasticcio da lui richiesto, gliel'avrebbero fatta venire; e non aveva neppure il coraggio di palesare ad anima viva ciò che aveva veduto dal buco della serratura, per paura che lo canzonassero e lo pigliassero per un visionario. Il fatto egli è che tutti questi pensieri lo tormentarono tanto e poi tanto, che gli si riprese una grossa febbre: e i medici, non sapendo più che cosa dire, dichiararono alla Regina che il suo figliuolo era malato di amore. La Regina andò subito dal figlio, insieme col Re, che non sapeva darsi pace.

– Figlio, mio caro figlio, – disse il Re, addoloratissimo, – palesa pure il nome di quella che tu vuoi, ché noi facciamo giuro di dartela, foss'anche la più vile fra tutte le schiave della terra.

La Regina, abbracciandolo, gli ripeté il giuro del Re. Il Principe, intenerito dai pianti e dalle carezze degli autori de' suoi giorni:

– Padre mio e madre mia, – disse loro, – io non penso punto a stringere un legame, che possa farvi dispiacere, e la prova, che dico il vero, – soggiunse cavando lo smeraldo di sotto il capezzale, – è questa, che io sposerò la donna a cui quest'anello potrà entrare in dito, chiunque ella sia; né c'è da sospettare che quella che avrà un ditino così grazioso e sottile possa essere una marrana o una contadina.

Il Re e la Regina presero in mano l'anello, lo esaminarono con molta curiosità, e finirono col dire come diceva il Principe, cioè, che non poteva andar bene, se non a una fanciulla di buona famiglia. Allora il Re, abbracciato il Principe e scongiuratolo di guarire, uscì di camera e fece dare nei tamburi, nei piffero e nelle trombe per tutta la città e bandire col mezzo dei suoi araldi che non c'era da far altro che venire al palazzo per provarsi un anello, e che quella a cui sarebbe tornato preciso, avrebbe sposato l'erede al trono.

Prima arrivarono le Principesse: poi le Duchesse, le Marchese e le Baronesse; ma ebbero tutte un bell'assottigliarsi le dita: non ce ne fu una che potesse infilarsi l'anello. Convenne scendere alle modistine, le quali, sebbene graziose, avevano i diti troppo grossi. Il Principe che cominciava a star meglio, faceva da se stesso la prova. Si venne finalmente alle cameriere; e anche queste fecero la figura di tutte le altre. Non c'era più nessuna donna che non si fosse provata invano a mettersi l'anello, allorché il Principe volle che venissero le cuoche, le sguattere e le pecoraie: e tutte gli furono menate dinanzi; ma i loro ditoni grossi e tozzi non poterono passare nell'anello, al di là dell'ugna.

– È stata fatta venire quella Pelle d'Asino che, giorni addietro, mi fece un dolce? – domandò il Principe.

Tutti si messero a ridere e risposero di no, perché era troppo sudicia e da far schifo.

– Cercatela subito, – disse il Re, – non sarà detto mai che io abbia fatta una sola eccezione.

Ridendo e burlando, corsero in cerca della tacchinaia.

L'infanta, che aveva sentito i tamburi e il bando degli araldi d'arme, s'era già figurata che il suo anello fosse la causa di tutto questo diavoletto; essa amava il Principe, e perché il vero amore è timido e modesto, così stava sempre colla paura che qualche dama non avesse un ditino piccolo come il suo, per cui fu per lei una grande allegrezza quando vennero a cercarla e a battere alla sua porta. Fin dal momento che ella era venuta a sapere che si cercava un dito, al quale andasse bene il suo anello, una vaga speranza l'aveva consigliata a pettinarsi con più amore del solito e a mettersi il suo bel busto d'argento, con la sottana tutta gale e ricami d'argento e seminata di smeraldi. Appena sentì bussare alla porta e chiamarsi per andare dal Re, lesta come un baleno si rimise la sua pelle d'asino e aprì. Gli uomini di corte, pigliandola in canzonatura, le dissero che il Re la cercava, per farle sposare suo figlio; quindi in mezzo alle più matte risate, la condussero dal Principe: il quale, stupefatto anch'esso dallo strano abbigliamento della fanciulla, non voleva credere che fosse quella medesima che aveva veduto coi propri occhi, così sfolgorante e così bella!

Tristo e confuso di aver preso questo granchio a secco madornale:

– Siete voi, – le domandò, – che abitate in fondo di quel corridoio oscuro, nel terzo cortile della fattoria?

– Sissignore! – rispose.

– Fatemi vedere la vostra mano, – disse egli tremando e con un grosso sospiro.

Indovinate ora voi chi rimase più meravigliato di tutti? Fu il Re e la Regina, furono tutti i ciamberlani e i grandi della Corte, quando videro uscir fuori di sotto a quella pelle nera e bisunta, una manina delicata, bianca e color di rosa, dove l'anello senza molta fatica poté infilarsi nel più bel ditino del mondo; quindi per un leggero movimento fatto dall'infanta, la pelle cadde, ed ella apparve di una bellezza così abbagliante, che il Principe, sebbene ancora molto debole, si gettò ai suoi piedi e l'abbracciò con tanto ardore, che la fece arrossire; ma nessuno quasi se ne accorse, perché il Re e la Regina vennero ad abbracciarla anch'essi con grandissima tenerezza, e le chiesero se fosse contenta di sposare il loro figliuolo. La Principessa, confusa da tante carezze e dall'amore che le dimostrava questo bel Principe, stava per ringraziare, quand'ecco che il soffitto della sala si aprì, e la fata Lilla, calandosi dentro a un carro intrecciato coi rami e coi fiori del suo nome, raccontò con una grazia infinita tutta l'istoria dell'infanta. Il Re e la Regina lietissimi di sapere che Pelle d'Asino era una gran

Principessa, raddoppiarono le attenzioni, ma il Principe si mostrò sempre più sensibile alle virtù della Principessa, e il suo amore si accrebbe per tutte le cose che aveva sentito dire.

La sua impazienza di sposare la Principessa era così forte, che non le lasciò nemmeno il tempo di fare i preparativi convenienti per questo augusto imeneo. Il Re e la Regina, innamorati della loro nuora, le facevano mille carezze e la tenevano sempre stretta fra le loro braccia. Ella aveva dichiarato che non poteva sposare il Principe senza il consenso del Re suo padre; per cui egli fu il primo ad essere invitato, senza dirgli per altro il nome della sposa: la fata Lilla che, com'è naturale, era quella che regolava ogni cosa, aveva voluto così, per evitare tutte le conseguenze. Arrivarono Principi e Re da tutti i paesi; chi in portantina, chi in calesse; i più lontani vennero a cavallo sopra elefanti, sopra tigri e sopra aquile; ma il più magnifico e il più potente di tutti fu il padre dell'infanta, il quale, per buona fortuna, aveva dimenticato il suo amore stranissimo e aveva sposato una Regina, vedova e molto bella. L'infanta andò a incontrarlo; ed egli la riconobbe subito e l'abbracciò con gran tenerezza, prima che ella avesse il tempo di gettarsi ai suoi piedi. Il Re e la Regina gli presentarono il loro figlio, al quale egli fece un sacco di garbatezze. Le nozze furono celebrate con uno scialo da non potersi descrivere. I giovani sposi, poco curanti di tutte queste magnificenze, non vedevano e non pensavano altro che a se stessi.

Il Re, padre del Principe, fece incoronare suo figlio lo stesso giorno, e baciandogli la mano, lo collocò sul trono, malgrado la resistenza opposta da questo buonissimo figliuolo: ma bisognò ubbidire. Le feste di questi illustri sponsali durarono più di tre mesi; ma l'amore dei giovani sposi durerebbe anch'oggi, tanto si volevano bene, se non fossero morti 100 anni dopo.

La storia di Pelle d'Asino è un po' difficile a pigliarla per vera; ma finché nel mondo ci saranno nonne, mamme e ragazzi, se la ricorderanno tutti con piacere.

LE FATE

di Charles Perrault (1697)

C'era una volta una vedova che aveva due figliuole. La maggiore somigliava tutta alla mamma, di lineamenti e di carattere, e chi vedeva lei, vedeva sua madre, tale e quale. Tutte e due erano tanto antipatiche e così gonfie di superbia, che nessuno le voleva avvicinare. Viverci insieme poi, era impossibile addirittura. La più giovane invece, per la dolcezza dei modi e per la bontà del cuore, era tutta il ritratto del suo babbo... e tanto bella poi, tanto bella, che non si sarebbe trovata l'eguale. E naturalmente, poiché ogni simile ama il suo simile, quella madre andava pazza per la figliuola maggiore; e sentiva per quell'altra un'avversione, una ripugnanza spaventevole. La faceva mangiare in cucina, e tutte le fatiche e i servizi di casa toccavano a lei.

Fra le altre cose, bisognava che quella povera ragazza andasse due volte al giorno ad attingere acqua a una fontana distante più d'un miglio e mezzo, e ne riportasse una brocca piena. Un giorno, mentre stava appunto lì alla fonte, le apparve accanto una povera vecchia che la pregò in carità di darle da bere.

– Ma volentieri, nonnina mia... – rispose la bella fanciulla – aspettate; vi sciacquo la brocca...

E subito dette alla mezzina una bella risciacquata, la riempì di acqua fresca, e gliela presentò sostenendola in alto con le sue proprie mani, affinché la vecchiarella bevesse con tutto

il suo comodo. Quand'ebbe bevuto, disse la nonnina:
— Tu sei tanto bella, quanto buona e quanto per benino, figliuola mia, che non posso fare a meno di lasciarti un dono.

Quella era una Fata, che aveva preso la forma di una povera vecchia di campagna per vedere fin dove arrivava la bontà della giovinetta. E continuò:
— Ti do per dono che ad ogni parola che pronunzierai ti esca di bocca o un fiore o una pietra preziosa.

La ragazza arrivò a casa con la brocca piena, qualche minuto più tardi; la mamma le fece un baccano del diavolo per quel piccolo ritardo.
— Mamma, abbi pazienza, ti domando scusa... — disse la figliuola tutta umile, e intanto che parlava le uscirono di bocca due rose, due perle e due brillanti grossi.
— Ma che roba è questa!... — esclamò la madre stupefatta, — sbaglio o tu sputi perle e brillanti!... O come mai, figlia mia?...

Era la prima volta in tutta la sua vita che la chiamava così, e in tono affettuoso. La fanciulla raccontò ingenuamente quel che le era accaduto alla fontana; e durante il racconto, figuratevi i rubini e i topazi che le caddero già dalla bocca!
— Oh, che fortuna... — disse la madre, — bisogna che ci mandi subito anche quest'altra. Senti, Cecchina, guarda che cosa esce dalla bocca della tua sorella quando parla. Ti piacerebbe avere anche per te lo stesso dono?... Basta che tu vada alla fonte; e se una vecchia ti chiede da bere, daglielo con buona maniera.
— E non ci mancherebbe altro!... — rispose quella sbadata. — Andare alla fontana ora!
— Ti dico che tu ci vada... e subito — gridò la mamma.

Brontolò, brontolò; ma brontolando prese la strada portando con sé la più bella fiasca d'argento che fosse in casa. La superbia, capite, e l'infingardaggine!... Appena arrivata alla fonte, eccoti apparire una gran signora vestita magnificamente, che le chiede un sorso d'acqua. Era la medesima Fata apparsa poco prima a quell'altra sorella; ma aveva preso l'aspetto e il vestiario di una principessa, per vedere fino a quale punto giungeva la malcreanza di quella pettegola.

– O sta' a vedere... – rispose la superba, – che son venuta qui per dar da bere a voi!... Sicuro!... per abbeverare vostra Signora, non per altro!... Guardate, se avete sete, la fonte eccola lì.

– Avete poca educazione, ragazza... – rispose la Fata senza adirarsi punto, – e giacché siete così sgarbata, vi do per dono che ad ogni parola pronunziata da voi vi esca di bocca un rospo o una serpe.

Appena la mammina la vide tornare da lontano, le gridò a piena gola:

– Dunque, Cecchina, com'è andata?

– Non mi seccate, mamma!... – replicò la monella; e sputò due vipere e due rospacci.

– O Dio!... che vedo!... – esclamò la madre. – La colpa deve essere tutta di tua sorella, ma me la pagherà...

E si mosse per picchiarla. Quella povera figliuola fuggì via di rincorsa e andò a rifugiarsi nella foresta vicina. Il figliuolo del Re che ritornava da caccia la incontrò per un viottolo, e vedendola così bella, le domandò che cosa faceva in quel luogo sola sola, e perché piangeva tanto.

– La mamma... – disse lei, – m'ha mandato via di casa e mi voleva picchiare...

Il figliuolo del Re, che vide uscire da quella bocchina cinque o sei perle e altrettanti brillanti, la pregò di raccontare come mai era possibile una cosa tanto meravigliosa. E la ragazza raccontò per filo e per segno tutto quello che le era accaduto. Il Principe reale se ne innamorò subito e considerando che il dono della Fata valeva più di qualunque grossa dote che potesse avere un'altra donna, la condusse senz'altro al palazzo del Re suo padre e se la sposò.

Quell'altra sorella frattanto si fece talmente odiare da tutti, che sua madre stessa la cacciò via di casa; e la disgraziata dopo aver corso invano cercando chi acconsentisse a riceverla andò a morire sul confine del bosco.

MORALE

Gli smeraldi, le perle, ed i diamanti
Abbaglian gli occhi col vivo splendore;
Ma le dolci parole e i dolci pianti
Hanno spesso più forza e più valore.

ALTRA MORALE

La cortesia che le bell'alme accende,
Costa talora acerbi affanni e pene;
Ma presto o tardi la virtù risplende,
E quando men ci pensa il premio ottiene.

CAPPUCCETTO ROSSO

di Charles Perrault (1697)

C'era una volta in un villaggio una bambina, la più carina che si potesse mai vedere. La sua mamma n'era matta, e la sua nonna anche di più. Quella buona donna di sua madre le aveva fatto fare un cappuccetto rosso, il quale le tornava così bene a viso, che la chiamavano dappertutto Cappuccetto Rosso.

Un giorno sua madre, avendo cavate di forno alcune stiacciate, le disse: «Va' un po' a vedere come sta la tua nonna, perché mi hanno detto che era un po' incomodata: e intanto portale questa stiacciata e questo vasetto di burro.» Cappuccetto Rosso, senza farselo dire due volte, partì per andare dalla sua nonna, la quale stava in un altro villaggio. E passando per un bosco s'imbatté in quella buona tana del Lupo, il quale avrebbe avuto una gran voglia di mangiarsela; ma poi non ebbe il coraggio di farlo, a motivo di certi taglialegna che erano lì nella foresta. Egli le domandò dove andava. La povera bambina, che non sapeva quanto sia pericoloso fermarsi per dar retta al Lupo, gli disse:

– Vo' a vedere la mia nonna e a portarle una stiacciata, con questo vasetto di burro, che le manda la mamma mia.

– Sta molto lontana di qui? – disse il Lupo.

– Oh, altro! – disse Cappuccetto Rosso. – La sta laggiù, passato quel mulino, che si vede di qui, nella prima casa, al principio del villaggio.

– Benissimo, – disse il Lupo, – voglio venire a vederla anch'io. Io piglierò da questa parte, e tu da quell'altra, e faremo a chi arriva più presto.

Il Lupo si messe a correre per la sua strada, che era una scorciatoia, con quanta forza avea nelle gambe: e la bambina se ne andò per la sua strada, che era la più lunga, baloccandosi a cogliere le nocciuole, a dar dietro alle farfalle, e a fare dei mazzetti con tutti i fiorellini, che incontrava lungo la via. Il Lupo in due salti arrivò a casa della nonna e bussò.

– Toc, toc.

– Chi è?

– Sono la vostra bambina, son Cappuccetto Rosso, – disse il Lupo, contraffacendone la voce, – e vengo a portarvi una stiacciata e un vasetto di burro, che vi manda la mamma mia.

La buona nonna, che era a letto perché non si sentiva troppo bene, gli gridò:

– Tira la stanghetta, e la porta si aprirà.

Il Lupo tirò la stanghetta, e la porta si aprì. Appena dentro, si gettò sulla buona donna e la divorò in men che non si dice, perché erano tre giorni che non s'era sdigiunato. Quindi rinchiuse la porta e andò a mettersi nel letto della nonna, aspettando che arrivasse Cappuccetto Rosso, che, di lì a poco, venne a picchiare alla porta.

– Toc, toc.

– Chi è?

Cappuccetto Rosso, che sentì il vocione grosso del Lupo, ebbe dapprincipio un po' di paura; ma credendo che la sua nonna fosse infreddata rispose:

– Sono la vostra bambina, son Cappuccetto Rosso, che vengo a portarvi una stiacciata e un vasetto di burro, che vi manda la mamma mia.

Il Lupo gridò di dentro, assottigliando un po' la voce:

– Tira la stanghetta e la porta si aprirà.

Cappuccetto Rosso tirò la stanghetta e la porta si aprì. Il Lupo, vistala entrare, le disse, nascondendosi sotto le coperte:

– Posa la stiacciata e il vasetto di burro sulla madia e vieni a letto con me.

Cappuccetto Rosso si spogliò ed entrò nel letto, dove ebbe una gran sorpresa nel vedere com'era fatta la sua nonna, quando era tutta spogliata. E cominciò a dire:

– O nonna mia, che braccia grandi che avete!
– Gli è per abbracciarti meglio, bambina mia.
– O nonna mia, che gambe grandi che avete!
– Gli è per correr meglio, bambina mia.
– O nonna mia, che orecchie grandi che avete!
– Gli è per sentirci meglio, bambina mia.
– O nonna mia, che occhioni grandi che avete!
– Gli è per vederci meglio, bambina mia.
– O nonna mia, che denti grandi che avete!
– Gli è per mangiarti meglio.

E nel dir così, quel malanno di Lupo si gettò sul povero Cappuccetto Rosso, e ne fece un boccone.

*
**

La storia di Cappuccetto Rosso fa vedere ai giovinetti e alle giovinette, e segnatamente alle giovinette, che non bisogna mai fermarsi a discorrere per la strada con gente che non si conosce: perché dei lupi ce n'è dappertutto e di diverse specie, e i più pericolosi sono appunto quelli che hanno faccia di persone garbate e piene di complimenti e di belle maniere.

IL GATTO CON GLI STIVALI

di Charles Perrault (1697)

Un mugnaio, venuto a morte, non lasciò altri beni ai suoi tre figliuoli che aveva, se non il suo mulino, il suo asino e il suo gatto. Così le divisioni furono presto fatte: né ci fu bisogno dell'avvocato e del notaro; i quali, com'è naturale, si sarebbero mangiata in un boccone tutt'intera la piccola eredità. Il maggiore ebbe il mulino. Il secondo, l'asino. E il minore dei fratelli ebbe solamente il gatto.

Quest'ultimo non sapeva darsi pace, per essergli toccata una parte così meschina.

– I miei fratelli, – faceva egli a dire, – potranno tirarsi avanti onestamente, menando vita in comune: ma quanto a me, quando avrò mangiato il mio gatto, e fattomi un manicotto della sua pelle, bisognerà che mi rassegni a morir di fame.

Il gatto, che sentiva questi discorsi, e faceva finta di non darsene per inteso, gli disse con viso serio e tranquillo:

– Non vi date alla disperazione, padron mio! Voi non dovete far altro che trovarmi un sacco e farmi fare un paio di stivali per andare nel bosco; e dopo vi farò vedere che nella parte che vi è toccata, non siete stato trattato tanto male quanto forse credete.

Sebbene il padrone del gatto non pigliasse queste parole per moneta contante, a ogni modo gli aveva visto fare tanti giuochi di destrezza nel prendere i topi, or col mettersi penzoloni, attaccato per i piedi, or col fare il morto, nascosto dentro la farina, che finì coll'aver qualche speranza di trovare in lui un po' di aiuto nelle sue miserie.

Appena il gatto ebbe ciò che voleva, s'infilò bravamente gli stivali, e mettendosi il sacco al collo, prese le corde colle zampe davanti e se ne andò in una conigliera, dove c'erano moltissimi conigli. Pose dentro al sacco un po' di crusca e della cicerbita: e sdraiandosi per terra come se fosse morto, aspettò che qualche giovine coniglio, ancora novizio dei chiapperelli del mondo, venisse a ficcarsi nel sacco per la gola di mangiare la roba che c'era dentro.

Appena si fu sdraiato, ebbe subito la grazia. Eccoti un coniglio, giovane d'anni e di giudizio, che entrò dentro al sacco: e il bravo gatto, tirando subito la funicella, lo prese e l'uccise senza pietà né misericordia.

Tutto glorioso della preda fatta andò dal Re, e chiese di parlargli. Lo fecero salire nei quartieri del Re, dove entrato che fu fece una gran riverenza al Re, e gli disse:

– Ecco, Sire, un coniglio di conigliera che il signor marchese di Carabà, – era il nome che gli era piaciuto di dare al suo padrone, – mi ha incaricato di presentarvi da parte sua.

– Di' al tuo padrone – rispose il Re – che lo ringrazio e che mi ha fatto un vero regalo.

Un'altra volta andò a nascondersi fra il grano, tenendo sempre il suo sacco aperto; e appena ci furono entrate dentro due pernici, tirò la corda e le acchiappò tutte e due. Corse quindi a presentarle al Re, come aveva fatto per il coniglio di conigliera. Il Re gradì moltissimo anche le due pernici e gli fece dare la mancia.

Il gatto in questo modo continuò per due o tre mesi a portare di tanto in tanto al Re la selvaggina della caccia del suo padrone. Un giorno avendo saputo che il Re doveva recarsi a passeggiare lungo la riva del fiume insieme alla sua figlia, la più bella Principessa del mondo, disse al suo padrone: «Se date retta a un mio consiglio, la vostra fortuna è fatta: voi dovete andare a bagnarvi nel fiume, e precisamente nel posto che vi dirò io: quanto al resto, lasciate fare a me».

Il marchese di Carabà fece tutto quello che gli consigliò il suo gatto, senza sapere a che cosa gli avrebbe potuto giovare. Mentre egli si bagnava, il Re passò di là; e il gatto si messe a gridare con quanta ne aveva in gola: «Aiuto, aiuto! affoga il marchese di Carabà». A queste grida, il Re messe il capo fuori dallo sportello della carrozza e, riconosciuto il gatto, che tante volte gli aveva portato la selvaggina, ordinò alle guardie che corressero subito in aiuto del marchese di Carabà.

Intanto che tiravano su, fuori dell'acqua, il povero Marchese, il gatto avvicinandosi alla carrozza raccontò al Re che mentre il suo padrone si bagnava, i ladri erano venuti a portargli via i suoi vestiti, sebbene avesse gridato al ladro con tutta la forza dei polmoni. Il furbo trincato aveva nascosto i panni sotto un pietrone.

Il Re diè ordine subito agli ufficiali della sua guardaroba di andare a prendere uno dei più sfarzosi vestiari per il marchese di Carabà. Il Re gli usò mille carezze, e siccome l'abito che gli avevano portato in quel momento faceva spiccare i pregi della sua persona (perché era bello e benissimo fatto), la Principessa lo trovò simpatico e di suo genio: e bastarono poche occhiate del marchese di Carabà, molto rispettose ma abbastanza tenere, perché ella ne rimanesse innamorata cotta.

Volle il Re che salisse nella sua carrozza, e facesse la passeggiata con essi. Il gatto, contentissimo di vedere che il suo disegno cominciava a pigliar colore, s'avviò avanti; e avendo incontrato dei contadini, che segavano, disse loro: «*Buona gente che segate il fieno, se non dite al Re che il prato segato da voi appartiene al marchese di Carabà, sarete tutti affettati fini fini come carne da far polpette.»*

Il Re infatti domandò ai segatori di chi fosse il prato che segavano. «È del marchese di Carabà,» dissero tutti a una voce perché la minaccia del gatto li aveva impauriti.

– Voi avete di bei possessi, – disse il Re al marchese di Carabà.

– Lo vedete da voi, Sire, – rispose il Marchese. – Questa è una prateria, che non c'è anno che non mi dia una raccolta abbondantissima.

Il bravo gatto, che faceva sempre da battistrada, incontrò dei mietitori, e disse loro: «*Buona gente che segate il grano, se non direte che tutto questo grano appartiene al signor marchese di Carabà, sarete stritolati fini fini come carne da far polpette.»*

Il Re, che passò pochi minuti dopo, volle sapere a chi appartenesse tutto il grano che vedeva. «È del signor marchese di Carabà, risposero i mietitori». E il Re se ne rallegrò col Marchese. Il gatto, che trottava sempre avanti la carrozza, ripeteva sempre le medesime cose a tutti quelli che incontrava lungo la strada; e il Re rimaneva meravigliato dei grandi possessi del signor marchese di Carabà.

Finalmente il gatto arrivò a un bel castello, di cui era padrone un orco, il più ricco che si fosse mai veduto; perché tutte le terre, che il Re aveva attraversate, dipendevano da questo castello. Il gatto s'ingegnò di sapere chi era quest'uomo, e che cosa sapesse fare: e domandò di potergli parlare, dicendo che gli sarebbe parso sconvenienza passare così accosto al suo castello senza rendergli omaggio e riverenza.

L'orco l'accolse con tutta quella cortesia che può avere un orco; e gli offrì da riposarsi.

– Mi hanno assicurato, – disse il gatto, – che voi avete la virtù di potervi cambiare in ogni specie d'animali; e che vi potete, per dirne una, trasformare in leone e in elefante.

– Verissimo! – rispose l'orco bruscamente, – e per darvene una prova, mi vedrete diventare un leone.

Il gatto fu così spaventato dal vedersi dinanzi agli occhi un leone, che s'arrampicò subito su per le grondaie, ma non senza fatica e pericolo, a cagione dei suoi stivali, che non erano buoni a nulla per camminare sulle grondaie de' tetti.

Di lì a poco, quando il gatto si avvide che l'orco aveva ripresa la sua forma di prima, calò a basso e confessò di avere avuto una gran paura.

– Mi hanno per di più assicurato, – disse il gatto, – ma questa mi par troppo grossa e non la posso bere, che voi avete anche la virtù di prendere la forma dei più piccoli animali; come sarebbe a dire, di cambiarvi, per esempio, in un topo o in una talpa: ma anche queste son cose, lasciate che ve lo ripeta, che mi paiono sogni dell'altro mondo!

– Sogni? – disse l'orco. – Ora vi farò veder io!...

E nel dir così, si cangiò in sorcio, e si messe a correre per la stanza. Ma il gatto, lesto come un baleno, gli s'avventò addosso e lo mangiò.

Intanto il Re che, passando da quella parte, vide il bel castello dell'orco, volle entrarvi.

Il gatto, che sentì il rumore della carrozza che passava sul ponte levatoio del castello, corse incontro al Re e gli disse:

– Vostra Maestà sia la benvenuta in questo castello del signor marchese di Carabà.

– Come! signor Marchese! – esclamò il Re. – Anche questo castello è vostro? Non c'è nulla di più bello di questo palazzo e delle fabbriche che lo circondano; visitiamolo all'interno, se non vi scomoda.

Il Marchese dette la mano alla Principessa; e seguendo il Re, che era salito il primo, entrarono in una gran sala, dove trovarono imbandita una magnifica merenda, che l'orco aveva fatta preparare per certi suoi amici che dovevano venire a trovarlo, ma che non avevano ardito di entrar nel castello, perché sapevano che c'era il Re. Il Re, contento da non potersi dire, delle belle doti del marchese di Carabà, al pari della sua figlia, che n'era pazza, e vedendo i grandi possessi che aveva, dopo aver vuotato quattro o cinque bicchieri, gli disse: «Signor Marchese! se volete diventare mio genero, non sta che a voi». Il marchese, con mille reverenze, gradì l'alto onore fattogli dal Re, e il giorno dopo sposò la Principessa. Il gatto diventò gran signore, e se seguitò a dar la caccia ai topi, lo fece unicamente per passatempo.

Godersi in pace una ricca eredità, passata di padre in figlio, è sempre una bella cosa: ma per i giovani, l'industria, l'abilità e la svegliatezza d'ingegno valgono più d'ogni altra fortuna ereditata. Da questo lato, la storia del gatto del signor marchese di Carabà è molto istruttiva, segnatamente per i gatti e per i marchesi di Carabà.

ENRICHETTO DAL CIUFFO

di Charles Perrault (1697)

C'era una volta una Regina, la quale partorì un figliuolo così brutto e così male imbastito, da far dubitare per un pezzo se avesse fattezze di bestia o di cristiano. Una fata, che si trovò presente al parto, dette per sicuro che egli avrebbe avuto molto spirito: e aggiunse di più, che in grazia di un certo dono particolare, fattogli da lei, avrebbe potuto trasfondere altrettanta dose di spirito e d'intelligenza in quella persona, chiunque si fosse, che egli avesse amato sopra tutte le altre.

Questa cosa consolò un poco la povera Regina, la quale non poteva darsi pace di aver messo al mondo un brutto marmocchio a quel modo! Il fatto egli è, che appena il fanciullo cominciò a spiccicar parola, disse delle cose molto aggiustate: e in tutto quello che faceva, mostrava un so che di così aggraziato, che piaceva e dava nel genio a tutti. Mi dimenticava di dire che egli nacque con un ciuffettino di capelli sulla testa: e per questo lo chiamarono Enrichetto dal ciuffo: perché Enrichetto era il suo nome di battesimo.

In capo a sette o otto anni, la Regina di uno Stato vicino partorì due bambine. La prima, che venne al mondo, era più bella del Sole; e la Regina ne sentì un'allegrezza così grande, da far temere per la sua salute. La stessa fata, che aveva assistito alla nascita di Enrichetto dal ciuffo, si trovò presente anche a quest'altra: e per moderare la gioia della Regina, le dichiarò che la piccola Principessa non avrebbe avuto neppur l'ombra dello spirito, per cui sarebbe stata tanto stupida, quanto era bella. La Regina rimase molto male di questa cosa: ma pochi momenti dopo ebbe un altro dispiacere anche più grosso, nel vedere che la seconda figlia, che aveva partorito, era talmente brutta da fare paura.

– Non vi disperate, signora, – le disse la fata, – la vostra figlia sarà ricompensata per un altro verso; essa avrà tanto spirito, da non avvedersi nemmeno della bellezza che non l'è toccata.

– Dio voglia che sia così! – rispose la Regina, – ma non ci sarebbe modo di fare avere un po' di spirito anche alla maggiore che è tanto bella?

– Per quanto allo spirito, o signora, io non ci posso far nulla, – disse la fata, – ma posso tutto per la parte della bellezza; e siccome non c'è cosa al mondo che non farei per vedervi contenta, così le concederò in dono la virtù di far diventare bella la persona che più sarà di suo genio.

A mano a mano che le due Principesse crescevano, crescevano con esse i loro pregi, fino al punto che non si parlava d'altro che della bellezza della più grande e dello spirito della minore. È vero però che anche i loro difetti si facevano più vistosi, coll'andare in là degli anni. La minore imbruttiva a occhiate, e la maggiore diventava stupida un giorno più dell'altro, e non sapeva rispondere alle domande che le venivano fatte, o rispondeva delle giuccherie. Oltre a questo ell'era così smanierata e senza garbo né grazia, che non era buona di posare quattro vasi di porcellana sul camminetto senza romperne qualcuno, né d'accostarsi alla bocca un bicchier d'acqua senza versarselo mezzo sul vestito.

Sebbene la bellezza sia un gran vantaggio per una fanciulla, pure è un fatto che la sorella minore aveva sempre il disopra sull'altra, in società e in tutte le conversazioni. Sul primo, tutti si voltavano dalla parte della più bella per vederla e ammirarla; ma dopo pochi minuti la lasciavano per andare da quella che aveva più spirito, a sentire le cose graziose che diceva: e faceva maraviglia di vedere come in meno di un quarto d'ora la maggiore non avesse più nessuno dintorno a sé, mentre tutti erano a far corona intorno alla sorella minore. La maggiore, sebbene molto stupida, si avvide di questa cosa: e avrebbe dato volentieri tutta la sua bellezza, per avere la metà dello spirito della sorella. La Regina, quantunque fosse prudente, non seppe stare dallo sgridarla piu volte delle sue grullerie: e questa cosa fece tanta pena alla povera Principessa, che si sentì come morire.

Un giorno, che era andata nel bosco a piangere la sua disgrazia, vide venirsi incontro un omiciattolo brutto e spiacente quanto mai, ma vestito con grandissima eleganza. Era il giovane principe Enrichetto dal ciuffo, il quale innamoratosi di lei al solo vederne i ritratti che giravano per tutto il mondo, aveva abbandonato il regno di suo padre per avere il piacere di vederla e di parlarle. Contentissimo di trovarla sola, si avvicinò a lei con tutto il rispetto e la gentilezza immaginabile. E avendo udito che essa era molto afflitta, dopo i soliti complimenti d'uso le disse:

– Io non so comprendere, o Regina, come essendo voi così bella come siete, possiate essere triste come apparite; perché, sebbene io possa vantarmi di aver veduto un'infinità di belle donne, posso dire di non averne vista una sola, la cui bellezza si avvicinasse alla vostra.

– A voi piace dir così! – rispose la Principessa, e non disse altro.

– La bellezza, – riprese Enrichetto dal ciuffo, – è un dono così grande, che deve compensare di tutto il resto; e quando la si possiede, non vedo nessun'altra cosa che possa recarci afflizione.

– Vorrei, – rispose la Principessa, – essere brutta quanto voi e avere dello spirito; piuttosto che avere la bellezza che ho, ed essere una stupida come sono.

– Non c'è nulla, o signora, che dia segno di aver dello spirito, quanto il credere di non averne: egli è uno di quei pregi, che per la sua indole singolare, più se ne ha, e più si crede di esserne mancanti.

– Io non m'intendo di queste cose, – disse la Principessa, – ma so benissimo che io sono una grande imbecille, ed ecco la cagione del dolore, che mi farà morire.

– Se non è che questo che vi tormenta, o signora, io posso facilmente metter fine alla vostra afflizione.

– E come fare? disse la Principessa.

– Io ho il potere, – disse Enrichetto dal ciuffo, – di trasfondere tutto lo spirito, che può desiderarsi, in quella persona che io dovrò amare sopra le altre; e siccome voi siete quella, così dipende da voi di possedere tanto spirito, quanto se ne può avere, solo che siate contenta di sposarmi.

La Principessa rimase come una statua, e non rispose sillaba.

– Vedo bene, – rispose Enrichetto dal ciuffo, – che questa mia proposta non vi è andata punto a genio: e non me ne faccio nessuna meraviglia; ma vi lascio un anno intero, perché possiate prendere una risoluzione.

La Principessa aveva così poco spirito, e al tempo stesso sentiva tanta voglia di averne, che s'immaginò che la fine dell'anno non sarebbe arrivata mai, e così accettò la proposizione che le veniva fatta. Appena ebbe promesso a Enrichetto dal ciuffo che dentro un anno e in quello stesso giorno l'avrebbe sposato, si sentì subito molto diversa da quella di prima; e provò una facilità incredibile a dire tutte le cose che voleva dire, e a dirle in un modo grazioso, spontaneo e naturale. Cominciò da questo momento a metter su una conversazione elegante e ben condotta con Enrichetto dal ciuffo, nella quale essa brillò con tanta vivacità, che a questi nacque il dubbio di averle dato più spirito di quello che se ne fosse serbato per sé.

Ritornata che fu al palazzo, la Corte non sapeva che pensare di un cambiamento così improvviso e straordinario; dappoiché, per quante sguaiataggini le avevano udito dire in passato, ora la sentivano dire altrettante cose spiritosissime e piene di buon senso. Tutta la Corte n'ebbe un'allegrezza tale da non figurarselo. Non ci fu la sorella minore, che non ne restasse contenta, perché non avendo più sulla maggiore il disopra dello spirito, faceva ora accanto a lei la figura meschinissima d'una bertuccia.

Il Re si lasciava guidare da lei, e qualche volta andava fino a tener consiglio nel suo quartiere. La diceria di questo cambiamento essendosi sparsa all'intorno, tutti i giovani principi degli Stati vicini fecero a gara per arrivare a farsi amare, e quasi tutti la chiesero in sposa ma essa non trovava chi avesse abbastanza spirito, e faceva lo stesso viso a tutte le offerte di matrimonio, senza impegnarsi con alcuno. Intanto se ne presentò uno così potente, così ricco, e così spiritoso e bello della persona, che ella non poté stare dal sentire una certa inclinazione per lui. Suo padre, che se n'era avveduto, le disse che la lasciava padrona di scegliersi lo sposo a modo suo, e che non aveva da far altro che far conoscere la sua volontà. E siccome accade che più uno ha dello spirito, e più si trova impensierito a pigliare una risoluzione stabile in certe faccende, essa, dopo aver ringraziato suo padre, domandò che le fosse dato un po' di tempo per poterci pensar sopra.

E per caso andò a passeggiare in quel bosco dove aveva incontrato Enrichetto dal ciuffo, per avere il modo di pensare comodamente alla risoluzione da prendere. Mentr'ella passeggiava tutt'immersa ne' suoi pensieri sentì sotto i piedi un rumore sordo, come di molte persone che vadano e vengano, e si dieno un gran da fare. Avendo teso l'orecchio con più attenzione, sentì qualcuno che diceva: «Passami codesta caldaia»; e un altro: «Metti della legna sul fuoco». La terra si aprì in quel momento, ed ella vide sotto i suoi piedi come una gran cucina piena di cuochi, di sguatteri e d'ogni sorta di gente necessaria per allestire una gran festa. E di lì uscì fuori una schiera di venti o trenta rosticcieri, che andarono a piantarsi in un viale del bosco, intorno a una lunghissima tavola, e tutti colla ghiotta in mano e colla coda di volpe sull'orecchio si posero a lavorare a tempo di musica, sul motivo di una graziosa canzone.

La Principessa, stupita di quello spettacolo, domandò loro per chi fossero in tanto lavorìo. «Lavoriamo,» rispose il capoccia della brigata, «per il signor Enrichetto dal ciuffo, che domani è sposo». La Principessa, sempre più meravigliata, e ricordandosi a un tratto che un anno fa, e in quello stesso giorno, aveva promesso di sposare il principe Enrichetto dal ciuffo, credé di cascare dalle nuvole. La ragione della sua dimenticanza stava in questo che, quando promise, era sempre la solita stupida, e acquistando in seguito lo spirito che il Principe le aveva dato, non si ricordava più di tutte le sue grullerie.

Non aveva fatto ancora trenta passi, seguitando la sua passeggiata, che s'imbatté in Enrichetto dal ciuffo, il quale si faceva avanti tutto sgargiante e magnifico, come un Principe che vada a nozze.

– Eccomi qui, signora, – egli disse, – puntuale alla mia

parola: e non ho il minimo dubbio che voi siate venuta qui per mantenere la vostra, e per far di me, col dono della vostra mano, il mortale più felice di questa terra.

– Vi confesserò francamente, – rispose la Principessa, – che su questa cosa non ho presa ancora nessuna risoluzione; e ho paura che, se dovrò prenderne una, non sarà mai quella che desiderate.

– Voi mi fate stupire, o signora, – disse Enrichetto dal ciuffo.

– Lo capisco, – disse la Principessa, – difatti mi troverei in un grandissimo impiccio, se avessi da fare con un uomo brutale e senza spirito. Una Principessa mi ha dato la sua parola, egli mi direbbe; e una volta che mi ha promesso, bisogna bene che mi sposi. Ma poiché la persona colla quale parlo, è la persona più spiritosa di questo mondo, così sono sicura che vorrà capacitarsi della ragione. Voi sapete che anche allora, quand'ero stupida, non sapevo risolvermi a dovermi sposare; e vi par egli possibile che ora, dopo tutto lo spirito che mi avete dato, e che mi ha resa di più difficile contentatura, di quel che fossi prima, possa oggi prendere una risoluzione che non sono stata buona di prendere per il passato? Se vi premeva tanto di sposarmi, avete avuto un gran torto a togliermi dalla mia stupidaggine, e a farmi aprire gli occhi, perché ci vedessi meglio d'una volta.

– Se un uomo senza spirito, – rispose Enrichetto dal ciuffo, – sarebbe ben accolto, stando a quello che dite, quando venisse a rinfacciarvi la parola mancata, o perché volete che io non debba valermi degli stessi mezzi, per una cosa nella quale è riposta la felicità di tutta la mia vita? Vi pare egli ragionevole che le persone di spirito debbano trovarsi in peggiore condizione di quelle che non ne hanno? E potete pretenderlo voi? voi che ne avete tanto e che avete tanto desiderato di averne? Ma veniamo al sodo, se vi contentate. All'infuori della mia bruttezza, c'è forse in me qualche cosa che vi dispiaccia? Siete forse scontenta della mia nascita, del mio spirito, del mio carattere, delle mie maniere?

– Tutt'altro, – rispose la Principessa, – anzi, tutte le cose che avete nominate, sono appunto quelle che mi piacciono in voi.

– Quand'è così, – rispose Enrichetto dal ciuffo, – sono felice, perché non sta che a voi a fare di me il più bello e il più grazioso degli uomini.

– Ma come può accader questo? – chiese la Principessa.

– Il come è facile, – rispose Enrichetto dal ciuffo. – Basta che voi mi amiate tanto, da desiderare che ciò accada: e perché, o signora, non vi nasca dubbio su quello che dico, sappiate che la medesima fata, che nel giorno della mia nascita mi fece il dono di rendere spiritosa la persona che più mi fosse piaciuta, diede a voi pure quello di far diventare bello colui che amerete, e al quale vorrete far di genio e volentieri questo favore.

– Se la cosa sta come la raccontate, – disse la Principessa, – vi desidero con tutto il cuore che diventiate il Principe più simpatico e più bello del mondo, e per quanto è da me, ve ne faccio pienissimo dono.

La Principessa aveva appena finito di dire queste parole, che subito Enrichetto dal ciuffo apparve ai suoi occhi il più bell'uomo della terra, e il meglio formato, e il più amabile di quanti se ne fossero mai veduti. Vogliono alcuni che questo cambiamento avvenisse non già per gl'incanti della fata, ma unicamente per merito dell'amore. E dicono che la Principessa, avendo ripensato meglio alla costanza del suo cuore e della sua mente, non vide più le deformità personali di lui, né la bruttezza del suo viso: talché il gobbo che egli aveva di dietro, le sembrò quella specie di rotondità e di floridezza d'aspetto di chi dà nell'ingrassare: e invece di vederlo zoppicare orribilmente, come aveva fatto fino allora, le parve che avesse un'andatura aggraziata e un po' buttata su una parte, che le piaceva moltissimo. Fu detto fra le altre cose, che gli occhi di lui, che erano guerci, le parvero più brillanti; e che finisse col mettersi in testa che quel modo storto di guardare fosse il segno di un violento accesso di amore: e che perfino il naso di lui, grosso e rosso come un peperone, accennasse a qualche cosa di serio e di marziale.

Fatto sta che la Principessa gli promise, lì sul tamburo, che l'avrebbe sposato, purché ne avesse ottenuto il consenso dal Re suo padre. Il Re, avendo saputo che la sua figlia aveva moltissima stima per Enrichetto dal ciuffo, che egli del resto conosceva per un Principe spiritosissimo e pieno di giudizio, lo accettò con piacere per suo genero. Il giorno dipoi furono fatte le nozze, come Enrichetto dal ciuffo aveva preveduto, e a seconda degli ordini che egli medesimo aveva già dato da molto tempo prima.

*
* *

Questa sembrerebbe una favola; eppure è una storia. Tutto ci par bello nella persona amata, anche i difetti: tutto ci par grazioso, anche le sguaiataggini. La storia d'Enrichetto dal ciuffo è vecchia quanto il mondo.

LA BELLA DAI CAPELLI D'ORO

di Marie-Catherine d'Aulnoy (1698)

C'era una volta la figlia di un Re, la quale era tanto bella, che in tutto il mondo non si dava l'eguale; e per cagione di questa sua grande bellezza, la chiamavano la Bella dai capelli d'oro, perché i suoi capelli erano più fini dell'oro, e biondi e pettinati a meraviglia le scendevano giù fino ai piedi. Essa andava sempre coperta dai suoi capelli inanellati, con in capo una ghirlanda di fiori e con delle vesti tutte tempestate di diamanti e di perle, tanto che era impossibile vederla e non restarne invaghiti.

In quelle vicinanze c'era un giovane Re, il quale non aveva moglie, ed era molto ricco e molto bello della persona. Quando egli venne a sapere tutte le belle cose che si dicevano della Bella dai capelli d'oro, sebbene non l'avesse ancora veduta, se ne innamorò così forte, che non beveva né mangiava più; finché un bel giorno, fatto animo risoluto, pensò di mandare un ambasciatore per chiederla in isposa. Fece fabbricare apposta una magnifica carrozza per il suo ambasciatore: gli dette più di cento cavalli e cento servitori, e si raccomandò a più non posso perché gli conducesse la Principessa.

Appena l'ambasciatore ebbe preso congedo dal Re e si fu messo in viaggio, alla Corte non si parlava d'altro: e il Re, che non dubitava punto che la Principessa non volesse acconsentire ai suoi desideri, cominciò subito a farle allestire degli abiti bellissimi e dei mobili di gran valore. Intanto che erano dietro a questi preparativi, l'ambasciatore, che era arrivato alla Corte della Bella dai capelli d'oro, recitò il suo bravo discorso; ma sia che la Principessa in quel giorno non fosse di buon umore, sia che il complimento non le andasse a genio, fatto sta che rispose all'ambasciatore di ringraziare il Re e di dirgli che non aveva voglia di maritarsi.

L'ambasciarore se ne partì dalla Principessa dispiacentissimo di non poterla condur seco: e riportò indietro tutti i regali, che doveva presentarle da parte del Re: perché la Principessa era molto onesta, e sapeva che alle ragazze non sta bene di accettare i regali dai giovinotti. Per cui non volle gradire né i diamanti né le altre cose; e solo per non scontentare il Re, accettò una carta di spilli d'Inghilterra.

Quando l'ambasciatore fu tornato alla capitale dove il suo Re lo aspettava con tanta impazienza, tutti rimasero male dal vedere che non avesse condotto seco la Principessa, e il Re si messe a piangere come un ragazzo, né c'era verso di consolarlo.

Si trovava lì, alla Corte, un giovinetto bello come il sole, il più grazioso di tutti gli abitanti del Regno. A cagione appunto delle sue belle maniere e del suo spirito, lo chiamavano "Avvenente". Tutti gli volevano bene, meno gli invidiosi, che si rodevano dalla rabbia perché il Re lo colmava di favori e lo metteva a parte d'ogni suo segreto.

Accade che Avvenente si trovò in un crocchio di persone, che parlavano del ritorno dell'ambasciatore e dicevano che non era stato buono a nulla; allora egli disse, senza badarci tanto né quanto: «Se il Re avesse mandato me dalla Bella dai capelli d'oro, son sicuro che ella sarebbe venuta meco». Senza metter tempo in mezzo quei malanni risoffiarono subito queste parole al Re e gli dissero: «Sapete, o Sire, che cosa ha detto Avvenente? ha detto che se aveste mandato lui dalla Bella dai capelli d'oro, egli si riprometteva di condurla seco. Vedete quant'è maligno! e' pretende di essere più bello di voi, e vorrebbe dare ad intendere che la Principessa si sarebbe tanto invaghita di lui, da seguitarlo da per tutto».

Ecco il Re che va in bestia e si riscalda in modo da perdere il lume degli occhi: – Ah! ah! – egli dice, – dunque questo bel mugherino si piglia giuoco della mia disgrazia? dunque si stima da più di me? Olà: mettetelo subito nella gran torre, e che lì ci muoia di fame.

Le guardie del Re andarono da Avvenente, il quale non si ricordava nemmeno di quello che aveva detto: lo trascinarono in prigione e gli fecero mille angherie. Questo povero giovine non aveva che un po' di paglia a uso di letto: e certo vi sarebbe morto, senza una piccola fontana, che scaturiva a piè della torre, dove egli pigliava qualche sorso d'acqua per rinfrescarsi un poco, perché la fame gli aveva seccata la gola.

Un giorno, non potendone più, diceva sospirando: «Di che mai si lamenta il Re? Fra tutti i suoi sudditi non ce n'è uno che, quanto me, gli sia fedele. Non ho ricordanza di averlo offeso mai!» Il Re, per caso, passando vicino alla torre, sentì i lamenti di colui che aveva tanto amato, e si fermò per stare in orecchio: quantunque i cortigiani, che erano con lui, e che l'avevano a morte con Avvenente, dicessero al Re: – Che idea è la vostra, o Sire? non sapete che è un malanno? – E il Re rispose: – Lasciatemi qui: voglio sentire quello che dice. E avendo sentito i lamenti di lui, gli occhi gli s'empirono di pianto: aprì la porta della torre, e lo chiamò. Avvenente, tutto desolato, andò a buttarsi ai ginocchi del Re, e gli baciò i piedi. – Che cosa v'ho fatto, o Sire, – egli disse, – per meritarmi sì duri trattamenti?

– Tu ti sei preso giuoco di me e del mio ambasciatore, –

rispose il Re, – tu ti sei lasciato uscir di bocca che, se avessi mandato te dalla Bella dai capelli d'oro, ti saresti stimato da tanto da menarla teco.

– È vero, Sire, – disse Avvenente, – io le avrei raccontato così bene le vostre virtù e i vostri pregi, che son sicuro che ella non avrebbe saputo come resistere; e in tutto questo non mi par che ci sia cosa che possa offendervi.

Il Re riconobbe, difatto, di aver torto: dette un'occhiata a coloro, che gli avevano messo in disgrazia il suo favorito, e lo menò con sé, non senza pentirsi amaramente del gran dispiacere che gli aveva dato.

Dopo averlo invitato a una lauta cena, lo chiamò nel suo gabinetto e gli disse: – Avvenente, io amo sempre la Bella dai capelli d'oro; il suo rifiuto non mi ha levato di speranza, ma non so che strada mi prendere per indurla a diventare mia sposa. Ho una gran voglia di mandar te, per vedere se tu fossi buono di venirne a capo. Avvenente rispose che era dispostissimo a obbedirlo in ogni cosa, e che sarebbe partito subito, anche l'indomani.

– Oh! – disse il Re, – ti voglio dare una splendida accompagnatura...

– Non mi par punto necessaria, – egli rispose, – quanto a me, mi basta e me n'avanza d'un bel cavallo e di qualche lettera da poter presentare da parte vostra.

Il Re non poté stare dall'abbracciarlo per la gran contentezza di vederlo così pronto e sollecito a partire. Egli prese congedo dal Re e dai suoi amici un lunedì mattina, e si pose in viaggio per compiere la sua ambasciata da sé solo, senza fare vistosità e senza fracasso. Lungo la strada non faceva altro che studiare tutti i modi per impegnare la Bella dai capelli d'oro a divenire la sposa del Re. Portava in tasca un piccolo calamaio, e quando gli veniva qualche bel pensierino da incastrare nel suo discorso, scendeva da cavallo e si metteva sotto un albero per pigliarne ricordo prima che gli passasse dalla memoria. Una mattina, che era partito sul far del giorno, passando da una gran prateria, gli venne in mente un'idea gentile e graziosa; e sceso subito di sella, andò a mettersi sotto una sfilata di salici e di pioppi, piantati lungo un piccolo ruscello che scorreva all'orlo del prato. Quand'ebbe finito di scrivere si voltò a guardare da tutte le parti, tanto era contento di trovarsi in un luogo così delizioso! Quand'ecco che vide sull'erba un Carpione color dell'oro, che boccheggiava e non ne poteva più, perché, per la gola di chiappare dei moscerini, aveva fatto un salto così lungo e così fuor dell'acqua, che era andato a ricascare sull'erba, dove stava quasi per morire. Avvenente n'ebbe compassione, e sebbene fosse giorno di magro e potesse fargli comodo per il suo desinare, lo prese e lo rimesse perbenino nella corrente del fiume. Appena il nostro Carpione sentì il fresco dell'acqua, cominciò a scodinzolare dall'allegrezza e andò subito a fondo: ma poi, ritornato a fior d'acqua, disse, avvicinandosi tutto vispo alla riva: «Avvenente, io vi ringrazio del servizio che mi avete reso; senza di voi sarei morto e voi mi avete salvato. Io non sono un ingrato e saprò ricambiarvi!» Dopo questo complimento sparì sott'acqua: e Avvenente rimase molto maravigliato dello spirito e della buona creanza del Carpione.

Un altro giorno, mentre seguitava il suo viaggio, s'imbatté in un Corvo ridotto a mal partito: questo povero uccello era inseguito da un'Aquila smisurata, gran divoratrice di Corvi; e stava lì lì per essere agguantato, e l'Aquila l'avrebbe inghiottito come un chicco di canapa, se Avvenente non si fosse mosso a compassione della povera bestia. «Ecco,» egli disse, «che al solito i più forti opprimono i più deboli. Che ragione ha l'Aquila di mangiare il Corvo?» E preso l'arco che portava sempre seco, e una freccia, puntò la mira contro l'Aquila e crac! le scagliò la freccia nel corpo e la passò da parte a parte. L'Aquila cadde giù morta, e il Corvo, tutt'allegro, andandosi a posare in cima a un ramo: «Avvenente,» gli disse, «voi siete stato molto generoso d'essere venuto in aiuto a me, che sono un povero uccello: ma non avete trovato un ingrato; all'occorrenza saprò ricambiarvi!»

Avvenente ammirò il buon cuore del Corvo, e continuò la sua strada. Una mattina, che albeggiava appena e non vedeva nemmeno dove mettesse i piedi, nel traversare un gran bosco, sentì un Gufo che strillava come un disperato. «Ohe!» egli disse, «ecco un Gufo al quale deve essere capitato qualche brutto malanno». Guarda di qui, guarda di là, finalmente gli venne fatto di vedere alcune reti, che erano state tese la notte per acchiappare gli uccelli. «Che miseria!» egli disse, «si vede proprio che gli uomini sono fatti apposta per tormentarsi gli uni cogli altri, e per non lasciar ben avere tanti poveri animali, che non hanno fatto loro nessun male e nessun dispetto». Cavò fuori il suo coltello e tagliò le funicelle delle reti. Il Gufo prese il volo, ma ricalando subito a tiro di schioppo: «Avvenente,» egli disse, «non ho bisogno di perdermi in parole per dirvi la gratitudine che sento per voi. Il fatto parla da sé. I cacciatori stavano lì per arrivare: senza il vostro soccorso, mi avrebbero preso e ammazzato. Ma io ho un cuore riconoscente, e saprò ricambiarvi».

Ecco le tre avventure più strepitose che accadessero al buon Avvenente durante il suo viaggio. Egli aveva tanta passione di arrivar presto, che, appena giunto, andò subito al palazzo della Bella dai capelli d'oro. Il palazzo era pieno di meraviglie. Diamanti ammontati come sassi: abiti magnifici, argenterie, confetti, dolci e ogni grazia di Dio: di modo che Avvenente pensava dentro di sé che se la Principessa si fosse decisa a lasciare tutte quelle magnificenze per venire a stare col Re suo padrone, bisognava proprio dire che gli era toccata una gran fortuna. Si messe un vestito di broccato e delle penne bianche e carnicine: si pettinò, s'inciprò, si lavò il viso: si infilò intorno al collo una ricca sciarpa, tutta ricamata, con un piccolo paniere e con dentro un bel canino, che esso aveva comprato, passando da Bologna. Avvenente era così bello della persona e così grazioso, e ogni cosa che faceva, lo faceva con tanto garbo, che quando si presentò alla porta del palazzo, tutte le guardie gli strisciarono una gran riverenza, e corsero ad annunziare alla Bella dai capelli d'oro, che Avvenente, l'ambasciatore del Re suo vicino, domandava la grazia di poterla vedere.

Subito che intese il nome d'Avvenente, la Principessa disse: – Questo nome m'è di buon augurio: scommetto che dev'essere un giovane grazioso e da piacere.

– Oh davvero, Signora! – dissero tutte le dame d'onore. – Noi l'abbiamo veduto dall'ultimo piano, dove s'era a mettere in ordine la vostra biancheria: e tutto il tempo che s'è trattenuto sotto le nostre finestre, non siamo state più buone a far nulla.

– Vi fa un bell'onore, – replicò la Bella dai capelli d'oro, – di passare il vostro tempo a guardare i giovanotti. Animo, via! mi si porti subito il mio vestito di gala, di raso blu, a ricami; mi si sparpaglino con grazia i miei capelli biondi: mi si faccia una ghirlanda di fiori freschi, si tirino fuori le mie scarpine col tacco rilevato e il mio ventaglio; si spazzi la mia camera e si spolveri il mio trono; perché io voglio che si dica dappertutto che io sono davvero la Bella dai capelli d'oro.

Ecco tutte le donne in gran moto per abbigliarla come una Regina: e tanto si danno da fare, che s'urtano fra di loro e non concludono nulla di buono. Finalmente la Principessa passò nella sala dei grandi specchi per rimirarsi e vedere se al suo abbigliamento mancasse qualche cosa; poi salì sul trono, tutto d'oro, d'avorio e d'ebano, che mandava un profumo delizioso, e ordinò alle donne di prendere degli strumenti e di mettersi a cantare, ma con una certa discrezione, per non cavar di cervello la gente.

Quando Avvenente fu condotto nella sala di udienza, restò così fuori di sé dalla meraviglia, che dopo ha raccontato molte volte che non poteva quasi aprir bocca per parlare. Nondimeno si fece coraggio: disse il suo discorso come non si poteva dir meglio, e pregò la Principessa di non dargli il dispiacere di doversene tornar via senza di lei. «Garbato Avvenente,» disse la Principessa, «le ragioni che mi avete dette sono eccellenti e io sarei contenta di fare un favore a voi, piuttosto che a qualunqu'altra persona. Ma bisogna che sappiate che un mese fa andai a passeggiare colle mie dame di compagnia lungo il fiume, e siccome mi fu servita la colazione, così nel cavarmi il guanto, mi uscì l'anello dal dito e disgraziatamente cadde nell'acqua. Quest'anello mi è più caro del regno. Lascio immaginare a voi il dispiacere che provai! E ora ho fatto giuro di non dare ascolto a nessuna trattativa di matrimonio, se l'ambasciatore che verrà a portarmi lo sposo non mi riporti prima il mio anello. Tocca a voi a decidere su quello che volete fare; perché se duraste a parlarmene quindici giorni e quindici notti in fila, non arrivereste mai a farmi cambiare di sentimento».

Avvenente rimase mezzo intontito a questa risposta: le fece una gran riverenza e la pregò di voler gradire il canino, il paniere e la sciarpa; ma essa rispose che non accettava nessun regalo e che pensasse alle cose che gli aveva dette.

Quando fu tornato a casa, se ne andò a letto senza prendere nemmeno un boccone da cena: e il canino, che si chiamava

Caprioletto, non volle cenare neanche lui e andò a cucciarsi accanto al padrone. Tutta la notte, quanto fu lunga, Avvenente non fece altro che sospirare. – Dove poss'io ripescare un anello, che, un mese fa, è cascato nel fiume? – esso diceva. – Sarebbe una pazzia soltanto a provarsi! Si vede bene che la Principessa lo ha detto apposta per mettermi nell'impossibilità di poterla ubbidire. E tornava a sospirare e a dare in tutte le smanie. Caprioletto, che lo sentiva, gli disse: «Caro padrone, fatemi un piacere: non disperate ancora della vostra buona fortuna. Voi siete un giovine troppo carino, per non dover essere fortunato. Appena farà giorno, andiamo subito in riva al fiume». Avvenente gli dette colla mano due buffetti e non rispose sillaba: finché stanco e rifinito dalla passione, si addormentò.

Caprioletto, quando vide i primi chiarori dell'alba, cominciò tanto a sgambettare, che lo svegliò e gli disse: «Animo, padrone, vestitevi: e usciamo!» Avvenente non desiderava di meglio. Si alza, si veste, scende nel giardino e dal giardino s'incammina un passo dietro l'altro verso il fiume, dove si mette a passeggiare col suo cappello sugli occhi e colle braccia incrociate, pensando al brutto momento di dover ripartire, quand'ecco che a un tratto sente una voce che lo chiama: – Avvenente! Avvenente!

Si volta a guardare da tutte le parti e non vede anima viva. Credé di aver sognato. Si rimette a passeggiare, e daccapo la solita voce a chiamarlo: – Avvenente! Avvenente!

– Chi è che mi chiama? – diss'egli.

Caprioletto, che era molto piccino, e così poteva guardare nell'acqua a piccolissima distanza, gli rispose: – Datemi del bugiardo se non è un Carpione, color dell'oro, quello laggiù in fondo. Detto fatto, un grosso Carpio venne su a fior d'acqua e gli disse:

– Voi mi avete salvato la vita nei prati degli Alzieri, dove io senza di voi sarei rimasto morto, e vi promisi un ricambio. Pigliate, caro Avvenente, ecco qui l'anello della Bella dai capelli d'oro.

Egli si chinò e tirò fuori l'anello dalla gola del Carpio e lo ringraziò a mille doppi. E invece di tornare a casa, andò difilato al palazzo, in compagnia di Caprioletto, che era contento come una pasqua per aver consigliato il suo padrone a venire sulla sponda del fiume. Fu annunziato alla Principessa che Avvenente desiderava di vederla. «Ahimè! povero giovane!» diss'ella, «e' vien da me per congedarsi. Avrà capito che ciò che io voglio da lui è impossibile, e partirà per andare a raccontarlo al suo padrone». Avvenente, appena introdotto, le presentò l'anello dicendo: – Ecco, o Principessa, il vostro comando è stato obbedito: sareste ora tanto compiacente di prendere per vostro sposo il mio augusto padrone?

Quand'ella vide il suo anello, sano e salvo come se non fosse stato toccato, rimase meravigliata: ma tanto meravigliata, che credeva di sognare.

– Davvero, – ella disse, – grazioso Avvenente! Si vede proprio che voi avete una fata dalla vostra altrimenti questi miracoli non si fanno.

– Signora, – egli replicò, – io non so di fate: ma so che ho un gran desiderio di contentare ogni vostra voglia.

– Poiché avete questa buona volontà, – ella continuò – rendetemi un altro gran servizio, senza di che non c'è caso che io possa risolvermi a prendere marito. C'è un Principe, non lontano di qui, detto Galifrone, il quale si è messo in testa di volermi sposare. Egli mi ha fatto conoscere la sua intenzione con minacce paurose, dicendo che se io non lo voglio, metterà lo scompiglio e la desolazione ne' miei Stati. Ma ditemi un po' voi, se potrei dargli retta. Figuratevi che è un gigante più grande di una gran torre; ed è capace di mangiare un uomo come una scimmia mangerebbe una castagna. Quando va in giro per la campagna, si mette in tasca dei piccoli cannoni, dei quali poi si serve come se fossero pistole: e quando parla forte, fa diventar sorde tutte le persone che gli stanno vicine. Gli mandai a dire che non avevo voglia di maritarmi e che mi scusasse: ma non per questo ha smesso di perseguitarmi: ammazza i miei sudditi, e prima d'ogni cosa bisogna che voi vi battiate con lui, e che mi portiate la sua testa.

Avvenente rimase sbalordito da questo discorso: stette un po' soprappensiero; poi disse: – Ebbene, o signora! io mi batterò con Galifrone. Credo che ne toccherò io! A ogni modo, morirò da valoroso.

La Principessa restò meravigliatissima: e gli disse un monte di cose, per vedere di stornarlo da questa impresa. Ma non valse a nulla. Egli se ne venne via, per mettersi subito in cerca delle armi e di tutto l'occorrente. Quand'ebbe ciò che voleva, ripose Caprioletto nel solito panierino, montò sul suo bel cavallo e andò nel paese di Galifrone. A quanti incontrava per via, domandava a tutti notizie di lui: e tutti gli dicevano che era un vero demonio, e che faceva spavento soltanto a doverlo avvicinare. Caprioletto, per fargli coraggio, gli diceva: «Caro padrone, in quel mentre che vi batterete, io anderò a mordergli le gambe: lui si chinerà per levarmi di tra i piedi, e intanto voi l'ammazzerete». Avvenente ammirava lo spirito del suo canino: ma sapeva bene che il suo aiuto non sarebbe stato in ragione del bisogno.

Finalmente arrivò in vicinanza del castello di Galifrone: tutte le strade erano seminate d'ossa e di carcasse d'uomini, che esso aveva divorati o fatti in pezzi. Né dové aspettarlo molto tempo, perché lo vide comparire di dietro al bosco. La sua testa sorpassava gli alberi più alti, e con una voce spaventosa cantava:

> *Chi mi porta dei teneri bambini*
> *Da farli scricchiolare sotto il dente?*
> *Ne ho bisogno di tanti e poi di tanti.*
> *Che in tutto il mondo non ce n'è bastanti.*

E subito Avvenente, a botta e risposta, si messe a cantare:

> *Fatti avanti, c'è Avvenente*
> *Che saprà strapparti i denti;*
> *Non è un colosso di figura,*
> *Ma di te non ha paura.*

Le rime non tornavano precise: ma bisogna riflettere che la strofa la improvvisò in fretta e in furia, ed è un miracolo se non la fece anche più brutta, per la paura che gli era entrata in corpo. Quando Galifrone sentì questa risposta, si voltò di qua e di là, e vide Avvenente colla spada nel pugno della mano, che gli disse per giunta tre o quattro parolacce, per farlo andare in bestia più che mai. Non ci mancava altro! Egli prese una furia così spaventosa, che, afferrata una mazza tutta di ferro, avrebbe ucciso con un colpo solo il delicato Avvenente, senza il caso di un Corvo che venne a posarglisi sulla testa e gli dette negli occhi una beccata così aggiustata, che glieli cavò di netto. Il sangue gli grondava giù per il viso: e infuriato da far paura, picchiava mazzate a diritto e a rovescio. Intanto Avvenente, scansandosi a tempo, gli tirava dei colpi di spada, ficcandogliela in corpo fino all'impugnatura: e tanto era il sangue, che il gigante perdeva dalle sue molte ferite, che finalmente stramazzò per terra. Avvenente gli tagliò subito la testa, tutto allegro di avere avuto questa bella fortuna; e il

Corvo che s'era posato sul ramo d'un albero, gli disse:

– Io non ho dimenticato il servizio che mi rendeste, uccidendo l'Aquila che mi dava addosso. Vi promisi di contraccambiarvi, e credo di aver pagato il mio debito.

– Sono io che vi debbo tutto, signor Corvo, – rispose Avvenente, – e mi dichiaro vostro buon servitore.

Poi montò subito a cavallo, col carico della spaventosa testa di Galifrone.

Quando arrivò in città, tutta la gente gli andava dietro gridando: «Ecco il bravo Avvenente, che ritorna dall'aver morto il gigante Galifrone» e la Principessa, che sentiva questo baccano e tremava dalla paura che venissero a dargli la nuova della morte di Avvenente, non aveva fiato di chiedere che cosa fosse avvenuto. Ma in quel punto ella vide entrare Avvenente, colla testa del gigante, che metteva ancora spavento, quantunque non potesse più fare alcun male.

– Signora, – egli disse, – il vostro nemico è morto. Voglio sperare che ora non direte più di no al Re, mio augusto padrone.

– Ah! senza dubbio, – replicò la Bella dai capelli d'oro, – che io gli dirò sempre di no, se voi prima della mia partenza non trovate il modo di portarmi l'acqua della caverna tenebrosa. C'è qui, poco distante, una grotta profonda che gira più di cento chilometri. Ci stanno sull'ingresso due draghi che ne impediscono l'entrata. Buttano fiamme di fuoco dalla bocca e dagli occhi. Quando poi siamo dentro alla grotta, si trova una gran buca nella quale bisogna scendere, ed è piena di rospi, di biacchi, di ramarri e di altri serpenti. In fondo a questa buca c'è una piccola nicchia, dalla quale scaturisce la fontana della bellezza e della salute: io voglio a tutti i costi di quell'acqua. Ogni cosa che si lava con quell'acqua diventa meravigliosa: se siamo belle, si rimane sempre belle: se brutte, si diventa belle: se siamo giovani, si resta giovani: se vecchie, si ringiovanisce. Vedete bene, caro Avvenente, che io non posso lasciare il mio Regno, senza portar meco un poco di quell'acqua lì.

– Signora, – egli rispose; – voi siete tanto bella, che quest'acqua per voi mi pare affatto inutile: ma io sono un ambasciatore disgraziato, di cui volete la morte. Io vado a cercarvi ciò che voi desiderate, colla certezza nel cuore di non tornare più indietro. La Bella dai capelli d'oro non cambiò per questo di proposito: e il povero Avvenente partì col suo canino Caprioletto per andare alla grotta tenebrosa, a cercarvi l'acqua della bellezza. Tutti quelli che lo incontravano lungo la strada, dicevano: «Che peccato vedere un giovane tanto grazioso correre così spensieratamente in bocca alla morte: egli se ne va alla grotta da sé solo: ma quand'anche fossero cento, non verrebbero a capo di nulla. Perché la Principessa s'incaponisce a volere l'impossibile?» Egli seguitava a camminare, e non diceva parola: ma era triste, molto triste.

Arrivato verso la cima della montagna, si sedette per ripigliar fiato, e lasciò il cavallo a pascere e Caprioletto a correr dietro alle mosche. Egli sapeva che la grotta tenebrosa non era molto distante di là, e guardava se per caso l'avesse potuta scoprire; quand'ecco che vide un enorme scoglio, nero come l'inchiostro, di dove usciva un fumo densissimo, e di lì a poco uno dei draghi che buttava fuoco dagli occhi e dalla gola. Il drago aveva il corpo verde e giallo, dei grossi unghioni e una coda lunghissima, che s'attorcigliava in più di cento giri. Caprioletto vide anch'egli ogni cosa, e non sapeva dove nascondersi: la povera bestia era mezza morta dalla paura.

Avvenente, fatto oramai animo di morire, cavò fuori la sua spada e s'avviò colla sua boccetta, che la Bella dai capelli d'oro gli aveva dato, per riempirla coll'acqua della bellezza. Egli disse al suo canino Caprioletto:

– Per me è finita! io non potrò mai arrivare a prendere di quest'acqua, che è custodita dai draghi; quando sarò morto, riempi la boccetta col mio sangue e portala alla Principessa, perché ella possa vedere quanto mi costa il servirla: e dopo vai a trovare il Re mio padrone, e raccontagli la mia disgrazia.

Mentre diceva così, sentì una voce che lo chiamava: – Avvenente! Avvenente!

Egli disse: – Chi mi chiama? – e vide un Gufo nel buco d'un albero vecchio, che gli disse: – Voi mi avete liberato dalle reti de' cacciatori, dov'ero rimasto preso: e mi salvaste la vita. Promisi di rendervi il contraccambio, e il momento è giunto. Datemi la vostra boccetta: io conosco tutti gli andirivieni della grotta tenebrosa: anderò io a prendervi l'acqua della bellezza.

Figuratevi se questa cosa gli fece piacere! Lo lascio pensare a voi. Avvenente gli dette subito la sua boccetta e il Gufo entrò nella grotta, come sarebbe entrato in casa sua. E in meno d'un quarto d'ora tornò e riportò la boccetta piena e tappata. Ad Avvenente parve d'aver toccato il cielo con un dito: ringraziò il Gufo dal profondo del cuore e, risalita la montagna, prese tutt'allegro la strada che menava alla città.

Andò subito al palazzo e presentò la boccetta alla Bella dai capelli d'oro, la quale non ebbe più nulla da ridire. Ella ringraziò Avvenente, e diè l'ordine che fosse allestita ogni cosa per la partenza. Poi si messe in viaggio con lui: e strada facendo, finì col persuadersi che il giovinetto era molto grazioso; e qualche volta gli diceva: – Se aveste voluto, vi avrei fatto Re e non saremmo partiti mai dai miei Stati. – Ma egli rispose: – Rinunzierei a tutti i troni della terra, piuttosto che dare un dispiacere così forte al mio Re: sebbene voi siate più bella del sole.

Finalmente giunsero alla Capitale, e il Re, sapendo che la Bella dai capelli d'oro stava per arrivare, andò a incontrarla e le presentò i più bei regali del mondo. Furono fatte le nozze, e con tanta gala e magnificenza, che si durò a discorrerne per un pezzo; ma la Bella dai capelli d'oro, che in fondo al cuore era innamorata di Avvenente, non poteva stare senza vederlo e l'aveva sempre sulla bocca. Ella diceva al Re: «Se non era per Avvenente, io non sarei dicerto venuta qui: egli ha fatto per me delle cose, da non potersi credere; e voi dovete essergli grato».

Gl'invidiosi che sentivano questi discorsi della Regina andavano dopo bisbigliando al Re: – Voi non siete geloso; eppure avreste motivo di esserlo. La Regina è così innamorata di Avvenente, che non mangia né beve più; essa non fa altro che parlar di lui e della grande riconoscenza che voi dovete avergli: come se chiunque altro aveste mandato, nel posto suo, non avesse saputo fare altrettanto.

E il Re disse: – Davvero, che me ne sono accorto anch'io. Che sia preso subito e imprigionato nella torre, coi ferri ai piedi e alle mani.

Avvenente fu preso e, in ricompensa di aver così bene servito il Re, fu chiuso nella torre coi ferri ai piedi e alle mani. La sola persona che egli vedesse, era il guardiano della carcere; il quale gli gettava da una buca un pezzo di pan nero e un po' d'acqua in una ciotola di terra. Ma il suo piccolo Caprioletto non lo abbandonava mai, e veniva a fargli coraggio e a portargli tutte le nuove che correvano per la città.

Quando la Bella dai capelli d'oro venne a risapere la disgrazia di Avvenente, andò a buttarsi ai piedi del Re, e colle lacrime agli occhi lo pregò a farlo levare di prigione. Ma più essa si raccomandava, e più il Re s'intristiva, pensando fra sé e sé: «È segno che ne è innamorata» e così non intendeva né ragioni né preghiere.

Il Re finì col mettersi in testa di non essere abbastanza bello agli occhi della Regina: e gli venne l'idea di lavarsi il viso coll'acqua della bellezza, per vedere se in questo modo gli fosse riuscito di farsi amare un poco di più. Quest'acqua stava sul caminetto nella camera della Regina, che la teneva lì, per averla sempre sott'occhio; ma una delle sue cameriere, volendo ammazzare un ragno con una spazzolata, fece cascare disgraziatamente la boccetta, la quale si ruppe, e l'acqua se n'andò tutta per la terra. La cameriera ripulì ogni cosa in fretta e furia, e non sapendo come rimediarla, si ricordò di aver visto nel gabinetto del Re un'altra boccetta somigliantissima e piena d'acqua chiara, tale e quale come l'acqua della bellezza. Non parendo suo fatto, la prese senza star a dir nulla e la posò sul camminetto della Regina.

L'acqua che era nel gabinetto del Re serviva per far morire i Principi e i grandi Signori, quando ne avevano fatta qualcuna delle grosse. Invece di tagliar loro la testa o impiccarli, si bagnava loro il viso con quest'acqua: e così si addormentavano e non si svegliavano più. Una sera, dunque, il Re prese la boccetta e si strofinò ben bene il viso. Dopo si addormentò e morì. Il piccolo Caprioletto, che fu uno dei primi a sapere il caso, andò subito a raccontarlo ad Avvenente, il quale gli disse di andare di corsa dalla Bella dai capelli d'oro e di pregarla a volersi ricordare del povero prigioniero.

Caprioletto sgattaiolò fra mezzo alle gambe della folla, perché alla Corte c'era un gran via-vai e una gran diceria per la morte del Re, e disse alla Regina: «Signora, non vi scordate del povero Avvenente». Ella si rammentò subito di tutti i patimenti che aveva sofferti per lei, e della sua gran fidatezza. Uscì senza farne parola con alcuno, e andò diritto alla torre, dove sciolse da se stessa le catene dalle mani e dai piedi d'Avvenente:

e mettendogli una corona in capo e un manto reale sulle spalle, disse: «Venite, mio caro Avvenente, io vi faccio Re, e vi prendo per mio sposo».

Egli si gettò ai suoi piedi e la ringraziò: e tutti si chiamarono fortunati di averlo per sovrano. Le nozze furono fatte con grandissima magnificenza, e la Bella dai capelli d'oro visse molti anni col suo bell'Avvenente, tutti e due felici e contenti, da non poterselo figurare.

*
**

Si vuole che Avvenente lasciasse ai suoi figli un libro di ricordi: un libro curioso, perché aveva tutte le pagine bianche, meno l'ultima, sulla quale aveva scritto di proprio pugno le seguenti parole:

« *Se per caso qualche povero diavolo ricorre a te per essere aiutato, tu aiutalo: né badare com'è vestito, né se abbia viso di persona da poterti rendere, un giorno o l'altro, il piacere che gli fai.*

» *Sulle opere buone e generose non si mercanteggia mai: né bisogna farle coll'intenzione di ripigliarci sopra il frutto e l'usura.*

» *A ogni modo, tieni sempre a mente che un benefizio fatto non è mai perduto.* »

L'UCCELLO TURCHINO

di Marie-Catherine d'Aulnoy (1698)

C'era una volta un Re, molto ricco di quattrini e di terre: la sua moglie morì, ed egli ne fu inconsolabile. Per otto giorni intieri si chiuse in un piccolo salottino, dove picchiava il capo nel muro, tanto era il dolore che gli straziava l'anima; per paura che finisse coll'ammazzarsi, furono accomodate delle materasse fra il muro e i parati della stanza. Così poteva sbatacchiarsi a suo piacere, e non c'era caso che potesse farsi del male. Tutti i suoi sudditi si messero d'accordo per andare a trovarlo e dirgli quelle ragioni credute più adatte, per iscuoterlo dalla sua tristezza. Alcuni prepararono dei discorsi molto seri: altri uscirono fuori con delle cose piacevoli e anche allegre: ma tutte queste ciarle non fecero su lui né caldo né freddo. Esso non badava neppure a quello che gli dicevano.

Alla fine gli si presentò, fra gli altri, una donna tutta abbrunata e coperta di veli neri, di mantiglie e di strascichi da gran lutto, la quale piangeva e singhiozzava così forte, e con urli così acuti e sfogati, che il Re ne rimase sbalordito. Ella gli disse che non aveva intenzione di fare come gli altri: e che andava non per iscemargli il suo dolore, ma piuttosto per accrescerlo, perché non sapeva che ci potesse essere una cosa più giusta nel mondo di quella di piangere una buona moglie perduta: e che ella, a cui era toccato il migliore di tutti i mariti, faceva conto di piangerlo, finché avesse avuto lacrime e occhi. A questo punto, raddoppiò le sue grida e i suoi pianti, e il Re, sull'esempio di lei, si messe a berciare come un bambino.

Egli la ricevé meglio di tutti gli altri: e le raccontò la storia delle belle doti della sua cara defunta, mentre ella faceva altrettanto dei pregi del suo caro defunto; e discorsero tanto e tanto, che nessuno dei due sapeva più che cosa si dire sul conto della loro grande afflizione. Quando la furba vedovella si accorse che l'argomento era agli sgoccioli, alzò un pochino il velo e il Re poté ricrearsi la vista nel mirare questa bella sconsolata, che sotto due lunghe ciglia nerissime girava e muoveva con moltissim'arte un paio d'occhi, grandi e turchini, come l'azzurro d'un cielo stellato. Il suo carnato era sempre fresco. Il Re cominciò a guardarla con molta attenzione: a un poco per volta, parlò meno della sua moglie, e finì col non parlarne più. La vedova badava a dire di voler piangere sempre il suo marito: e il Re la consigliava a non voler rendere eterno il suo dolore. Per farla corta, tutti cascarono dalle nuvole, nel sentire che il Re l'aveva sposata, e che il nero s'era cambiato in verde e in color di rosa.

Spesso e volentieri basta conoscere il debole delle persone, per impadronirsi del loro cuore e farne quel che ci pare e piace.

Il Re, dal suo primo matrimonio, non aveva avuto che una sola figlia, la quale passava per l'ottava meraviglia del mondo; e si chiamava Fiorina, perché somigliava alla Flora, tanto era fresca, giovine e bella. Ella non portava mai vestiti sfarzosi; preferiva invece la seta leggera, con qualche fermaglio di pietre preziose e molte ghirlande di fiori, che facevano una figura magnifica intorno ai suoi bellissimi capelli. Aveva quindici anni, quando il Re si rimaritò.

La novella Regina mandò a prendere una sua figlia, che

era stata allevata in casa della sua comare, la fata Sussio: ma non per questo era diventata più bella e più graziosa.

La fata ci aveva messo un grand'impegno: ma senza concluder nulla di buono: nondimeno le voleva moltissimo bene.

La chiamavano Trotona, perché aveva sul viso delle macchie rossastre, come quelle della trota: i suoi capelli erano così grassi e imbiosimati, da non giovarsene a toccarli e dalla sua pelle giallastra gocciolava l'unto.

La Regina le voleva un bene dell'anima e non aveva altro in bocca che la sua cara Trotona; e perché Fiorina era stata in ogni cosa molto più favorita della sua figlia, ne sentiva una grande spina al cuore, e faceva di tutto per mettere Fiorina in uggia al padre.

Non c'era giorno che la Regina e Trotona non inventassero qualche marachella a danno di Fiorina; ma la Principessa, così dolce di carattere e piena di spirito, ci passava sopra e faceva finta di non darsene per intesa.

Il Re disse un giorno alla Regina che Trotona e Fiorina erano tutte e due da marito, e che appena si fosse presentato un Principe in Corte, bisognava fare in modo di dargliene una.

«Io voglio,» disse la Regina, «che mia figlia sia maritata la prima: ha più anni della vostra, e siccome è anche mille volte più graziosa, così non c'è nemmeno da esitare e da pensarci sopra».

Il Re, a cui non piaceva mettersi a tu per tu, disse che per parte sua era contentissimo, e che la lasciava padrona di fare e disfare.

Di lì a poco tempo si venne a sapere che stava per giungere il Re Grazioso. Non c'era ricordanza d'un altro Re più galante e più splendido di lui. Il suo spirito e la sua persona rispondevano a capello al suo nome.

Appena la Regina venne a saperlo, messe subito in moto tutte le sarte e tutti i lavoranti di mode, per allestire il corredo alla sua Trotona.

Di più, pregò il Re a non fare nessun vestito di nuovo a Fiorina; e, messa su la cameriera di lei, le fece portar via tutti i suoi abiti, le pettinature e le gioie, il giorno stesso in cui arrivò il Principe Grazioso; e così Fiorina, quando andò per vestirsi, non trovò nemmeno il biracchio d'un nastro e mandò alle botteghe, per comprare delle stoffe: ma risposero che la Regina aveva loro proibito che le fosse venduta la più piccola cosa. Ragione per cui ella si trovò con un vestituccio da casa, abbastanza indecente, e n'ebbe tanta vergogna che, all'arrivo del Re Grazioso, andò a rincattucciarsi in un angolo della sala.

La Regina lo ricevé con grandi salamelecchi e gli presentò sua figlia, che era più risplendente del sole, e più brutta del solito, a cagione dei tanti fronzoli che aveva addosso. Il Re si voltò da un'altra parte per non vederla: e la Regina intestata a credere che gli piacesse troppo e che non volesse impegnarsi, cercava tutti i mezzi per mettergliela dinanzi agli occhi. Egli domandò se non vi fosse anche un'altra Principessa, chiamata Fiorina.

– Sì, – disse Trotona indicandola col dito – eccola là che si nasconde, perché è una broccola.

Fiorina arrossì e diventò bella, ma tanto bella, che il Re Grazioso ne rimase abbagliato. Si alzò subito, fece un grand'inchino alla Principessa, e le disse:

– La vostra bellezza è tale, che non ha bisogno di fronzoli e di altri ornamenti.

– Signore, ella rispose, – vi giuro che non è mia abitudine di portare dei vestiti sconvenienti, come questo: e mi avreste fatto un gran regalo a non voltarvi verso di me.

– Impossibile, – esclamò Grazioso, – che una Principessa così meravigliosa, trovandosi presente in qualche luogo, si possano avere degli occhi per le altre, e non per lei!

– Ah! – disse la Regina stizzita, – spendo proprio bene il mio tempo a stare a sentire i vostri discorsi. Credetelo a me, signore: Fiorina è già abbastanza civetta e non ha bisogno di essere stuzzicata con tante galanterie.

Il Re Grazioso capì per aria le ragioni che facevano parlare così la Regina; ma non essendo uomo da peritarsi o da pigliar soggezione, lasciò libero sfogo alla sua ammirazione per Fiorina, e ci parlò insieme per tre ore di seguito.

La Regina che aveva un diavolo per capello e Trotona che non sapeva darsi pace di vedersi preferita la Principessa, andarono tutte e due a lamentarsi risentitamente dal Re e lo costrinsero a consentire che Fiorina venisse rinchiusa in una torre per tutto il tempo che il Re Grazioso fosse rimasto alla Corte, perché così non avessero modo di vedersi fra loro. Detto fatto, appena Fiorina fu tornata nella sua stanza, quattro uomini mascherati la portarono in cima alla torre e ce la lasciarono nella più grande costernazione, perché ella capiva benissimo che con questo tiro si voleva toglierle l'occasione di piacere al Re, il quale piaceva già tanto a lei, che avrebbe desiderato averlo per suo sposo.

Il Re Grazioso, che non sapeva nulla della violenza usata alla Principessa, aspettava smaniando l'ora di poterla rivedere. Parlò di lei alle persone che il Re gli aveva messo dintorno per dargli un corteggio d'onore; ma queste, per ordine della Regina, gliene dissero tutto il male possibile: che era una fraschetta, una capricciosa, d'indole cattiva, il supplizio dei conoscenti e dei servitori, che non si poteva essere più sudici di lei e che spingeva la spilorceria fino al segno di vestirsi peggio d'una pecoraia, piuttosto che comprarsi delle belle stoffe, coi denari che le passava suo padre. A sentire tutte queste storie, Grazioso si rodeva dentro di sé, e aveva certi scatti di collera, che durava fatica a frenarli.

«No,» diceva esso fra sé e sé, «non è possibile che il cielo abbia messo un'anima così volgare in quell'opera così bella della natura. Sia pure che quando la vidi, non fosse vestita con molta decenza, ma il rossore che n'ebbe, prova abbastanza che quella non è la sua abitudine. Come può essere cattiva, con quell'aria di modestia e di dolcezza che innamora? non mi va giù: e credo invece che la Regina ne dica tanto male apposta. Le matrigne ci sono per qualche cosa in questo mondo: e quanto alla Principessa Trotona, è una così brutta versiera, che non mi farebbe punto specie se invidiasse a morte la più perfetta fra tutte le creature».

Mentre egli fantasticava così, i cortigiani che gli stavano dintorno capirono dalla sua cera, che a dirgli male di Fiorina, non gli avevano fatto un gran piacere. Ce ne fu uno più svelto degli altri, il quale mutando linguaggio e registro, per arrivare a conoscere i sentimenti del Re si fece a dire le più belle cose sul conto della Principessa. A quelle parole, egli si svegliò come da un sonno profondo, prese parte alla conversazione e la gioia brillò sul suo viso. Amore, Amore... quant'è difficile a saperti nascondere! Tu fai capolino dappertutto: sulle labbra di un amante, ne' suoi occhi, nel suono della sua voce: quando si ama davvero, il silenzio e la conversazione, la gioia e la tristezza, tutto palesa quello che si sente dentro.

La Regina impaziente di sapere se il Re Grazioso fosse rimasto fortemente preso di Fiorina, mandò a chiamare coloro che egli aveva ammessi alla sua confidenza e passò il resto della notte a interrogarli.

Tutte le cose che essi le raccontavano valevano a confermarla sempre più nell'idea che il Re amasse Fiorina.

Ma che cosa vi dirò io dell'abbattimento di spirito della povera Principessa? Ella stava distesa per terra nella parte più alta di quell'orribile torre, dove era stata portata quasi di peso dagli uomini mascherati.

«Sarei meno da compiangere,» diceva essa, «se mi avessero rinchiusa qui, prima di conoscere quel simpatico Re. La memoria che serbo di lui non può servire che a far crescere i miei tormenti. Si vede bene che la Regina mi tratta in questo modo per impedirmi di poterlo vedere. Povera me! quanto mi dovrà costar cara questa po' di bellezza che il cielo mi ha dato!»

E dopo piangeva, e piangeva tanto dirottamente, che la sua stessa nemica ne avrebbe avuto pietà, se avesse veduto il suo dolore. E così passò la nottata.

La Regina, che voleva amicarsi il Re a furia di moine e di segni particolari di riguardo e d'attenzione, gli mandò degli abiti splendidissimi, d'una magnificenza senza pari e tagliati sulla moda del paese: e più, le insegne dei cavalieri dell'Amore, ordine cavalleresco istituito dal Re, per voler di lei, il giorno stesso del loro matrimonio. Era un cuore d'oro, smaltato color di fiamma, contornato da parecchie frecce e trapassato da una di queste, col motto: "una sola mi ferisce".

La Regina aveva fatto tagliare per il Re Grazioso un rubino grosso come un uovo di struzzo: ogni freccia era di un solo diamante, lungo quanto un dito, e la catena alla quale era appeso il cuore, tutta fatta di perle, delle quali la più piccola pesava un mezzo chilogrammo: insomma, dacché mondo è mondo, non s'era mai veduto nulla d'eguale.

A quella vista il Re rimase così stupito, che per qualche minuto non seppe trovare il verso di dire una parola. Nel tempo medesimo gli fu presentato un libro, di cui i fogli erano in carta velina, con miniature meravigliose e la copertina tutta d'oro e carica di gemme, e dove erano scritti con un linguaggio molto appassionato e galante gli statuti dell'Ordine de' Cavalieri d'Amore.

Dissero al Re che la Principessa, da lui veduta, lo pregava a voler essere suo cavaliere; e che intanto gli mandava questi regali.

A queste parole, egli osò lusingarsi che questa Principessa fosse appunto quella amata da lui.

— Come! — esclamò egli, — la bella Principessa Fiorina pensa a me in una maniera così generosa e cortese?

— Signore, — gli dissero, — voi pigliate sbaglio sul nome; noi veniamo qui da parte dell'amabile Trotona.

— È la Trotona che mi vuole per suo cavaliere? — disse il Re, con una fisionomia seria e ghiacciata — mi dispiace di non potere accettare tanto onore, ma un sovrano non è padrone di prendere gl'impegni che vorrebbe. Io conosco i doveri d'un cavaliere, e vorrei adempirli tutti: preferisco dunque non avere la grazia, che ella mi offre, piuttosto che dovermene rendere indegno.

E rimesse subito nella cestina il cuore, la catena e il libro, e rimandò ogni cosa alla Regina, la quale ci corse poco che, insieme a sua figlia, non affogasse della bile per il modo disprezzante col quale il Re straniero aveva accolto un favore così singolare.

Appena Grazioso ebbe il tempo di recarsi dal Re e dalla Regina, entrò nel loro appartamento colla speranza di trovarvi Fiorina. La cercò cogli occhi dappertutto: e quando sentiva qualcuno entrare nella stanza, si voltava subito a guardare; si vedeva che era inquieto, e di cattivo umore. La maliziosa Regina aveva indovinato appuntino quel che il Principe rimuginava nel cuore, ma faceva l'indifferente come non ne sapesse nulla.

Essa gli parlava di partite di piacere; ed egli rispondeva a rovescio. Alla fine Grazioso domandò dove fosse la Principessa Fiorina.

– Signore, – gli disse fieramente la Regina, – il Re suo padre le ha proibito di uscire dalle sue stanze, fino a tanto che mia figlia non abbia preso marito.

– E qual motivo, – replicò il Re, – vi può essere, per tener prigioniera la bella Principessa?

– Non lo so, – disse la Regina, – e quand'anche lo sapessi non mi crederei punto obbligata a dirvelo.

Al Re era salita la bizza fino alla punta dei capelli. Dava delle occhiatacce, di traverso, a Trotona, e pensava fra sé che era per colpa di quel mostriciattolo, se gli era stato tolto il piacere di veder la Principessa. Si congedò in quattro e quattr'otto dalla Regina, perché la sua presenza gli faceva male al cuore.

Quando fu tornato nella sua camera, disse a un giovane Principe che lo aveva accompagnato e al quale voleva un gran bene, di spendere tutto quello che ci fosse voluto, pur di tirargli dalla sua qualche cameriera della Principessa, e aver così il modo di parlarle un solo momento.

Questo Principe trovò senza fatica alcune dame di Corte che s'intesero con lui: e fra le tante, ce ne fu una che gli dètte per sicuro che quella sera stessa Fiorina sarebbe stata a una finestrina bassa, che dava sul giardino; e che di lì il Principe avrebbe potuto parlarle: s'intende bene, adoperando tutte le cautele da non essere scoperto, perché, diceva essa, il Re e la Regina sono tanto severi, che se scoprissero che io ho tenuto di mano agli amori del Principe Grazioso, per me sarebbe morte sicura.

Il Principe, contento da non potersi dire di aver menata la cosa fino a quel punto, le promise tutto quello che volle, e corse a fare la sua parte col Re, avvertendolo dell'ora fissata per il ritrovo. Ma la confidente, che era di malafede, andò subito a risoffiare ogni cosa alla Regina, e si messe ai suoi ordini.

Il primo pensiero della Regina fu quello di mandare la propria figlia alla piccola finestra; e la imbeccò così bene, che Trotona, sebbene fosse una grande stupida, non dimenticò un etto di quello che doveva dire e fare.

La notte era così buia, che sarebbe stato impossibile al Re di accorgersi della trappoleria, quand'anche non avesse avuto ragione di credersi sicuro del fatto suo: di modo che si avvicinò alla finestra con un trasporto di gioia incredibile.

E lì disse a Trotona tutte quelle cose che avrebbe dette a Fiorina, per assicurarla del suo grand'amore.

Trotona, profittando dell'equivoco, gli rispose che era la creatura più infelice di questo mondo, a motivo di una matrigna così spietata e che avrebbe dovuto passarne ancora chi sa quante, prima che la figlia di lei non si fosse maritata.

Il Re disse e giurò che se ella lo avesse voluto per suo sposo, sarebbe stato più che felice di metterla a parte della sua corona e del suo cuore.

E nel dir questo, si cavò un anello di dito e infilandolo nel dito a Trotona aggiunse che quello era un pegno eterno della sua fede, e che stava a lei fissare l'ora della partenza. Trotona rispose, come meglio poté, a tutte queste calorose premure.

Egli s'era accorto benissimo che nelle risposte di lei non c'era un chicco di buon senso: la quale cosa gli avrebbe fatto dispiacere, se già non fosse stato persuaso che la paura dell'apparizione improvvisa della Regina doveva essere la cagione di quei discorsi sconclusionati.

Egli la lasciò, a patto che sarebbe tornata il giorno dopo: ed ella promise con tutto il cuore.

La Regina, saputo il buon esito del primo colloquio, cominciò a sperar bene. Di fatto, fissato il giorno della partenza, il Re la venne a prendere in un cocchio volante, tirato da ranocchi alati, regalo fattogli da un Mago amico suo.

La notte era buia di molto. Trotona uscì misteriosamente da una piccola porta, e il Re, che la stava attendendo, la prese fra le sue braccia e le giurò cento e cento volte fedeltà eterna!

Ma siccome non si sentiva in vena di seguitare a volare per lungo tempo nel suo cocchio volante, senza sposare la Principessa, che amava tanto, così le chiese dove voleva che si facessero le nozze: ella rispose che aveva per comare una fata chiamata Sussio, molto conosciuta, ed era suo avviso di andare al castello di lei.

Il Re non sapeva la strada, ma bastò che dicesse ai suoi grossi ranocchi: conducetemi là. Essi sapevano la carta geografica dell'Universo, e in pochi minuti portarono lui e la Trotona dalla fata Sussio.

Il castello era così bene illuminato, che il Re, arrivandovi, si sarebbe subito avvisto del suo errore, se la Principessa non avesse avuto la malizia di coprirsi tutta col velo. Chiese della comare: la chiamò a quattr'occhi, e le raccontò il come e il quando avesse ingannato il Principe Grazioso, pregandola a fare in modo di rabbonirlo.

«Ah! figlia mia!» disse la fata, «la cosa non sarà facile: egli ama troppo Fiorina, e son sicura che ci farà disperare, e dimolto».

Intanto il Re le aspettava in una sala, le cui pareti erano di diamanti, così nitide e così trasparenti, da lasciargli vedere, a traverso di essi, la Sussio e Trotona, che parlavano fra di loro.

Credé di sognare.

«Possibile,» diceva, «che io sia stato tradito? O sono i diavoli, che hanno portata qui questa nemica della nostra gioia?

Vien'ella forse per avvelenare il nostro matrimonio? E la mia diletta Fiorina non si vede venire! Chi sa che il padre suo non l'abbia inseguita fin qui!»

Molte altre cose gli passavano per la testa, che lo mettevano in grande agitazione; ma il peggio fu quando le due donne entrarono nella sala, e che Sussio gli disse con voce di comando:

– Re Grazioso, ecco qui la Principessa Trotona, alla quale avete dato la vostra parola, essa è mia figlioccia, e desidero che la sposiate subito.

– Io, – esclamò il Principe, – io sposare quel brutto scarabocchio? Si vede proprio che mi avete preso per un uomo di pasta frolla, a farmi certi discorsi. Sappiate intanto che io non le ho fatta nessuna promessa, e se ella dice il contrario, si merita il titolo...

– Non proseguite, – disse Sussio, – e badate bene di non mancarmi di rispetto.

– Sia pure, – replicò il Re, – che io debba rispettarvi, per quanto può meritarlo una fata: ma voglio peraltro che mi rendiate la mia Principessa.

– E non son io la tua Principessa, spergiuro? – disse Trotona, mostrandogli l'anello, – A chi l'hai tu dato quest'anello in pegno di fede? Con chi hai parlato alla piccola finestra, se non con me?

– Come mai? – egli rispose, – dunque sono stato tradito... ingannato? No, mille volte no! Non voglio essere la vittima e lo zimbello degli altri. Su, su, ranocchi! miei bravi ranocchi! voglio partir subito.

– Non è una cosa che possiate farla senza il permesso mio, – disse Sussio. Ella lo toccò, e i suoi piedi si attaccarono all'impiantito, come se ci fossero rimasti inchiodati.

– Quand'anco mi lapidaste, – le disse il Re, – quand'anche

mi scorticaste vivo, non sarò mai d'altri che di Fiorina; la mia risoluzione è presa, e fate pure di me quello che più vi piace.

Sussio messe in opera tutto, dolcezze, maniere, promesse, preghiere; Trotona pianse, strillò, singhiozzò, andò in convulsioni, e si calmò. Il Re non aprì più bocca, e guardandole tutte e due con grandissimo disprezzo, non rispose sillaba alle loro cicalate.

E così passarono venti giorni e venti notti, senza che le due donne si chetassero un minuto, e senza che sentissero il bisogno di mangiare, di dormire e di mettersi a sedere.

Alla fine Sussio, stanca morta da non poterne più, disse al Re:

– Ebbene, voi siete un ostinataccio, né c'è verso di farvi intendere la ragione: scegliete dunque: o sett'anni di penitenza, per aver dato la vostra parola senza mantenerla, o sposare la mia figlioccia.

Il Re, che fin allora aveva serbato un profondo silenzio, gridò subito:

– Fate di me tutto quel che volete, purché io sia liberato da questa sguaiata.

– Sguaiato voi, – replicò Trotona inviperita. – Ci vuol davvero una bella faccia fresca, come la vostra, sovranuccio da un soldo la serqua, a venire con un equipaggio di ranocchiai fino nel mio paese, per dirmi delle insolenze e per mancarmi di parola. Se aveste un brindello d'onore, terreste forse questo contegno?

– I vostri rimproveri mi straziano l'anima – disse il Re, in atto di canzonatura. – Capisco anch'io che ho un gran torto a non sposare questa bella fanciulla!

– No, no, non la sposerai mai, – gridò Sussio tutta stizzita. – A te non rimane altro che volare da questa finestra, perché per sett'anni interi tu sarai l'uccello turchino.

A queste parole il Re cominciò a cambiare d'aspetto; le braccia si vestono di penne e formano le due ali: le gambe e i piedi diventano neri e sottili; gli crescono delle unghie appuntate; il corpo si assottiglia e si cuopre tutto di lunghe piume finissime e macchiate di turchino; gli occhi si fanno tondi e brillano come due soli; il naso ha preso il garbo di un becco d'avorio; sul suo capo spunta un ciuffetto bianco, in forma di diadema; canta da innamorare e parla nello stesso modo.

Ridotto in quello stato, manda un grido di dolore nel vedersi così trasfigurato e, pigliando il volo a ali spiegate, fugge dal funesto palazzo di Sussio.

Pieno l'anima di tristezza infinita, va svolazzando di ramo in ramo, scegliendo a preferenza gli alberi consacrati all'amore o alla malinconia; e ora si posa sui mirti, ora sui cipressi: e canta delle arie pietose, colle quali piange sulla sua trista sorte e su quella di Fiorina.

«Dove l'avranno nascosta i suoi nemici?» egli diceva, «che sarà mai accaduto di quella bella infelice? Il cuore spietato della Regina l'avrà lasciata ancora in vita? Dove potrò cercarla? E sarò dunque condannato a passare sette anni senza di lei? Forse in questo tempo le daranno uno sposo, e io perderò per sempre l'unica speranza che mi faccia cara la vita».

Questi pensieri accuoravano così forte l'uccello turchino, che gli venne voglia di lasciarsi morire.

Intanto la Sussio aveva rimandato Trotona dalla Regina madre, la quale stava in gran pensiero sul come fosse andato a finire lo sposalizio.

Ma quando vide la figlia, e che riseppe da lei tutto l'accaduto, prese una furia spaventosa, la quale di contraccolpo andò a ricascare sulla povera Fiorina.

«Voglio,» ella disse, «che abbia da pentirsi più di una volta di aver saputo innamorare il Re Grazioso».

Ella salì nella torre insieme con Trotona, la quale era vestita de' suoi abiti più sfarzosi: e portava in capo una corona di brillanti e le reggevano lo strascico del manto reale tre figli de' più ricchi baroni dello Stato.

Nel dito grosso aveva l'anello del Re Grazioso, quello stesso che aveva dato nell'occhio a Fiorina, il giorno che parlarono insieme.

Ella rimase sbalordita e non sapeva cosa pensare, nel vedere Trotona in tutta quella gala.

«Ecco mia figlia,» disse la Regina, «che è venuta a portarvi i regali delle sue nozze; essa è stata sposa del Re Grazioso, il quale ne è innamorato morto: non c'è da figurarsi una coppia più felice di loro!...».

E nel dir così, furono spiegate davanti alla Principessa le stoffe d'oro e d'argento, le trine, i nastri, le pietre preziose che stavano in una gran cesta di filigrana d'oro. Nel presentarla di tutte queste cose, Trotona s'ingegnò di metterle sott'occhio l'anello del Re; per cui la Principessa Fiorina non poteva ormai più dubitare della sua disgrazia. Ella gridò con l'accento della disperazione che le togliessero davanti agli occhi tutti quei regali tanto funesti; che non voleva più vestire, altro che di nero; o piuttosto morire subito. E cadde svenuta. La crudele Regina, contentissima del tiro fatto, non volle che le fosse prestato alcun soccorso; la lasciò sola in quello stato compassionevole, e corse malignamente a raccontare al Re che sua figlia era talmente invasata dall'amore, fino al segno di commettere delle stravaganze senz'esempio: e che bisognava stare attenti, perché non potesse fuggire dalla torre.

Il Re rispose che era padrona di regolare questa faccenda a modo suo, e che, quanto a lui, non avrebbe avuto nulla da ridire in contrario.

Quando la Principessa si fu riavuta dallo svenimento e poté ripensare al contegno, che tenevano con lei, ai mali trattamenti che riceveva dall'indegna matrigna e alla speranza perduta per sempre di sposare il Re Grazioso, il suo dolore si fece così acuto, che pianse tutta la notte: e affacciatasi alla finestra, si sfogò in lamenti che straziavano il cuore. Quando vide albeggiare, richiuse la finestra e seguitò a piangere.

La notte di poi aprì la finestra, e sospirando e singhiozzando versò un fiume di lagrime; ma appena fatto giorno tornò a nascondersi nella sua stanza.

Intanto il Re Grazioso, o per meglio dire, il bell'uccello turchino, non finiva mai di svolazzare intorno al palazzo: egli pensava che la sua cara Principessa vi era rinchiusa: e se i lamenti di lei erano strazianti, i suoi non lo erano di meno.

Egli si avvicinava alle finestre più che poteva, per metter gli occhi dentro alle stanze: ma la paura che Trotona non lo scorgesse e non le nascesse il sospetto che fosse lui, lo teneva indietro dal fare quanto avrebbe voluto.

«Ci va della mia vita,» diceva egli fra sé, «e se quelle due versiere mi scuoprissero, sarebbero capaci di qualunque vendetta; e così bisognerebbe o che io mi allontanassi di qui o che mettessi a repentaglio i miei giorni».

Questi ragionamenti lo persuasero a pigliare tutte le precauzioni immaginabili, e, per il solito, cantava soltanto di notte.

Rimpetto alla finestra, dove stava Fiorina, c'era un cipresso di una grandezza maravigliosa: l'uccello turchino venne a posarvisi sopra. Appena si fu posato, sentì una voce che si lamentava in questo modo:

«Dovrò ancora soffrire per molto tempo? e la morte non verrà a liberarmi da queste pene? Quelli che hanno paura della morte, se la vedono arrivare anche troppo presto: io la desidero, e la crudele mi sfugge. Ah! Regina senza cuore! che t'ho io fatto per tenermi così iniquamente imprigionata? Non puoi inventare altri modi per martoriarmi? Oramai non ti manca altro che farmi vedere coi propri miei occhi, la felicità che gode la sua indegna figlia col Re Grazioso».

L'uccello turchino non aveva perso una sillaba di questo lamento: ne rimase stupito, e aspettò con una smania indicibile che il sole si levasse, per vedere la donna che si disperava tanto. Ma quando il sole si levò, ella aveva già richiusa la finestra, e s'era ritirata.

L'uccello, curioso, fu puntuale a tornare la sera dopo. Era chiaro di luna. E vide una fanciulla alla finestra della torre, che ricominciava la storia de' suoi affanni.

«Oh, sorte, sorte!» diceva essa, «tu che mi cullasti nella speranza d'un trono: tu che mi avevi reso l'amore del padre mio, che t'ho mai fatto, per dovermi sommergere in quest'oceano di grandi amarezze? È proprio scritto che si debba cominciare fin da un'età così giovane, come la mia, a provare la tua incostanza? Ritorna, o barbara, ritorna da me: io non ti domando che una grazia sola; poni fine al mio spietato destino».

L'uccello turchino stava tutto in orecchi, e più ascoltava, più si persuadeva che la donna che lamentavasi a quel modo, doveva essere la sua graziosa Principessa.

E le disse:

– Adorata Fiorina, maraviglia de' nostri giorni, perché volete por fine così repentinamente ai vostri? C'è sempre speranza di trovare un rimedio alle vostre afflizioni.

– Come?... chi è che mi volge queste parole di consolazione? – diss'ella.

– Un Re infelice, – rispose l'uccello, – il quale vi ama e non amerà che voi sola.

– Un Re che mi ama? – ella soggiunse, – non sarebbe per caso un laccio teso da' miei nemici? Ma, in fin dei conti, che cosa ci guadagnerebbe la Regina? Se ella vuol conoscere i miei sentimenti, son pronta a dirglieli colla mia stessa bocca.

– No, Principessa mia, – rispose l'uccello, – l'amante che vi parla non è capace di un tradimento.

Nel dir queste parole, andò a posarsi sulla finestra. Fiorina dapprincipio ebbe una gran paura di un uccello così singolare, che parlava con tant'anima, come se fosse un uomo, sebbene avesse una vocina compagna a quella dell'usignolo; ma la bellezza delle sue penne, e più che altro le cose gentili che le disse, la rassicurarono.

– M'è egli dunque concesso di potervi rivedere, Principessa mia? – esclamò. – Posso io bearmi in tanta contentezza, senza morire di gioia? Ma, ohimè! quanto questa gioia è avvelenata dal vedervi costì in prigione, e dallo stato, nel quale l'iniqua Sussio mi ha trasfigurito per sette anni!

– E voi chi siete, grazioso uccello? – disse la Principessa, facendogli delle carezze.

– Voi avete pronunziato il mio nome – soggiunse il Re, – e fate finta di non riconoscermi?

– Come! – disse la Principessa. – Possibile, che il più gran Re del mondo!... possibile che il Re Grazioso si sia cambiato in quest'uccellino?

– Ohimè! Pur troppo è così, mia bella Fiorina, – egli riprese a dire, – e l'unica cosa che in tanta disgrazia mi sia di sollievo, gli è di sapere che ho preferito questo martirio a quello di dover rinunziare alla gran passione che ho per voi.

– Per me? – disse Fiorina. – Ah! per carità, non cercate di ingannarmi. Lo so, lo so, che avete sposato Trotona: ho riconosciuto il vostro anello nel suo dito: l'ho veduta tutta fiammante dei vostri brillanti. Essa è venuta a insultarmi qui, in questa orribile prigione, carica del peso di una corona e di un manto reale, avuto in dono da voi, mentre io ero carica di catene e di ferri!...

– E voi vedeste Trotona in questo abbigliamento? – interruppe il Re, – ed essa e sua madre ebbero tanta sfacciataggine da dirvi che tutti quei gioielli erano un regalo mio? Oh cielo! si può essere più sfacciatamente bugiardi di così? E non potermi vendicare come vorrei!... Sappiate dunque che tentarono di mettermi in mezzo: che, valendosi del vostro nome, mi fecero rapire quella brutta megera di Trotona; ma, appena avvistomi dello sbaglio, l'ho piantata lì, e ho preferito piuttosto diventare per sette anni l'uccello turchino, che mancare alla fede che vi ho giurata.

Fiorina provava un piacere così grande, udendo parlare in questo modo il suo caro amante, che non sentiva più i tormenti della sua prigionia. Che cosa mai non gli seppe dire per consolarlo del suo tristo caso e per accertarlo che ella avrebbe fatto per lui, ciò che esso aveva fatto per lei?

Il giorno cominciava a farsi chiaro. Molti ufficiali della corte erano già alzati: e l'uccello turchino e la Principessa parlavano ancora fitto fitto fra loro. Alla fine si separarono con gran dispiacere, dopo essersi scambiata la promessa che tutte le notti si sarebbero riveduti.

La gioia di ritrovarsi insieme fu tanto grande, da non potersi ridire. Ciascuno, per la sua parte, ringraziava l'amore e la fortuna.

Intanto Fiorina stava in pensiero per l'uccello turchino.

«Chi me lo assicura dai cacciatori, o dalle grinfie di qualche aquila o di qualche avvoltoio affamato, capace di mangiarselo con tanto gusto, come se non fosse un gran Re? Oh Dio! che sarebbe di me, meschina, se le sue penne fini e leggiere, portate dal vento, giungessero fino nel mio carcere per annunziarmi la sciagura, che io temo sempre?»

Questo tristo pensiero fece sì che la Principessa non poté chiudere un occhio; perché, quando si ama davvero, le paure pigliano l'aspetto di verità, e quel che prima pareva impossibile diventa possibilissimo; e fu così, che ella passò tutta la giornata a piangere, finché non venne l'ora fissata per andare a mettersi alla finestra.

Il grazioso uccello, nascosto dentro lo spacco d'un albero, in tutto il giorno non aveva fatto altro che pensare alla sua bella Principessa.

«Quanto sono contento,» diceva egli, «di averla ritrovata: e com'è premurosa per me! Le gentilezze che mi usa, le sento tutte qui nel cuore!»

L'appassionato amante contava fino al minuto secondo il tempo della sua penitenza, che gli impediva di sposarla; e si struggeva più che mai dal desiderio di veder finita la sua condanna.

E perché voleva usare a Fiorina tutte quelle galanterie, che aveva in poter suo di fare, volò fino alla capitale del suo regno, andò nel suo palazzo, entrò nel suo gabinetto dal buco d'un vetro rotto: prese un paio d'orecchini di diamanti, così belli e così perfetti, da non trovarli eguali, e li portò la sera a Fiorina, pregandola di volerseli mettere.

«Me li metterei,» diss'ella, «se voi mi vedeste di giorno; ma siccome non vi parlo che di notte, così non me li metterò».

L'uccello le promise di fare in modo di venire alla Torre nell'ora che ella avesse voluto: allora s'infilò gli orecchini, e passarono tutta la notte in colloqui fra loro, come avevano fatto la sera avanti.

Il giorno dopo l'uccello tornò nel suo regno: andò al palazzo, entrò nel suo gabinetto per il solito vetro rotto, e portò via con sé i più splendidi braccialetti che si fossero mai visti:

erano formati di uno smeraldo tutto di un pezzo, sfaccettato e bucato nel mezzo per potervi passare la mano e il braccio.

– Credete forse, – gli disse la Principessa, – che il mio amore per voi abbia bisogno di essere coltivato a furia di regali? Ah! si vede proprio che mi conoscete male!

– No, o signora, – replicò egli, – io non ho mai creduto che i ninnoli che vi offro sieno necessari per conservarmi il bene che mi volete; ma sarei mortificato, se trascurassi la più piccola occasione per mostrarvi l'attenzione che ho per voi: e poi, quando non mi avete dinanzi agli occhi, questi piccoli gioielli saranno buoni a richiamarmi alla vostra memoria.

Fiorina, dal canto suo, gli disse un'infinità di cose gentili, alle quali egli ne rispose mille altre, più gentili che mai.

La notte seguente l'uccello turchino si fece un obbligo di portare alla sua bella un orologio, d'una giusta grandezza, che stava dentro a una perla; eppure la materia era vinta dall'eccellenza del lavoro.

– È inutile, – diss'ella con grazia squisita, – di venirmi a regalare un orologio. Quando voi siete lontano da me, le ore mi paiono eterne: quando siete con me, passano come un sogno. Come posso fare a dar loro una misura giusta?

– Ohimè, Principessa mia, – esclamò l'uccello turchino, – io la penso precisamente come voi su questo punto, perché in quanto a sensibilità di cuore son sicuro di non restare indietro a nessuno. Difatti, vedendo quel che soffrite per conservarmi il vostro cuore, sono in grado di giudicare che avete portato l'amicizia e la stima all'estremo limite, dove possono arrivare.

Quando appariva il giorno, l'uccello volava dentro lo spacco del suo albero, e li si nutriva di frutti. Qualche volta cantava delle belle ariette: il suo canto innamorava i passanti, che lo udivano, senza che potessero vedere alcuno. Così si sparse la voce che lì dintorno ci fossero degli spiriti.

E questa credenza si diffuse tanto, che nessuno aveva più coraggio di entrare nel bosco. Si raccontavano mille avventure favolose, accadute in quel luogo: e lo spavento generale fu cagione della maggior sicurezza dell'uccello turchino.

Non passava giorno, senza che egli facesse un regalo a Fiorina: ora un vezzo di perle: ora anelli con brillanti, di finissimo lavoro: ora fermagli di diamanti, spilloni, mazzolini di pietre preziose, colorite a imitazione dei fiori, libri piacevoli e medaglie: per farla corta, essa aveva messo insieme un ammasso di ricchezze maravigliose. Con queste si adornava soltanto la notte per far piacere al Re: il giorno, non sapendo dove riporle, le nascondeva dentro al saccone del letto.

In questo modo scorsero due anni, senza che Fiorina avesse da lagnarsi una sola volta della sua prigionia. E come poteva lagnarsene? Essa aveva la consolazione di parlare tutte le notti con la persona amata; né c'è ricordanza che fra due innamorati si sieno mai scambiate tante paroline graziose, come accadeva fra loro. Benché ella non vedesse anima viva e l'uccello passasse le giornate rinchiuso dentro lo spacco dell'albero, nondimeno avevano sempre mille cose nuove da raccontarsi; la materia era inesauribile, perché il loro cuore e il loro spirito fornivano abbondantemente il soggetto dei lunghi colloqui.

Intanto la maliziosa Regina, che la teneva così crudelmente imprigionata, si dava un gran da fare per vedere di maritare la figlia. Mandava ambasciatori a proporla a tutti i principi, dei quali sapeva il nome: ma appena gli ambasciatori arrivavano, si trovavano congedati senza tante cerimonie.

«Oh! se si trattasse della Principessa Fiorina,» dicevan loro, «sareste ricevuti a braccia aperte: ma in quanto a Trotona, può farsi monaca se vuole; ché nessuno si opporrà dicerto».

A sentire questi discorsi, la madre e la figlia andavano su tutte le furie e se la pigliavano contro la povera Principessa, vittima delle loro persecuzioni.

«Come!» dicevano esse, «sebbene chiusa in prigione, quest'insolente sarà dunque per noi un bastone fra i piedi? Come perdonarle i brutti tiri, che ci fa tutti i giorni? Bisogna dire che ell'abbia delle corrispondenze segrete nei paesi stranieri: in questo caso, per lo meno, è rea di Stato: trattiamola dunque come tale, e si faccia di tutto per convincerla del suo delitto».

Il loro conciliabolo finì così tardi, che era già mezzanotte suonata, quando si decisero a salire nella torre per interrogarla. Essa per l'appunto stava alla finestra, coll'uccello turchino, ornata delle sue gemme, e coi suoi belissimi capelli pettinati con tutta quella attenzione, che non è punto naturale nella persona afflitta da un gran dolore. La sua camera e il suo letto erano seminati di fiori, e qualche pasticca di Spagna, che essa aveva bruciato pochi momenti prima, spandeva per la stanza un buonissimo odore.

La Regina messe l'orecchio alla porta, e le parve sentir cantare un'aria a due voci: perché anche Fiorina aveva una voce angelica. Le parole di quest'aria le parvero molto tenere, e dicevano press'a poco così:

«Come è trista la nostra sorte: e quanti affanni ci costa il nostro amore!... Ma invano si provano a vincere tanta fermezza: a dispetto dei nostri nemici, i nostri cuori rimarranno uniti per sempre».

Questo piccolo concerto fu chiuso da alcuni sospiri.

«Ah! Trotona mia, siamo tradite!» esclamò la Regina spalancando screanzatamente l'uscio ed entrando nella camera.

Come restò Fiorina a quella vista! Chiuse subito la finestra, per dar tempo al real uccello di volar via. Le stava più a cuore la salvezza di lui, che la propria: ma egli non ebbe la forza di allontanarsi: col suo sguardo penetrantissimo, aveva capito il pericolo al quale si trovava esposta la Principessa. Egli aveva vista la Regina e Trotona: che dolore per lui di non essere in grado di difendere la sua bella!

Le due megere si avventarono su di essa, come se la volessero mangiare.

– Si sanno le vostre trame contro lo Stato! – esclamò la Regina. – Non sperate che il vostro grado basti a salvarvi dal meritato castigo.

– E con chi posso aver tramato, o signora? – replicò la Principessa. – Da due anni in qua, non siete forse voi la mia carceriera? Ho mai vedute altre persone, fuor di quelle mandatemi da voi?

Mentre parlava così la Regina e sua figlia la guardavano con tanto d'occhi. Erano rimaste abbagliate dalla sua bellezza meravigliosa e dalla sua acconciatura veramente straordinaria.

– E chi vi ha dato, o signora, – disse la Regina, – tutte codeste pietre preziose, che brillano come il sole? Volete forse darci ad intendere che in questa torre ci sono delle miniere?

– Ce l'ho trovate, – disse Fiorina, – è tutto quello che io ne so.

La Regina la guardò fissa negli occhi, per iscuoprire ciò che passava nel fondo del suo cuore.

– Noi non ci lasceremo infinocchiare da voi, – disse la Regina. – Voi credete di darcela a bere: ma noi sappiamo benissimo, Principessa, tutto quello che fate dalla mattina alla sera: e queste gioie vi furono regalate, per mettervi su, e per impegnarvi a vendere il regno di vostro padre.

– Davvero, che sono in uno stato da poter vendere i regni!... – essa rispose, con un sorriso di sdegno. – Una povera Principessa che languisce nei ferri da tanto tempo, è proprio la persona che ci vuole, per macchinare i complotti di Stato.

– E come va dunque, – replicò la Regina, – che siete così tutta agghindata, come una civettuola, e che la vostra camera è piena di profumi, e che la vostra persona è così magnifica e risplendente, che a Corte non potreste fare una figura migliore?

– Ho molto tempo da perdere, – disse la Principessa, – per cui non c'è nulla di strano se ne spendo un poco a farmi bella: ne passo tanto a piangere sulla mia disgrazia, che non c'è ragione di rimproverarmi.

– Animo, via, – disse la Regina, – vediamo un po' se questa innocentina, non abbia per caso qualche corrispondenza coi nemici dello Stato.

E da se stessa si mise a frugare dappertutto: e arrivata al saccone, che ella fece vuotare, ci trovò dentro una quantità così sterminata di diamanti, perle, rubini, smeraldi e topazi, che ella non sapeva raccapezzarsi di dove fossero usciti. E perché aveva fissato dentro di sé di mettere in qualche nascondiglio della stanza alcune carte, che potessero compromettere la Principessa, così quando nessuno ci badava, le nascose nel camminetto; ma per buona fortuna l'uccello turchino, dal posto dove s'era posato, ci vedeva meglio di una lince e udiva ogni cosa; per cui gridò:

– Guàrdati, Fiorina: ecco la tua nemica che ti prepara un tradimento.

Questa voce così inattesa spaventò la Regina a tal punto, che non osò fare quanto aveva meditato.

– Vedete bene, signora, – disse la Principessa, – che gli spiriti che volano per l'aria, sono tutti per me.

– Io credo piuttosto, – disse la Regina fuori di sé dalla collera – che ci sieno dei diavoli, che vi vogliono bene: ma, a loro marcio dispetto, vostro padre saprà farsi giustizia.

– Dio volesse, – esclamò Fiorina, – che io non avessi da temere altro che il furore di mio padre: ma quello che mi spaventa, è il vostro, o signora.

La Regina se ne andò via tutta sottosopra per le cose che aveva vedute e sentite, e tenne consiglio sul da farsi contro la Principessa. Alcuni consiglieri le fecero notare, che, nel caso che qualche fata o qualche mago avessero preso la Principessa sotto la loro protezione, il vero segreto per irritarli sarebbe stato quello di tormentare più che mai la Principessa; e che, in fin dei conti, bisognava scuoprire a ogni costo la ragione del suo armeggìo. La Regina dette il benestare a questo consiglio: e mandò a dormire nella camera della Principessa una giovinetta, che pareva l'innocenza in persona, col dire che c'era mandata apposta per servirla.

Ma come restar presi a un chiapperello così grossolano?

La Principessa, fin dal primo giorno, la ritenne per una spia e n'ebbe un grandissimo dispiacere.

«Come!» essa diceva, «io dunque non potrò più parlare a questo uccello turchino, che è tutto l'amor mio? Era esso, che mi aiutava a sopportare le mie sciagure: e io lo consolava nelle sue. Il nostro amore ci compensava di tutto. Che avverrà di lui? che cosa sarà di me?" E pensando a tutto questo, piangeva come una vite tagliata».

Non aveva coraggio di affacciarsi alla finestra, sebbene lo sentisse svolazzare lì dintorno; perché si struggeva dalla voglia di aprirgli, ma temeva di mettere in pericolo la vita del suo caro amante. Passò un mese intero, senza che essa si facesse vedere: e intanto l'uccello turchino si dava alla disperazione, e piangeva e si lamentava da far pietà!

D'altra parte, come poteva fare a vivere, lui, senza la sua Principessa? Non aveva mai provato, come allora, i tormenti della lontananza e quelli della sua metamorfosi. Invano cercava qualche pretesto per consolarsi: dopo essersi lambiccato il cervello, non trovava nulla che valesse a dargli un po' di conforto.

La spia della Principessa, che da un mese non chiudeva occhio né giorno né notte, si sentì alla fine così presa dal sonno che si addormentò profondamente. Quando Fiorina se ne accorse, aprì la sua finestrina, e disse:

> *Uccello turchino, color del cielo,*
> *Vola e ritorna subito a me.*

Sono queste le sue precise parole, e non c'è stata cambiata una virgola.

Appena l'uccello la sentì, volò subito sulla finestra. Che gioia quando si rividero! e quante cose avevano da dirsi! Mille e mille volte ripeterono le loro tenerezze e i loro giuramenti di fedeltà! La Principessa non poté trattenere le lacrime; l'amante s'intenerì, e fece di tutto per consolarla.

Venuta finalmente l'ora di lasciarsi, senza che la carceriera sorvegliante si fosse ancora svegliata, si dettero l'addio più tenero e più commovente che possa immaginarsi.

La spia si addormentò anche il giorno dopo, e la Principessa, puntuale, andò alla finestra e disse, come la volta avanti:

> *Uccello turchino, color del cielo,*
> *Vola e ritorna subito a me.*

E subito l'uccello venne, e quella notte passò come l'altra avanti, senza rumori e senza improvvisate, con grandissima soddisfazione dei nostri amanti; i quali si figurarono che la sorvegliante avrebbe preso tanto gusto a dormire, da poter ripetere la medesima storia tutte le sere. Di fatto, anche la terza sera passò felicemente: ma alla quarta, la dormigliona avendo sentito un po' di rumore, senza dar segno di nulla si pose in orecchio; e guardando bene, vide al chiaro di luna il più bell'uccello dell'universo, che stava a parlare colla Principessa, e la carezzava colle zampine e le dava delle beccatine amorose: e fra le altre, sentì molte di quelle cosine che si dicevano fra loro e ne rimase molto maravigliata, perché l'uccello parlava come se fosse un innamorato, e Fiorina gli rispondeva con grande tenerezza.

Sul far del giorno si dissero addio: e quasi il cuore presagisse loro qualche vicina disgrazia, non trovavano il verso di lasciarsi. La Principessa si gettò sul suo letto tutta piangente, e il Re tornò dentro allo spacco dell'albero. La sorvegliante corse dalla Regina, e le raccontò quanto aveva visto e sentito. La Regina mandò a chiamare Trotona e la sua confidente, e dopo un lungo ciarlare conclusero che l'uccello turchino doveva essere il Re Grazioso.

«Che vergogna,» esclamò la Regina, «che vergogna, figlia mia! questa Principessa insolente, che io credeva rifinita dai dispiaceri, se ne sta godendo tranquillamente gli amorosi colloqui del vostro ingrato! Ah! voglio vendicarmi, e la vendetta dev'essere di quelle da ricordarsene per un pezzo».

Trotona la pregò di non perdere neppure un minuto, e siccome in questa faccenda le pareva di essere più interessata della stessa Regina, così sentiva andarsi in deliquio dalla contentezza, soltanto a pensare al martirio che avrebbero dovuto patire i due disgraziati amanti.

La Regina rimandò alla torre la spia, con ordine di non dar segni né di sospetto né di curiosità; e anzi, di mostrarsi più addormentata del solito. Infatti andò a letto di prima sera, e russava e russava, tanto che la Principessa, ingannata a quel modo, aprì la finestra e disse:

Uccello turchino, color del cielo,
Vola e ritorna subito a me.

Ma invano essa lo chiamò, per quanto fu lunga la notte: ei non comparve mai, perché la trista Regina aveva fatto attaccare ai cipressi delle spade, dei coltelli, dei rasoi, dei pugnali: motivo per cui, quando egli venne a buttarsi a volo su quelle piante, si tagliò i piedi e le ali: e tutto ferito, com'era, arrivò a stento all'albero suo, lasciando dietro a sé una lunga striscia di sangue!

Oh! perché, bella Principessa, non eravate presente per soccorrere l'uccello reale? Ma ella sarebbe morta se l'avesse veduto in quello stato da far compassione!

Fisso nell'idea che questo brutto scherzo gli venisse fatto per colpa di Fiorina, non volle prendere nessuna cura per la sua vita.

«Ah spietata!» diceva egli dolorosamente, «è così che ricompensi la passione più pura e più tenera, che siasi mai data al mondo? Se volevi la mia morte, perché non domandarmela colla tua bocca? La morte, data da te, mi sarebbe stata cara! Con quanto amore e con quante confidenze io veniva a trovarti! Io soffriva per te, e soffriva senza lamentarmi. Come! e avesti cuore di sacrificarmi alla più crudele di tutte le donne? Essa era la nostra comune nemica, e tu hai fatto la pace con essa a spese mie? Sei tu, Fiorina, sei tu che mi ferisci di pugnale! Tu hai preso in prestito la mano di Trotona e l'hai portata fino al mio cuore!»

Questi funesti pensieri lo angustiarono tanto, che risolvé di morire.

Ma il Mago, suo amico, avendo veduto tornare a casa i ranocchi volanti, col carro, senza avere nessuna notizia del Re, si mise in così gran pensiero che potesse essergli accaduta qualche disgrazia, che fece otto volte il giro della terra per trovarlo; e non lo trovò. Stava per cominciare il nono giro, allorché traversando il bosco, dov'era l'uccello turchino, suonò a distesa il corno, secondo le regole prescritte: e dopo gridò per cinque volte con quanta ne aveva in gola:

– Re Grazioso! Re Grazioso, dove siete voi?

Il Re riconobbe la voce del suo migliore amico:

– Accostatevi a quest'albero, – egli disse – e vedrete lo sventurato Re, al quale volete tanto bene, immerso nel proprio sangue!

Il Mago, sbalordito, guardò da tutte le parti, senza che potesse veder nulla.

– Io sono l'uccello turchino, – disse il Re con voce sfinita e languente.

A queste parole il Mago lo trovò senza fatica nel suo piccolo nido. Chiunque altro fuori di lui si sarebbe maravigliato molto di più: ma egli conosceva tutti gli artifici della magia. Bastarono poche parole che disse, per far cessare il sangue che grondava ancora: e con alcune erbe trovate nel bosco, e sulle quali mormorò alcune formule magiche, guarì il Re così perbene, che pareva non fosse stato nemmeno graffiato. Quindi lo pregò a volergli raccontare per quale avventura era diventato uccello, e chi l'aveva ferito così crudelmente!

Il Re contentò la sua curiosità, e gli disse che era Fiorina quella che aveva rivelato il mistero amoroso delle visite segrete che ei le faceva, e che per amicarsi la Regina, ella aveva acconsentito a lasciar mettere fra i rami del cipresso i pugnali e i rasoi, che l'avevano tagliato e fatto quasi a pezzetti: si sfogò molte volte sull'infedeltà della Principessa e giurò che avrebbe avuto più caro a morire, piuttosto che conoscere un cuore tanto cattivo. Il Mago, si scatenò contro Fiorina e contro tutte le donne, e consigliò il Re a dimenticarla affatto.

– Che disgrazia sarebbe la vostra, – diss'egli, – se vi ostinaste a voler bene a quell'ingrata! Dopo quello che vi ha fatto, c'è da aspettarsene di tutti i colori.

L'uccello turchino, su questo punto, non andava d'accordo perché egli era ancora troppo innamorato di Fiorina: e il Mago, che gli leggeva nel cuore, sebbene facesse di tutto per dissimulare i propri sentimenti, gli cantò una canzonetta graziosa che diceva su per giù così:

« Quando si ha nell'anima una grande spina, sono inutili i discorsi e i ragionamenti; si dà retta soltanto al nostro dolore e non ai consigli degli altri. Bisogna lasciar fare al tempo, perché per ogni cosa c'è un momento opportuno, e fino a tanto che questo momento non è arrivato, è inutile tormentarsi lo spirito con ingegnosi ripieghi. »

L'uccello turchino se ne persuase, e pregò l'amico di portarlo a casa sua e di metterlo in una gabbia, dove fosse al sicuro dalle unghie del gatto e da ogni arme pericolosa. Ma saltò su a dire il Mago:

– Vi rassegnate dunque a restare ancora per cinque anni in uno stato così compassionevole e si poco confacente ai vostri interessi e alla vostra dignità? Perché dovete sapere che avete dei nemici i quali giurano e spergiurano che siete morto e vogliono invadere il vostro regno; e ho una gran paura che questo regno lo dobbiate perdere avanti di aver ripreso le vostre vere sembianze.

– Non potrò andare nel mio palazzo, – egli replicò, – e governare secondo il solito, come facevo prima?

– Oh! – esclamò l'amico, – è difficile. C'è chi è contento di obbedire a un uomo, ma non intende obbedire a un pappagallo, c'è chi oggi vi teme, perché siete un Re circondato di grandezze e di fasto, e che domani vi strapperebbe le penne, se vi vedesse trasformato in un uccello.

– Ah, umana debolezza! oh, prestigio di un brillante esteriore!... – esclamò il Re, – sebbene tu non significhi nulla per il merito e le virtù, non cessi per questo di avere una potenza affascinatrice, dalla quale è difficilissimo difendersi. Ebbene, – egli continuò, – mostriamoci filosofi, e disprezziamo quello che non si può avere: la nostra risoluzione non sarà delle peggiori.

– Io non mi do per vinto così alla prima, – disse il Mago, – e spero ancora di trovare qualche buon espediente, che faccia al caso nostro.

Intanto Fiorina, la povera Fiorina, desolata di non rivedere il Re, passava le giornate e le nottate alla finestra, ripetendo senza tregua:

Uccello turchino, color del cielo,
Vola e ritorna subito a me.

La presenza della sorvegliante non le dava più soggezione; la sua disperazione era arrivata a tal punto, che non aveva riguardi per nessuno.

«Che n'è stato di voi, Re Grazioso?» esclamava, «forse i nostri comuni nemici vi hanno fatto provare i tristi effetti della loro rabbia? siete forse stato sacrificato al loro furore? Povera me! me meschina! non siete forse più vivo? non potrò dunque rivedervi mai più? Oppure stanco delle mie tante sciagure, m'avete abbandonata alla dura sorte che mi perseguita?»

E quante lacrime e quanti singhiozzi tenevano dietro a questi pietosi lamenti! E come le ore parevano eterne, per la lontananza del caro amante! La Principessa abbattuta, malata, divenuta magra e tale da non riconoscersi più da quella di prima, aveva appena tanto fiato da reggersi in piedi. Ella era persuasa che al Re fosse capitata ogni maggior disgrazia che possa darsi sulla terra.

La Regina e Trotona gongolavano e il piacere di vedersi vendicate era più forte in loro del dolore provato per l'offesa ricevuta. E alla fin fine, qual era poi questa offesa? Il Re Grazioso non aveva voluto sposare una brutta befana, che doveva essergli antipatica e odiosa per mille ragioni.

In questo frattempo il padre di Fiorina, che era in là cogli anni, si ammalò e morì. La fortuna della Regina e della sua figlia allora cambiò d'aspetto; tutti le riguardavano come due imbroglione che avessero abusato del loro ascendente, e il popolo ammutinato corse al palazzo a domandare la Principessa Fiorina, proclamandola per sua sovrana. La Regina irritata voleva trattare la cosa con grande alterigia; si affacciò al balcone e minacciò i rivoltosi. In quel punto, la sommossa diventa generale: si sfondano le porte del suo quartiere, si saccheggia tutto, e la lasciano morta a sassate. Trotona si rifugiò presso la Sussio, perché correva lo stesso pericolo della madre.

I grandi del regno si radunarono subito, e salirono sulla torre dove era la Principessa molto malata. Ella non sapeva nulla né della morte di suo padre, né della brutta fine toccata alla sua nemica. Quando sentì tutto quel rumore credé in buona fede che venissero a prenderla per condurla alla morte. E non ebbe nessuna paura, perché al giorno che aveva perduto l'uccello turchino, la vita per lei era diventata odiosa. Ma i suoi sudditi, gettandosi ai suoi piedi, le dettero a conoscere il cambiamento che era accaduto nella sua fortuna. Ella non se ne fece né in qua né in là. La portarono nel suo palazzo, e lì la incoronarono. Le grandi attenzioni che le furono usate e la passione che aveva di rivedere l'uccello turchino contribuirono molto a farla rimettere in salute e a darle abbastanza forza per nominare un consiglio che avesse cura del regno durante la sua assenza: quindi prese con sé mille milioni di pietre preziose, e una notte se ne partì, tutta sola, senza che alcuno sapesse per dove s'era incamminata.

Il Mago, che aveva preso a cuore gli affari del Re Grazioso, non avendo tanto potere da distruggere l'incantesimo che la Sussio aveva fatto, pensò bene di andarla a trovare e proporle qualche accomodamento, per vedere se ella avesse voluto rendere al Re la sua sembianza naturale; e senza mettere tempo in mezzo attaccò i suoi ranocchi e volò dalla fata, la quale in quel momento stava discorrendo con Trotona.

Da un mago a una fata non c'è un grande stacco. Essi si conoscevano già da circa seicent'anni, e in questo lasso di tempo erano stati fra loro mille volte amici e mille volte si erano guastati.

– Che desidera il mio compare? – ella gli disse. (È questo il nome che si danno tutti, fra di loro.) – Posso esservi utile in qualche cosa che dipenda da me?

– Sì, comare mia, – disse il Mago. – Voi potete far tutto per rendermi contento. Si tratta del mio migliore amico: di un Re, che voi avete reso infelice.

– Ah! intendo, compare, – disse Sussio, – me ne dispiace proprio nell'anima, ma non c'è da sperar grazia per lui, fin tanto che si ostina a non volere sposare la mia figlioccia: eccola qui bella e fresca, come vedete. Ora tocca a lui a decidersi.

Al Mago gli restò la parola in bocca, tanto la ragazza gli parve brutta: nondimeno non trovava il verso di venirsene via senza aver combinato qualcosa, segnatamente perché il Re, dal giorno che era in gabbia, aveva corso mille pericoli.

Il chiodo, dove la gabbia stava attaccata, s'era rotto: la gabbia era cascata per terra, e sua maestà, colle penne, nella caduta s'era fatto molto male. Il gatto, che si trovava presente a questo caso, gli dette una graffiata nell'occhio, e ci corse poco non l'accecasse. Un'altra volta s'erano scordati di dargli da bere, ed era già a tocco e non tocco di beccarsi una bella pipita, se per fortuna non giungevano in tempo a salvarlo con alcune gocce d'acqua. Un frugolo di scimmiotto, scappato non si sa di dove, gli pettinò ben bene le penne attraverso i ferri della gabbia, strapazzandolo senza nessun complimento, come se fosse stata una gazza o un merlo.

Ma la cosa più triste di tutte era questa: che egli stava a un pelo per perdere il trono, perché i suoi eredi ne inventavano ogni giorno una delle nuove, pur di provare come e qualmente egli fosse morto e morto davvero.

Alla fine il Mago combinò con la comare Sussio, che ella condurrebbe Trotona nel palazzo del Re Grazioso, che lì vi resterebbe alcuni mesi, durante i quali il Re doveva prendere una risoluzione circa allo sposarla: e intanto la fata renderebbe al Re la sua figura naturale, salvo sempre a farlo tornare uccello, nel caso che si fosse ostinato a non voler sposare la sua figlioccia.

La fata diede a Trotona dei vestiti d'oro e d'argento; quindi la fece montare in groppa, dietro a sé, sopra un drago, e si recarono al regno di Re Grazioso, il quale vi giungeva, anche lui, in quello stesso punto insieme al Mago suo amico. Con tre colpi di bacchetta, egli ritornò quello stesso che era stato prima, bello, amabile, spiritoso, magnifico: ma gli costava salata questa diminuzione di penitenza, perché il solo pensiero di sposare Trotona gli metteva i brividi addosso. Il Mago aveva un bel persuadere colle migliori ragioni di questo mondo: ma tutti i suoi discorsi lasciavano il tempo com'era! Il Re si dava meno pensiero delle cure di Stato, che di trovare ogni ammennicolo per mandare in lungo il termine fissato dalla Sussio per le nozze con Trotona.

Intanto la Regina Fiorina, coi capelli tutti sciolti e arruffati apposta per nascondersi il viso, con un cappello di paglia in capo e con un sacco di tela sulle spalle cominciò il suo viaggio un po' a piedi e un po' a cavallo, ora per mare, ora per terra. Faceva dappertutto le più minute ricerche: ma non sapendo con certezza che strada prendere, temeva sempre di andare da una parte, mentre il suo Re pigliava da quell'altra.

Un giorno, essendosi fermata sull'orlo d'una fontana le cui acque cristalline rimbalzavano sopra un letto di sassolini minutissimi, le venne voglia di lavarsi i piedi. Si sedé sull'erba, e raccolti e fermati i capelli con un nastro, tuffò i piedi dentro l'acqua. A vederla, c'era da scambiarla con Diana che si bagna di ritorno dalla caccia. In quel mentre passò di lì una vecchierella, tutta ripiegata, la quale si appoggiava a un grosso bastone: si fermò, e le disse:

– Che fate costì, mia bella figliuola? Mi fa male a vedervi sola così!

– Non son sola, mia buona nonna, – rispose la Regina, – sono invece in numerosa compagnia, perché ho qui con me un mondo di disinganni, d'inquietudini e di dispiaceri.

E nel dir così, i suoi occhi si empirono di pianto.

– Come? così giovine, e piangete! – disse la buona vecchina. – Animo, figlia mia, non vi date alla disperazione. Raccontatemi sinceramente quello che avete, e spero di consolarvi.

La Regina non se lo fece dire due volte: le raccontò le sue disgrazie, la parte che in tutta questa faccenda vi aveva avuto la Sussio, e finalmente le disse che andava in cerca dell'uccello turchino.

La vecchierella si rizza sulla persona, piglia un altro contegno, cambia improvvisamente di figura e apparisce giovine, bella, magnificamente vestita: poi guardando la Regina con un grazioso sorriso:

– Incomparabile Fiorina, – le dice, – il Re che voi cercate non è più uccello: mia sorella Sussio gli ha rese le sue prime sembianze: e ora trovasi nel suo regno. Non state a tormentarvi più: perché voi arriverete a veder coronate le vostre speranze. Eccovi quattro uova: nei grandi bisogni della vita le romperete, e ci troverete dentro delle cose che vi saranno di un grande aiuto.

Detto questo, sparì. Fiorina si sentì rinascere a queste parole; ripose le uova nel sacco, e s'incamminò verso il regno di Grazioso.

Dopo aver camminato otto giorni e otto notti, giunse a piè di una montagna d'un'altezza prodigiosa, tutta quanta d'avorio e così tagliata a picco, che non c'era verso di arrampicarcisi sopra, senza cadere.

Ella fece mille sforzi inutili: sdrucciolava, si affaticava; finché, disperata di vedersi di fronte un ostacolo insormontabile, andò a sdraiarsi appiè della montagna, colla ferma risoluzione di lasciarsi morire; quand'ecco che si ricordò degli uovi avuti dalla fata.

Ne prese uno e disse: «Vediamo un po', se promettendomi i soccorsi de' quali avessi avuto bisogna, si fosse burlata di me».

Appena rotto l'uovo, vennero fuori alcuni piccoli ganci d'oro, che ella si attaccò ai piedi e alle mani. E con l'aiuto di questi poté salire senza fatica sulla montagna d'avorio; perché i ganci facevano presa, e le impedivano di sdrucciolare in basso.

Quando fu sulla vetta, ecco nuove difficoltà per incominciare a calare al piano: perché tutta la vallata non era altro che un grandissimo specchio di cristallo.

Vi erano lì dintorno più di sessantamila donne, che si miravano in esso con grandissimo diletto, perché bisogna sapere che lo specchio aveva dieci chilometri di larghezza e venti di lunghezza.

Ciascuna vi si vedeva riflessa secondo il suo desiderio: quella di capelli rossi appariva bionda: la vecchia si vedeva giovine: la giovine pareva anche più giovine; in una parola, questo specchio nascondeva così bene i difetti, che le donne correvano a specchiarvisi dalle cinque parti del mondo. Bisogna aver visto le smorfie e i bocchini tondi, che facevano la maggior parte di quelle civettuole; c'era da scoppiar dalle risa. E non per questo gli uomini ci si affollavano in minor numero: perché lo specchio faceva un gran comodo anche a loro. A chi regalava bellissimi capelli: a chi un personale alto ed elegante, o una cert'aria marziale, o una fisionomia simpatica e bella. Essi ridevano delle donne e le donne non se ne stavano dal ridere alle loro spalle: per cui la montagna veniva chiamata con molti nomi differenti. Nessuno era stato mai capace di toccarne la cima: e quando vi scorsero Fiorina, le donne si messero tutte a strillare come tante calandre:

«Dove va mai quella sfacciata?» dicevano esse. «Quella lì dev'essere tanto imprudente, da mettere i piedi anche sul nostro specchio. Vedrete che dopo pochi passi, ce lo manderà in bricioli».

E così facevano un diavoleto da cavar di cervello.

La Regina non sapeva come fare, perché vedeva un gran pericolo nel dovere scendere da quella altezza: allora ruppe un altr'ovo, dal quale uscirono fuori due piccioni e un cocchio, che tutt'a un tratto diventò tanto grande, da poterci entrar dentro comodamente: e in questo modo i piccioni con molta leggerezza calarono giù al basso la Regina, senza che accadesse nulla di male.

Ella disse ai suoi bravi piccioni:

«Miei piccoli amici, se voi sarete tanto cortesi di portarmi fino sul posto dove il Re Grazioso tiene la sua corte, non troverete in me un'ingrata».

I piccioni, cortesi e obbedienti, volarono giorno e notte finché non furono arrivati alle porte della città. Così Fiorina smontò, e diede a ciascuno di essi un dolcissimo bacio, che costava più di una corona reale.

Oh, come le batteva il cuore, mettendo il piede in città!

Per non essere riconosciuta, si insudiciò il viso; e chiese a quelli che passavano per la strada, dove avrebbe potuto vedere il Re. Alcuni si messero a ridere. «Vedere il Re?» le dicevano, «davvero eh! e che vuoi tu da lui, mio bel Muso-sudicio? Vai, vai piuttosto a lavarti: perché i tuoi occhi non sono degni di vedere un gran monarca a quel modo». La Regina non rispose: si allontanò pian piano: e tornò daccapo a domandare a quelli che incontrava, dove avrebbe potuto mettersi per vedere il Re.

«Domani deve venire al tempio con la Principessa Trotona,» le risposero, «perché finalmente ha consentito di sposarla».

«Cielo, quale notizia! Trotona, l'indegna Trotona sul punto di sposare il Re!» Fiorina credette di morire e non aveva più fiato né per parlare né per andare avanti. Entrò sotto una porta, e sedutasi sopra una pietra, col viso coperto dai capelli e dal suo cappello di paglia, cominciò a dire:

«Sfortunata che io sono! Eccomi venuta qui per far più bello il trionfo della mia rivale e per vedere coi miei occhi la sua contentezza! Fu dunque a cagione di lei, che l'uccello turchino non venne più a vedermi? Era dunque per quella brutta strega, che mi faceva la più nera di tutte le infedeltà, mentre io, rifinita dal dolore, mi logorava dalla passione per la conservazione dei suoi giorni? Il traditore s'era cambiato... Ricordandosi di me, come se non m'avesse visto mai, lasciava che io mi struggessi per la sua lontananza, senza darsi punto pensiero della mia!...».

Quando si ha il cuore grosso dai dispiaceri, è raro che si senta il bisogno di mangiare. La Regina cercò un po' di albergo: e si coricò, senza prendere un boccone. Si alzò col sole e corse al tempio; ma prima di poterci entrare dové subire molte manieracce dalle guardie e dai soldati. Vide il trono del Re e quello di Trotona, che era già considerata come Regina. Che dolore per un'anima sensibile e appassionata, come quella di Fiorina! Si avvicinò al trono della sua rivale, e lì stette in piedi, appoggiata a una colonna di marmo. Il Re arrivò il primo, più bello e più amabile di quello che fosse stato mai in tutta la vita. Trotona venne dopo, vestita con gran magnificenza, ma brutta da far paura. Ella guardò la Regina con un certo cipiglio – E chi sei tu, – le disse, – che ardisci di avvicinarti alla mia augusta persona e al mio trono d'oro?

– Io mi chiamo Viso-sudicio, – diss'ella, – son venuta di lontano per vendervi delle cose rare.

E cominciò a frugare nel suo sacco di tela, e tirò fuori i braccialetti di smeraldo che il Re Grazioso le aveva regalati.

– Oh! oh! – esclamò Trotona, – carini codesti pezzi di bicchiere; me li vendi per cinque soldi?

– Fateli prima vedere a chi se ne intende, o signora, e poi sul prezzo ci accomoderemo.

Trotona, che amava il Re con maggior tenerezza di quel che poteva attendersi da quella foca, e non le pareva vero di trovare delle occasioni per parlargli, si avanzò fino al trono di lui e gli mostrò i braccialetti, pregandolo a dire il suo sentimento. Alla vista di quei braccialetti, egli si ricordò di quelli che aveva dato a Fiorina: diventò bianco, sospirò, e stette per un po' di tempo senza rispondere: alla fine, temendo di far vedere il turbamento dell'animo, fece su di sé un grande sforzo e rispose:

– Questi braccialetti, secondo me, valgono quanto tutto il

mio regno: credevo che nel mondo ve ne fosse un paio solo; ma ora vedo che ce ne sono degli altri.

Trotona tornò sul suo trono, dove ci faceva la figura di un'ostrica attaccata al suo guscio; e chiese alla Regina quanto, senza rubare, avrebbe preteso de' suoi braccialetti.

– Se doveste pagarmeli, o signora, vi sarebbe d'un grande scomodo: vi propongo piuttosto un altro patto. Ottenetemi il favore di dormire una notte nella sala degli Echi, che è nel palazzo del Re, e io vi cedo gli smeraldi.

– Magari, Viso-sudicio! – disse Trotona, buttandosi via dalle risate come una sguaiata, e mostrando certi denti più lunghi di quelli d'un cinghiale.

Il Re non si dette pensiero di sapere di dove venivano quei braccialetti, un po' perché gli era indifferente la venditrice (che non destava davvero nessuna curiosità), ma segnatamente per il disgusto invincibile che provava a discorrere con Trotona. Ora bisogna sapere, che in quel tempo che egli era sempre uccello turchino, una tal volta gli era venuto fatto di raccontare alla Principessa come proprio sotto al suo quartiere reale c'era una piccola sala che si chiamava la sala degli Echi; costruita in un modo così ingegnoso, che tutto ciò che vi si diceva sottovoce, era sentito benissimo dal Re quando si trovava a letto nella sua camera; per cui Fiorina non poteva immaginare un miglior mezzo di questo, per potergli rimproverare la sua infedeltà.

Per ordine di Trotona la condussero nella sala degli Echi, dov'ella dette principio ai suoi lamenti e ai suoi rimproveri così:

«La sciagura, alla quale non voleva credere, pur troppo è certa, barbaro uccello turchino! tu ti sei scordato di me: tu ami la mia indegna rivale. I braccialetti, che ebbi dalla tua mano reale, non furono capaci di richiamarmi alla tua memoria: tanto io sono lontana dal tuo pensiero!»

E qui i singhiozzi le tolsero la parola: quand'essa riebbe fiato da parlare, ricominciò daccapo e continuò fino alla mattina. I camerieri, avendola sentita piangere e sospirare tutta la notte, andarono a raccontarlo a Trotona: la quale le domandò la ragione di tutto il lamentìo che aveva fatto. La Regina rispose che aveva dormito profondamente e che dormendo le accadeva per il solito di sognare e di parlare a voce alta.

Quanto al Re, per una strana fatalità non aveva sentito nulla: e questo derivava, perché dal giorno che incominciò la sua passione per Fiorina, aveva perduti i sonni; e quando la sera andava a letto, gli davano dell'oppio per farlo riposare.

La Regina passò una gran parte del giorno così inquieta, da non potersi dir quanto. «Se mi ha sentito,» diceva fra sé, «come si può dare al mondo un'indifferenza più atroce della sua? Se poi non mi ha sentito, in qual altro modo potrò far giungere la mia voce fino a lui?» Gioielli e cose d'arte veramente rare e straordinarie non ne aveva più: perché le pietre preziose sono sempre belle, ma ci bisognava qualcosa che sapesse stuzzicare il gusto di Trotona. Allora ricorse ai suoi uovi e ne ruppe uno. Ecco che scappò subito fuori una carrozzina d'acciaio lustro, tutta ornata di fregi d'oro in rilievo; alla carrozzina erano attaccati sei sorci verdi, guidati da un grosso topo color di rosa, mentre il battistrada, anch'esso della famiglia topesca, era d'una bella tinta grigio-perla. Dentro alla carrozza c'erano quattro marionette più vispe e più graziose di quelle che si vedono sui teatrini alle grandi fiere di Padova e di Sinigaglia, e facevano delle cose molto sorprendenti, in specie due piccole egiziane, le quali ballavano la sarabanda e il minuetto meglio di tutte le ballerine della Pergola e della Scala.

La Regina rimase a bocca aperta a vedere questo capolavoro dell'arte negromantica: ma non fece motto fino alla sera, che era l'ora che Trotona andava alla passeggiata. Allora si mise in un viale a far galoppare i suoi sorci che tiravano la carrozza, gli altri topi e le marionette. Questa novità fece tanta meraviglia a Trotona, che cominciò a gridare:

– Viso-sudicio! ehi, Viso-sudicio! li vuoi cinque soldi per la tua carrozza e per il tuo equipaggio topinesco?

– Domandate ai letterati e ai sapienti di questo regno, – disse Fiorina – che cosa può valere una meraviglia simile, e io me ne starò al parere del più capace fra loro.

Trotona, prepotente in ogni cosa, rispose:

– Non mi star più a stomacare colla tua sudicia presenza; dimmi il prezzo, e finiscila.

– Dormire ancora un'altra volta nella sala degli Echi, – disse Fiorina, – ecco tutto quello che vi domando.

– Va', povera bestia, – replicò Trotona, – non ti sarà negato. – E voltandosi alle sue dame, disse: – Questa stupida creatura non sa ricavare nessun guadagno dalla vendita di tante belle rarità!

Venne la notte.

Fiorina disse tutto quello che si può immaginare di più tenero e di appassionato, ma fu lo stesso che dirlo al muro, come la notte avanti, perché il Re non lasciava mai di prendere la sua solita bevanda coll'oppio. I camerieri dicevano fra loro:

«Questa campagnola, non c'è caso, dev'esser grulla: che cos'è tutto questo cicalìo che fa la notte?»

«Peraltro,» osservavano alcuni, «nelle cose che dice, c'è del buon senso e della passione».

Fiorina aspettò colla febbre addosso che venisse il giorno, per vedere l'effetto prodotto da' suoi discorsi.

«Pur troppo,» essa diceva, «questo spietato è diventato sordo alla mia voce! Non riconosce più la voce della sua cara

Fiorina? Ah! che vergogna, ostinarsi ancora a volergli bene! Egli mi disprezza, e me lo merito. Sì, mi sta bene».

Però tutti questi ragionamenti tornavano inutili. Ella non poteva guarire della sua passione.

Nel sacco non le rimaneva che un solo uovo, dal quale potesse sperare qualche soccorso. Lo ruppe e ne uscì fuori un pasticcio di sei uccelli lardellati, cotti e benissimo rosolati; eppure, con tutto questo, cantavano da innamorare, predicavano la buona ventura e sapevano di medicina meglio di Esculapio. La Regina restò stupita di una cosa tanto meravigliosa, e se ne andò col suo pasticcio parlante nell'anticamera di Trotona.

Mentr'essa aspettava di poter passare, uno de' camerieri le si avvicinò e le disse:

— Ma non sapete, mio bel Viso-sudicio, che se il Re non pigliasse l'oppio per dormire, voi lo cavereste di cervello con tutto il chiacchierio che fate nella notte?

Fiorina allora capì subito la ragione perché il Re non l'aveva udita, e disse al cameriere:

— Sono tanto sicura di non disturbare i sonni del Re, che stasera, nel caso che io dorma nella sala degli Echi, se non gli darete nemmeno una goccia d'oppio, tutte queste perle e diamanti saranno per voi.

Il cameriere accettò e dette la sua parola.

Dopo pochi minuti arrivò Trotona e vide la Regina che faceva finta di voler mangiare il suo pasticcio.

— Che cosa fai costì, Viso-sudicio? — le disse.

— Signora, — rispose Fiorina, — son qui che mangio astrologhi, musici e dottori di medicina.

In quello stesso momento gli uccelli cominciarono a cantare dolcemente, come tante sirene; poi gridavano: «Buttateci una piccola moneta d'argento e vi diremo la buona ventura».

Un anatrotto, che torreggiava sugli altri, disse più forte di tutti: «Qua, qua, qua, qua; io sono medico, io guarisco la gente da tutti i mali e da tutte le pazzie, fuori che da quella d'amore».

Trotona sbalordita da questo portento non veduto mai in vita sua, gridò, sagrando come un vetturino:

– Affeddìo, che bel pasticcio! Lo voglio per me. Qua, Visosudicio: quanto ne chiedi?

– Il solito prezzo, – ella disse, – dormire nella sala degli Echi, e nient'altro.

– Sta bene, e ti voglio dar per giunta anche questa moneta, – disse Trotona, fuor di sé dall'allegrezza di avere avuto il pasticcio. Fiorina se ne va via ringraziando, tutta contenta per la speranza che questa volta il Re avrebbe sentita la sua voce.

Appena venne la notte, ella si fece condurre nella sala degli Echi, colla passione che la struggeva che il cameriere mantenesse la parola e che, invece di dare al Re il solito oppio, gli mettesse innanzi qualche altra bevanda da tenerlo desto; quando poté figurarsi che tutti dormissero, ella ricominciò i suoi pietosi lamenti:

«A quanto pericolo non sono io andata incontro,» ella diceva, «per venirti a cercare, mentre tu mi fuggi e vuoi sposare Trotona! Che t'ho io fatto, crudele, per scordarti così i tuoi giuramenti? Rammentati almeno qualche volta della tua metamorfosi, del mio amore e dei nostri teneri colloqui!»

Ella ripeté questi colloqui a uno a uno, e con tanta fedeltà di memoria, da far vedere che per lei non c'era altra cosa al mondo che le fosse più cara di questi ricordi.

Il Re non dormiva punto, e sentiva così distintamente la voce di Fiorina e tutte le sue parole, che non sapeva raccapezzarsi da dove venissero: ma il suo cuore, teneramente commosso, gli fece ricordare così al vivo l'immagine della sua incomparabile Principessa, che nel trovarsi ora diviso da lei sentì il medesimo dolore di quando i coltelli lo ferirono fra i rami del cipresso. E anch'esso si mise a parlare sullo stesso tono della Regina, e disse:

«Ah! Principessa troppo crudele per un amante che vi adorava! com'è egli mai possibile che mi abbiate sacrificato ai nostri comuni nemici?...».

Fiorina udì le cose che il Re diceva, e non si stette dal rispondergli e dal fargli sapere che s'egli avesse voluto degnarsi di chiamare presso di sé Viso-sudicio, avrebbe potuto aver la spiegazione di tanti misteri, fin allora inesplicabili per lui.

A queste parole il Re, impaziente, chiamò uno dei suoi camerieri, e gli disse se fosse stato possibile di trovargli subito Viso-sudicio e di condurgliela lì. Il cameriere rispose che la cosa poteva farsi in un batter d'occhio, perché Viso-sudicio era a dormire nella sala degli Echi.

Il Re non sapeva che cosa si pensare. Come poteva mai figurarsi che una sì gran Regina, come Fiorina, potesse trovarsi trasfigurata a quel modo? E come credere che Viso-sudicio avesse la voce della Regina e conoscesse tutti i suoi segreti più intimi, se ella non fosse stata la Regina stessa? Tormentato da questi sospetti si alzò dal letto, si vestì in fretta e furia, e per una scaletta segreta scese nella sala degli Echi. La Regina aveva levata la chiave: ma il Re ne aveva una che apriva tutte le porte del palazzo.

La trovò vestita con una veste leggerissima di seta bianca, che essa era solita portare sotto i suoi panni sudici e strappati; i suoi bellissimi capelli le scendevano per le spalle; era distesa sopra un canapè, e una lampada, in lontananza, mandava all'intorno un pallido sbattimento di luce. Il Re entrò dentro all'improvviso; e la passione dell'amore vincendo tutti i suoi risentimenti, appena l'ebbe riconosciuta, andò a gettarsi a' suoi piedi, le bagnò le mani del suo pianto e credette di morire di gioia, di dolore e di mille pensieri diversi che, tutti in una volta, gli si affollarono alla memoria.

La Regina non fu meno commossa di lui; ed ebbe una tal serratura al cuore, che sentiva mancarsi il respiro. Ella guardava fisso fisso il Re, senza dir parola; e quand'ebbe la forza di poter parlare, non ebbe quella per fargli dei rimproveri. La gran contentezza di rivederlo le fece dimenticare per un momento tutte le ragioni, che essa credeva fondatissime, di lagnarsi di lui. Alla fine ogni cosa venne in chiaro, tutti e due a vicenda si trovarono giustificati; il loro amore riprese al disopra, e l'unica spina, che ormai li tormentasse, era la fata Sussio. Ma in questo frattempo giunse il Mago, grande amico del Re, in compagnia d'una famosa fata, la quale era appunto quella che aveva dato le quattro uova a Fiorina. Scambiati i primi complimenti d'uso, il mago e la fata dissero chiaro e tondo che essendosi trovati d'accordo a riunire i loro poteri in favore del Re e della Regina, la fata Sussio non poteva far altro che un bel nulla contro di essi; e che per conseguenza non c'erano più ostacoli per mandare in lungo le loro nozze.

Ci vuol poco a figurarsi l'allegrezza dei due giovani amanti. Appena si fece giorno, la voce si sparse per il palazzo, e tutti furono contenti di vedere la bella Fiorina. Il rumore di questa notizia essendo arrivato fino agli orecchi di Trotona, questa corse subito dal Re: e come rimase brutta, quando gli vide al fianco la sua odiata rivale! Mentre stava per aprir bocca e per dir loro un sacco di vituperi, il mago e la fata la trasformarono in una maiala, perché così le rimanesse un poco della sua fisionomia e del suo brutto vizio di grugnire. Ella fuggì via, grugnendo sempre fin giù nel cortile, dove fu accolta da uno scoppio di risate, che la messero all'ultima disperazione.

Il Re Grazioso e la Regina Fiorina, liberati finalmente dalla presenza di una così odiosa persona, non pensarono più che a festeggiare le loro nozze: le quali spiccarono per buon gusto e magnificenza: e c'è da immaginarsi facilmente la felicità dei due sposi, dopo tanti dispiaceri e tante traversie.

Domandatelo al Re Grazioso, ed egli vi risponderà: meglio diventare uccelli turchini, corvi e anche anatre palustri, piuttosto che sposare una Trotona, alla quale non si voglia bene.

Peccato che non si trovi sempre un mago o una fata per mandare a monte tanti matrimoni, dove l'amore non c'entra per nulla!

LA GATTA BIANCA

di Marie-Catherine d'Aulnoy (1698)

C'era una volta un Re il quale aveva tre figli: tre pezzi di giovanotti forti e coraggiosi; ed egli si era messo paura che volessero salire sul trono prima della sua morte: tanto più, che stando a certe voci che correvano, i suoi figli cercavano dappertutto di farsi dei partigiani per impadronirsi del regno.

Il Re cominciava a essere un po' in là cogli anni, ma essendo ancora verde di spirito e sano di mente, non se la sentiva punto di cedere loro un posto, occupato da lui con tanta dignità. Pensò, dunque, che il miglior partito per vivere tranquillo fosse quello di tenerli a bocca dolce a furia di promesse, che egli avrebbe saputo sempre deludere e mandare in fumo.

Li chiamò nel suo gabinetto, e dopo aver parlato alla buona di varie cose, saltò fuori col dire:

«Miei cari figli, voi converrete meco che la mia età avanzata non mi permette più di accudire agli affari di Stato con lo stesso impegno d'una volta; temo che i miei sudditi ne abbiano a risentire i danni, ed è per questo che ho deciso di mettere la corona sul capo a uno di voi tre. Peraltro è ben giusto che in compenso di un regalo simile, voi dobbiate cercare di compiacermi nel disegno, che oramai ho fatto, di ritirarmi in campagna. Mi pare che un canino vispo, fido, grazioso potrebbe tenermi un'ottima compagnia: così, senza stare a scegliere il figlio maggiore piuttosto del minore, io vi dichiaro che quello che di voi tre mi porterà il canino più bello, quello sarà il mio erede».

I principi restarono sorpresi del capriccio del loro padre per un canino, ma i due minori vi trovarono il loro tornaconto ed accettarono con piacere la commissione di andare in cerca di un cane. Quanto al figlio maggiore, era troppo timido e troppo rispettoso per far valere i suoi diritti. Presero quindi congedo dal Re, il quale li fornì d'oro e di pietre preziose, soggiungendo che fra un anno, né più né meno, in quello stesso giorno e alla medesima ora, dovessero tornare a portargli ciascuno il suo canino.

Prima di mettersi in viaggio i tre fratelli andarono a un castello, discosto appena un miglio dalla città. Menarono seco gli amici e fecero gran baldoria, giurandosi tutti e tre amicizia eterna, e restando intesi che in questa faccenda avrebbero ciascuno tirato avanti per il fatto suo, senza gelosie e rancori, e che in ogni caso il più fortunato avrebbe sempre tenuto a parte gli altri due della sua fortuna.

E così partirono, dopo aver fissato che al ritorno si sarebbero ritrovati nello stesso castello, per poi recarsi tutti insieme dal Re.

Non vollero con sé nessuno, e cambiarono di nome per non essere riconosciuti.

Ciascuno prese una via diversa. I due maggiori ebbero molte avventure; ma io racconterò soltanto quelle del minore. Il quale era grazioso, d'umore allegro e piacevole, una bella testa, fisonomia signorile, fattezze regolari, bei denti e moltissima destrezza in tutti quegli esercizi, che completano l'educazione di un gentiluomo. Cantava con gusto, suonava il liuto e la chitarra da incantare, maneggiava la tavolozza, era insomma un cavaliere compitissimo e di un coraggio che rasentava la temerità.

Non passava giorno che non comprasse cani grandi, piccoli, levrieri, bull-dogs, da caccia, spagnuoli, barboni. Se ne aveva uno bello e ne trovava un altro più bello, lasciava il primo per tenersi l'altro: perché gli sarebbe stato impossibile, solo com'era, di menarsi dietro trenta o quarantamila cani; ed egli non voleva con sé nessuno strascico di gentiluomini o di servitori o di paggi.

Camminava e camminava, senza sapere neanche lui dove andasse, quand'ecco che una volta si trovò sorpreso dalla notte, dai tuoni e da un gran rovescio d'acqua nel mezzo d'una foresta, dove non raccapezzava più nemmeno la strada che doveva fare.

Prese il primo viottolo che gli capitò fra i piedi, e dopo aver camminato un pezzo, poté scorgere un po' di luce; e da questa si figurò che, non molto lontano, ci dovesse essere qualche casa, dove avrebbe potuto mettersi al coperto fino al giorno.

Guidato così da quella po' di luce che vedeva, giunse alla porta di un castello, il più magnifico che si possa immaginare. La porta era d'oro, coperta di carbonchi, il cui bagliore limpido e smagliante illuminava tutti i dintorni.

E questa era la luce che il Principe aveva veduto di lontano. I muri erano di porcellana trasparente sulla quale, dipinta in colori, si vedeva la storia di tutte le fate dalla creazione del mondo in poi; né vi erano dimenticate le famose avventure di Pelle d'Asino, di Finetta, del Melarancio, di Graziosa, della Bella addormentata nel bosco, di Serpentino Verde e di cent'altri.

Gli fece grandissimo piacere di riconoscervi anche il Principe Folletto, perché era suo zio all'uso di Brettagna.

La pioggia e la stagione indiavolata gli levarono la voglia di trattenersi più a lungo in un luogo, dove si bagnava tutto fino all'ossa, senza contare che dove non giungeva il riflesso luminoso dei carbonchi, non ci si vedeva proprio di qui a lì.

Tornò alla porta d'oro, e vide uno zampetto di capriolo attaccato in fondo a una piccola catena tutta di diamanti: e non poté di meno di restare a bocca aperta, non tanto per la magnificenza di quel cordone da campanello, quanto per la gran sicurezza colla quale vivevano in quel palazzo.

«Perché,» faceva egli a dire, «che ci vorrebbe per i ladri a staccare la catenella e portar via i carbonchi? Sarebbe il vero modo di diventar ricchi una volta per tutte».

Tirò lo zampetto di capriolo: subito sentì suonare una campanella, che allo squillo gli parve d'oro o d'argento. Di lì a un minuto la porta si aprì, senza che egli potesse veder altro che una dozzina di mani per aria, ciascuna delle quali teneva una fiaccola accesa. A quella vista restò così intontito, che non sapeva risolversi a entrare, quando sentì altre mani, che lo spingevano per dietro, e anche con una certa tal qual violenza. Egli entrò là dentro a malincuore, e per ogni buon fine e rispetto portò la mano all'impugnatura della spada: quand'ecco, che traversando un vestibolo, tutto incrostato di porfido e di lapislazzuli, sentì due voci angeliche che cantavano così:

> *Delle man che vedete*
> *Non vi prenda sospetto,*
> *Ché sotto questo tetto*
> *Non c'è da temer nulla.*
> *Se non le seducenti*
> *Grazie di un bel visino;*
> *Caso che il vostro cuore*
> *Non voglia rimaner schiavo d'amore.*

Egli non poté immaginarsi che lo invitassero con tanta buona grazia, per fargli poi un brutto tiro: per cui, sentendosi sospinto verso una gran porta di corallo, che si aprì al suo avvicinarsi, entrò in una gran sala, tutta di madreperla; e quindi passò in altre sale ornate in mille maniere differenti e così ricche di pitture e di marmi preziosi, da farlo restare sbalordito.

Migliaia e migliaia di lumi, che dal soffitto arrivavano fino a terra, illuminavano altri quartieri; anche questi pieni di lampadari, di luci a riflesso e di ventole gremite di candele. Per farla corta, era una tal maraviglia da crederla un sogno.

Dopo aver traversato una fila di sessanta stanze, le mani che lo guidavano lo fecero fermare, ed esso vide una poltrona grande e molto comoda, che si accostò da sé sola al camminetto. In quel mentre il fuoco si accese: e le mani che gli sembravano bellissime, bianche, piccole, bofficette e ben proporzionate, cominciarono a spogliarlo: perché, com'ho detto poco fa, era tutto fradicio mézzo e c'era il caso di fargli prendere un'infreddatura. Gli fu presentato senza che egli vedesse alcuno, una camicia così bella, che era proprio una camicia da sposi, insieme a una veste da camera, di stoffa trapunta d'oro e ricamata di piccoli smeraldi, che formavano degli arabeschi e delle cifre. Le mani, senza corpo, gli avvicinarono una toeletta, che era una vera maraviglia: e lo pettinarono con tanta leggerezza e con tanta maestria, che rimase contentissimo. Poi lo rivestirono tutto, non coi panni di lui, ma con gli altri abiti molto più belli. Egli stava ammirando, senza fiatare, tutto quello che accadeva sotto i suoi occhi, e di tanto in tanto aveva qualche brivido di paura, che non poteva vincere a nessun costo.

Quando l'ebbero incipriato, pettinato, profumato, vestito in gala, e fatto più bello d'un amore, le solite mani lo condussero in una sala magnifica per i mobili e per le dorature. In giro alle pareti si vedeva la storia dei gatti più famosi. Rodilardo appiccato pei piedi, nel Consiglio dei Topi: il Gatto cogli stivali, marchese di Carabà: il Gatto scrivano: il Gatto cambiato in donna, i Sorci mutati in gatti: il Sabbato e tutte le sue stregherie; insomma non c'era cosa più originale di questi quadri.

La tavola era apparecchiata, con sopra due posate e due tovagliolini, ciascuno dei quali col suo laccetto d'oro: la dispensa faceva restare a bocca aperta per la quantità di vasi di cristallo di monte e di altre pietre preziose. Il Principe non sapeva per chi fossero quelle due posate, quando vide alcuni gatti che andavano a pigliar posto in una piccola orchestra fatta apposta per loro: uno portava un libro pieno di capperi e di note le più strane del mondo: un altro teneva in mano un quaderno arrotolato, per battere il tempo: gli altri avevano delle piccole chitarre.

Tutt'a un tratto, ciascuno di essi cominciò a miagolare in diversi toni e a grattare coll'unghie le corde della chitarra. Il Principe avrebbe quasi creduto di esser capitato all'inferno, se non gli fosse parso che il palazzo fosse troppo meraviglioso per dar motivo a simili sospetti: e non potendo far altro, si tappava gli orecchi e si buttava via dalle risate, a vedere i gesti e le boccacce di quei musicanti di una razza nuova.

Mentre stava pensando alle tante cose che gli erano accadute in questo castello, vide entrare una figurina non più alta di mezzo braccio. Questa specie di bambolina era coperta dalla testa ai piedi da un lungo velo di crespo nero. L'accompagnavano due gatti, anch'essi abbrunati, col mantello e la spada al fianco. E dietro a loro, un numeroso corteggio di gatti, che portavano trappole e gabbie piene di sorci e di topi.

Il Principe era fuori di sé dallo stupore, e non sapeva che cosa pensare. Intanto la bambolina si avvicinò e si tolse il velo: sicché egli poté vedere la più bella gattina, fra quante ce ne furono e ce ne saranno mai. Ella appariva molto giovine e molto afflitta: e faceva un miagolìo così dolce e così carino, che andava proprio al cuore. Ella disse al Principe:

– Figlio di Re, tu sei il benvenuto. La mia miagolante maestà ti vede con piacere.

– Signora Gatta, – disse il principe – voi siete molto buona a farmi sì cortese accoglienza; ma voi non mi avete l'aria di essere una bestiolina come tutte le altre: il dono della parola e il bel castello che possedete, ne sono una prova lampante.

– Figlio di Re, – riprese la Gatta, – ti prego, non mi dire dei complimenti. Io sono semplice di modi e di parole: ma ho un buon cuore. Animo! – continuò ella – si serva subito in tavola; e i musicanti tacciano, perché tanto il Principe non intende nulla di quello che dicono.

– Dicono forse qualche cosa? – domandò egli.

– Ma sicuro, – ella soggiunse, – perché qui ci sono dei letterati, che hanno moltissimo spirito: e se resterete un poco fra noi, ve ne persuaderete facilmente.

– Basta sentirvi discorrere, per crederlo subito, – disse il Principe con molta galanteria, – ed è per questo, o signora, che io vi stimo una gatta veramente singolare.

Fu portata la cena: la quale era servita da quelle stesse mani, appartenenti a corpi invisibili. Si rifecero dal mettere in tavola due pasticci: uno di piccioncini e l'altro di sorci grassi come ortolani. La vista di quest'ultimo pasticcio fece perdere al Principe la voglia di assaggiare il primo; per il sospetto che tutti e due fossero stati cucinati dallo stesso cuoco, e con le medesime rigaglie: ma la gattina, vedendogli far boccuccia, indovinò la sua idea e lo accertò che la sua cucina era fatta a parte, e che poteva mangiare tranquillamente le pietanze, che gli avessero messo dinanzi, senza scrupolo di trovarci dentro o topi o sorci.

Il Principe non se lo fece dire due volte, persuaso che la bella Gattina non poteva avere nessun motivo per dargli ad intendere una cosa per un'altra. E mentre mangiava gli venne fatto notare che ella aveva un piccolo ritratto in avorio, attaccato a una zampa, e gli fece specie. La pregò se avesse voluto mostrarglielo, credendo che fosse il ritratto di padron Buricchio. Ma rimase oltremodo stupito nel vedere che era un giovine così bello, da non credere che la natura n'avesse formato un altro compagno: e il ritratto somigliava tanto a lui, che se glie l'avessero dipinto apposta, non poteva esser più vero e più parlante. Ella sospirò: e facendosi anche più trista, serbò un profondo silenzio. Il Principe capì che ci doveva esser sotto qualche cosa di misterioso e di straordinario, ma non ebbe cuore di chiedere spiegazioni, per paura di far dispiacere alla Gatta e di affliggerla più che mai. Egli le parlò di tutte le novità che sapeva, e la trovò istruttissima degl'interessi delle case principesche e di tutti i fatti che accadevano nel mondo.

Alzati da cena, la Gatta Bianca invitò il suo ospite a voler passare in una gran sala, dove c'era un teatro sul quale davano un balletto dodici gatti e dodici scimmie. Gli uni erano vestiti da mori, le altre da chinesi. È facile immaginarsi i salti e le capriole che facevano, e i graffi e le zampate che di tanto in tanto si scambiavano fra loro.

La serata finì così. Gatta Bianca dette la buona notte al suo ospite: e le mani, che l'avevano condotto fin lì, lo ripresero e lo menarono in un quartiere, che era tutto differente da quello che aveva visto. Poteva dirsi più elegante che magnifico: ed era tappezzato, di cima in fondo, di ali di farfalle, i cui variati colori formavano mille fiori diversi. Vi erano pure delle penne di uccelli rarissimi, e che forse non si sono veduti altro che in quel luogo. I letti erano di velo, e ornati con bellissimi fiocchi di nastro; e dappertutto grandi specchi, che andavano dall'impiantito al soffitto, e messi dentro a cornici cesellate d'oro e che rappresentavano migliaia e migliaia di piccoli amorini.

Il Principe entrò a letto senza fare una parola, perché era impossibile attaccare un po' di conversazione colle mani che lo servivano. Dormì poco e fu svegliato da un rumore confuso. Le mani, lì pronte, lo tirarono subito fuori del letto e gli messero addosso un vestito da caccia. Dette un'occhiata giù, nella corte del castello, e vide più di cinquecento gatti, dei quali alcuni tenevano i levrieri al guinzaglio, e gli altri suonavano il corno. Era una gran festa: Gatta Bianca andava alla caccia, e voleva che il Principe fosse della partita. Le solite mani, addette al suo servizio, gli presentarono un cavallo di legno, che correva a briglia sciolta e che sapeva andare al passo, che era uno stupore. Egli stintignava un poco a montarci sopra, dicendo che era quasi lo stesso che fargli fare la figura di cavaliere errante come Don Chisciotte: ma la sua mala voglia gli giovò poco: si trovò messo di peso sul cavallo di legno, il quale aveva una gualdrappa e una sella a ricami d'oro e di diamanti. Gatta Bianca cavalcava uno scimmiotto, il più bello e il più fiero che si potesse mai vedere; essa aveva lasciato il suo gran velo e portava in testa un berretto da amazzone, che le dava una cert'aria di spavalderia, che metteva paura a tutti i sorci del vicinato. Non c'è stata mai un'altra caccia divertente come quella: i gatti correvano più dei conigli e delle lepri: e così, quando chiappavano qualche animale, Gatta Bianca voleva che lo mangiassero dinanzi a lei, e questa cosa dava luogo a mille giuochi piacevolissimi di agilità e di destrezza. E nemmeno gli uccelli, dal canto loro, erano sicuri: perché i gattini s'arrampicavano su per gli alberi: e il bravo scimmiotto portava Gatta Bianca fin dentro ai nidi dell'Aquile, perché disponesse a piacer suo delle piccole Altezze aquiline.

Finita la caccia, ella prese un corno lungo un dito, ma che mandava un suono così chiaro e sfogato, da farsi sentire benissimo alla distanza di cento miglia. Quand'ebbe fatti due o tre squilli di corno, si vide circondata da tutti i gatti del paese: alcuni arrivarono per aria, portati in cocchio: altri venivano per acqua, dentro le barche: insomma era uno spettacolo non mai veduto. Quasi tutti erano vestiti in diversi modi. Gatta Bianca, accompagnata da questo pomposo corteggio, ritornò al palazzo e pregò il Principe a venirvi anche lui. Egli gradì l'invito, sebbene tutto questo gattaio gli sapesse un po' troppo di sabbato e di stregheria, e la Gatta parlante gli paresse più strana e più inconcepibile di tutto il resto.

Appena entrata nel palazzo, le portarono il suo velo nero. Cenò col Principe, il quale aveva una fame che parevano due, e mangiò per quattro. Furono portati dei liquori, che egli gustò volentieri, ma che gli fecero dimenticare, lì per lì, il canino che doveva portare al Re. Da quel momento in poi non aveva altro pensiero che stare a miagolare con Gatta Bianca: o, come chi dicesse, a tenerle buona e fidata compagnia: tutti i giorni passarono in feste piacevoli, ora alla pesca, ora alla caccia: eppoi balli, tornei e altri spassi, che lo divertivano moltissimo. Spesso e volentieri la bella Gatta faceva dei versi e delle canzonette in uno stile così appassionato, da far capire che aveva il cuore sensibile e che certe cose non si sanno dire, senza essere innamorati: ma il suo segretario, che era un vecchio soriano, aveva una mano di scritto così brutta, che sebbene le opere di lei sieno state conservate, oggi è impossibile leggerle e raccapezzarvi dentro qualche cosa.

Il Principe si era scordato di tutto, perfino del suo paese. Le solite mani, rammentate tante volte, continuavano a servirlo. Qualche volta si pentiva di non essere un gatto, per poter passare tutta la vita in così amabile compagnia «Povero me!» diceva egli a Gatta Bianca, «come sarei disperato se dovessi lasciarvi; vi amo tanto! o diventate donna, o fatemi diventare un gatto!» Ella pigliava in chiasso queste parole, e gli dava delle risposte così ambigue e sibilline, da non ricavarci un numero.

Un anno passa presto, in ispecie quando non si hanno né seccature né pensieri: e quando si sta bene di salute e ci manca il tempo per potersi annoiare. Gatta Bianca sapeva il giorno in cui egli doveva tornare a casa, e perché egli non ci pensava più, credé ben fatto ricordarglielo.

– Sai tu, – ella gli disse, – che ti restano tre giorni solamente, per cercare il canino tanto desiderato da tuo padre, e che i tuoi fratelli ne hanno trovati dei bellissimi?

Il Principe ritornò in sé, e maravigliandosi della sua negligenza: – Per quale incantesimo piacevole – disse – ho potuto scordarmi di una cosa, che mi stava a cuore al disopra di tutte le altre? Ce ne va della mia gloria e della mia fortuna. Dove troverò un canino, proprio come ci vuole, per guadagnare un Regno, e un cavallo così scappatore da arrivare in tempo?

E incominciò a inquietarsi e a mettersi di cattivo umore.

Gatta Bianca, con una vocina carezzevole, gli disse: – Figlio di Re, non ti dare alla disperazione: io sono fra i tuoi buoni amici: puoi trattenerti qui ancora un giorno, perché sebbene da qui al tuo paese ci sieno più di duemila miglia, il bravo cavallo di legno ti ci porterà in meno di dodici ore.

– Vi ringrazio, mia bella Gatta, disse il Principe, – peraltro non mi basta di tornare da mio padre, ma bisogna che gli porti anche un canino.

– Tieni, – gli disse Gatta Bianca, – eccoti una ghianda, dove ce ne troverai dentro uno assai più bello della stessa canicola.

– Via, via, signora Gatta, – disse il Principe, – Vostra Maestà si piglia giuoco di me.

– Avvicina la ghianda all'orecchio, – ella soggiunse, – e lo sentirai abbaiare.

Esso obbedì; e sentì subito il canino che faceva: bu! bu! Il Principe saltava dalla contentezza: perché un canino, che può entrare in una ghianda, bisogna che sia piccino davvero. Egli voleva aprirla, perché si struggeva di vederlo; ma Gatta Bianca gli disse che per la strada avrebbe potuto sentir freddo e che era meglio aspettare che fosse dinanzi al Re suo padre. Il Principe la ringraziò mille volte e poi dell'altro: e gli dette un addio che veniva proprio dal cuore. – Vi giuro, – egli soggiunse – che i giorni mi son passati come un lampo; volere o non volere, sento che mi dispiace a lasciarvi; e sebbene voi siate qui la sovrana, e i gatti che vi corteggiano sieno più spiritosi e galanti dei nostri, io non mi perito a invitarvi a venir via con me.

La Gatta, a questa proposta, rispose con un profondo sospiro. Si lasciarono. Il Principe arrivò il primo nel luogo, dove co' suoi fratelli era stato fissato il ritrovo. Dopo poco arrivarono anche gli altri e rimasero maravigliati nel vedere un cavallo di legno, che caracollava meglio di quelli delle scuole d'equitazione.

Il Principe andò loro incontro: si abbracciarono ripetutamente e si raccontarono le avventure dei loro viaggi: ma il nostro Principe non disse tutta la verità circa a quanto gli era accaduto, e mostrò ai fratelli un canucciaccio mezzo spelacchiato, dicendo che gli era parso così grazioso, che aveva pensato di portarlo a suo padre.

Per quanto si volessero bene tra fratelli e fratelli, nondimeno i due maggiori sentirono un gran piacere della cattiva scelta fatta dal minore; e perché erano a tavola, si davano di nascosto nel piede, come per dire che da lui non avevano nulla da temere.

Il giorno dopo partirono tutti e tre insieme, nella medesima carrozza. I due figli maggiori del Re avevano in alcuni panieri dei canini così belli e così delicati, che pareva non si dovessero toccare, per paura di sciuparli. Il minore aveva il suo cane spelacchiato, così inzaccherato di mota, che nessuno lo voleva accosto. Appena arrivati al palazzo, tutti furono loro dintorno per dargli il ben tornato: quindi passarono nelle stanze del Re. Esso non sapeva in favore di chi decidersi, perché i due cani presentati dai suoi figli maggiori erano pari a bellezza: e già i due fratelli si disputavano il vantaggio della successione al trono, quando ecco che il Principe trovò il mezzo di metterli d'accordo, cavando fuori di tasca la ghianda, che Gatta Bianca gli aveva dato. Apertala in presenza di tutti, ciascuno poté vedere un canino, accovacciato nel cotone, il quale sarebbe passato attraverso a un anello da dito, senza nemmeno toccarlo. Il Principe lo posò in terra, ed egli si mise a ballare la sarabanda con accompagnamento di nacchere e con tanta grazia e leggerezza, come non avrebbe saputo far meglio, la più celebre ballerina spagnuola. Esso era di mille colori, tutti diversi, e il pellame e gli orecchi gli toccavano terra.

Il Re rimase un po' male, perché era proprio impossibile trovar da ridire qualche cosa sulla bellezza di quel cagnolino. A ogni modo egli non aveva punta voglia di disfarsi della sua corona: ogni rosone di essa gli era mille volte più caro di tutti i cani dell'universo. Disse dunque ai suoi figliuoli di essere arcicontento di tutto quello che avevano fatto: ma siccome eran riusciti così bene nella prima prova, voleva avere un altro saggio della loro abilità, prima di mantenere la parola data; per cui dava loro tempo un anno a cercargli una pezza di tela così fine e sottile, da passar tutta dalla cruna di un ago, di quelli da ricamo. Tutti e tre sentirono male la cosa di doversi rifar da capo a cercare. I due principi, i cui cani erano meno belli di quello del fratello minore, si rassegnarono. Ognuno se n'andò per il suo viaggio e senza perdersi in tante tenerezze come la prima volta, perché il bel cagnolino era stato cagione di un certo raffreddamento fra loro.

Il nostro Principe rimontò sul suo cavallo, e senza curarsi di altri aiuti, all'infuori di quelli che poteva attendere dalla Gatta Bianca, partì alla gran carriera e ritornò al castello, dov'ella gli aveva fatto così buon viso e lieta accoglienza.

Trovò che tutte le porte erano spalancate e le mura risplendenti per centomila fiaccole accese, che facevano un effetto meraviglioso. Le solite mani, che l'avevano servito sempre con tanta puntualità, gli si fecero incontro: e presa la briglia del bravo cavallo di legno, lo portarono alla scuderia, mentre il Principe si avviava verso la camera di Gatta Bianca.

Ella stava coricata dentro a una piccola cestina sopra un guanciale di seta, bianca come la neve. La sua pettinatura era un po' trascurata e la fisonomia abbattuta e trista: ma appena visto il Principe, fece mille salti e mille sgambetti, per fargli intendere la gioia che provava.

«Per quante ragioni avessi per credere al tuo ritorno,» diss'ella, «ti confesso, o figlio di Re, che ci contavo assai poco: per il solito sono così disgraziata ne' miei desideri, che questa volta mi par proprio di aver avuto una vera fortuna».

Il Principe, in ricambio, le fece mille carezze: e le raccontò l'esito del suo viaggio, che forse ella già sapeva meglio di lui; e venne a dire come qualmente il Re voleva una pezza di tela che potesse passare dalla cruna d'un ago; che questa cosa a lui gli pareva impossibile, ma che a ogni modo voleva tentarla, ripromettendosi miracoli dalla buona amicizia e dall'aiuto di lei. Gatta Bianca, pigliando una cert'aria di serietà, rispose che non era una faccenda da darsene pensiero: che, per buona fortuna, aveva nel suo castello delle Gatte che filavano benissimo: che essa pure vi avrebbe messo lo zampino, per mandare avanti il lavoro; in una parola che egli poteva starsene tranquillo, e che avrebbe trovato lì quello che cercava, senza bisogno di andare a girellone per il mondo.

In quel punto apparirono le mani, le quali portavano delle fiaccole: e il Principe andando dietro a esse, insieme con Gatta Bianca, entrò in una magnifica terrazza coperta, che dava lungo un gran fiume, sul quale furono incendiati bellissimi fuochi d'artifizio. Vi si dovevano bruciare quattro gatti, ai quali era stato fatto un processo in tutte le regole. Erano accusati di aver mangiato l'arrosto preparato per la cena di Gatta Bianca, il suo formaggio e il suo latte: e di aver cospirato contro la sua real persona insieme con Martafaccio e l'Eremita, famosi topi di quella contrada e tenuti per tali anche da La Fontaine, scrittore degnissimo di fede; ma, con tutto questo, si sapeva che nel processo c'erano stati molti pasticci, e che quasi tutti i testimoni avevano preso il boccone. Fatto sta, che il Principe ottenne per loro la grazia: e i fuochi d'artifizio non bruciarono nessuno: e dei razzi e delle girandole a quel modo, non se ne sono mai più vedute.

Dopo i fuochi fu imbandita una cena, che il Principe gustò assai più delle girandole e dei razzi, perché aveva una fame da lupi, per la ragione che il suo cavallo di legno l'aveva fatto correr tanto, come se fosse stato in strada ferrata, e anche più. I giorni passavano e si somigliavano: feste dalla mattina alla sera, e sempre differenti, colle quali l'ingegnosa Gatta Bianca teneva allegro il suo ospite: e forse non c'è stato un altro mortale, che si sia tanto divertito, non avendo con sé altra compagnia che quella dei gatti.

Gli è vero che Gatta Bianca aveva uno spirito grazioso,

seducente e adattato a ogni cosa; ella ne sapeva più di quel che è lecito saperne a un gatto: e il Principe molte volte ne rimaneva stupito.

– No, – esso le diceva, – le meraviglie che mi vien fatto di notare in voi, non sono punto naturali: se voi mi amate davvero, carissima Micina, ditemi per quale miracolo pensate e parlate con tanta finezza di buon senso, da rendervi degna di sedere fra i begl'ingegni delle più celebrate Accademie.

– Finiscila con queste domande, figlio di Re, – ella gli disse, – a me non è lecito risponderti: tu puoi almanaccare quanto ti pare e piace: padronissimo! Ti basti soltanto sapere che avrò sempre per te una zampina col guanto di velluto: e che ogni cosa che ti riguarda sarà come se fosse una cosa mia.

Questo second'anno passò, senza addarsene, come il primo. Il Principe non aveva tempo di desiderare un oggetto, che le solite mani, sempre pronte, glielo portavano subito: sia che si trattasse di libri, di gemme, di quadri, di medaglie antiche: insomma egli non doveva far altro che dire: «voglio il tal bigiù, che è nel gabinetto intimo del Mogol o del Re di Persia, o la tale statua di Corinto o di Grecia» che subito vedeva comparirsi davanti ciò che desiderava, senza sapere né chi gliel'avesse portata, né di dove venisse. Ecco una virtù magica, che ha le sue attrattive e che, non foss'altro per passatempo, ci farebbe nascere la voglia di diventare i padroni dei più bei tesori della terra.

Gatta Bianca, che non perdeva mai d'occhio gl'interessi del Principe, lo avvertì che il tempo della sua partenza si avvicinava e che poteva stare tranquillo in quanto alla pezza di tela tanto desiderata, perché essa gliene aveva tessuta una maravigliosa: aggiungendo che questa volta voleva regalargli un equipaggio degno di lui. E senza dargli tempo di rispondere, l'obbligò a guardar giù nel cortile del castello. E lì, infatti, vi era una carrozza scoperta, tutta d'oro smaltato, color fuoco, con mille imprese galanti dipinte sopra, che facevano piacere agli occhi e alla mente. V'erano attaccati quattro per quattro, dodici cavalli bianchi come la neve, carichi di gualdrappe di velluto rosso fiammante, ricamate a diamanti e guarnite di fibbie e di piastrelle d'oro. La carrozza era foderata dentro colla stessa magnificenza ed aveva un seguito d'altre cento carrozze a otto cavalli, tutte piene di signori di grande apparenza e splendidamente vestiti. V'era di scorta un reggimento di mille guardie del corpo, le cui uniformi erano così coperte di ricami e di alamari, che il panno non si distingueva più: e la cosa singolare era questa: che il ritratto della Gatta Bianca si vedeva da per tutto, sugli stemmi della carrozza, sull'uniforme delle guardie, e perfino attaccato con un nastro all'occhiello dell'abito dei cortigiani, come la insegna di un nuovo ordine cavalleresco, di cui essa gli avesse onorati.

– Ora parti pure, – diss'ella al Principe, – e presentati al Re tuo padre in codest'arnese abbagliante; e che la tua magnificenza da gran signore lo metta in suggezione tanto da non aver cuore di ricusarti il trono che ti sei meritato. Eccoti una noce: guarda bene di non schiacciarla, finché non sarai alla presenza di lui: dentro ci troverai la pezza di tela, che m'hai domandata.

– Graziosa Bianchina, – egli rispose, – vi giuro che sono talmente preso dalle vostre gentilezze per me, che, se foste contenta, preferirei di passar la mia vita con voi, a tutte le grandezzate che mi aspettano fuori di qui.

– Figlio di Re, – ella soggiunse, – io credo alla bontà del tuo cuore, merce rara fra i Principi: perché essi vogliono essere amati da tutti, e non amar nessuno. Ma tu sei l'eccezione della regola. Io ti tengo conto del bene che dimostri di volere a una Gattina Bianca, la quale in fondo in fondo, non è buona ad altro che a prender topi.

Il Principe le baciò la zampetta e partì.

Se già non si sapesse come il cavallo di legno gli avesse fatto fare duemila miglia in meno di quarantott'ore, ora si stenterebbe a credere la gran furia che messe per arrivare in tempo. Se non che la stessa potenza che animava il cavallo di legno, spronò talmente anche gli altri, che non restarono per la strada più di ventiquattr'ore. Non fecero neppure una fermata, finché non furono giunti dal Re, dove già i due fratelli maggiori si trovavano: i quali, non vedendo arrivare il fratello minore, gongolavano del suo ritardo e bisbigliavano fra loro sottovoce: «Questa è una bazza per noi: o è morto o è malato: e così avremo un rivale di meno, nella successione al trono».

Senza perder tempo spiegarono le loro tele, le quali, a dir la verità, erano tanto fini, da passar dalla cruna di un ago grosso: ma per in quanto alla cruna di un ago sottile, era inutile parlarne; e il Re, tutto contento di aver trovato questo attaccagnolo, mostrò loro l'ago che egli aveva prescelto e che per ordine suo i magistrati avevano recato dal Tesoro della città, dov'era stato gelosamente custodito. Nacque un gran diverbio: e tutti vollero dire la sua.

Gli amici de' Principi, e segnatamente quelli del maggiore, la cui tela senza dubbio era la più bella, sostenevano che il Re aveva messo fuori una gretola, dove c'era mescolata molta dose di furberia e di malafede. Alla fine, per troncare ogni pettegolezzo, si sentì per la città il rumore allegro e cadenzato di una fanfara di trombe, timballi e clarinetti: era il nostro Principe, che arrivava col suo splendido corteggio. Il Re e i suoi due figli fecero tanto d'occhio alla vista di uno spettacolo così sorprendente.

Appena ebbe salutato rispettosamente il padre suo e abbracciati i fratelli, cavò fuori da una scatola, tutta incrostata di rubini, la noce: e la schiacciò. Egli si aspettava di trovarci la pezza di tela, tanto decantata: ma invece c'era una nocciuola; schiacciò anche questa, e rimase stupito di trovarci dentro un nocciolo di ciliegia. Tutti si guardarono in viso: il Re se la rideva sotto i baffi e si divertiva alle spalle del figlio, il quale era stato tanto baccello da credere di poter portare una pezza di tela dentro a una noce; ma perché non ci doveva credere, quando già gli era stato dato un canino che entrava tutto in una ghianda? Egli schiacciò anche il nocciolo di ciliegia, il quale era tutto pieno della sua mandorlina. Allora cominciò per la sala un gran bisbiglio: e non si sentiva altro che questo ritornello: «Il Principe cadetto l'hanno preso a godere!...». Egli non rispose nulla alle insolenti freddure dei cortigiani. Aprì in mezzo la mandorlina, e ci trovò un chicco di miglio. Oh! allora poi, per dir la verità, cominciò anch'esso a dubitare e masticò fra i denti, «Ah! Gatta Bianca, Gatta Bianca, tu me l'hai fatta!...». In questo punto sentì sulla mano un'unghiata di gatto, che lo graffiò così bene da fargli uscire il sangue. Egli non sapeva se quell'unghiata fosse per dargli coraggio o per consigliarlo a smettere: a ogni modo aprì il chicco di miglio, e lo stupore di tutti non fu piccolo davvero quando ne tirò fuori una pezza di tela di mille metri così meravigliosa, che c'erano dipinti sopra ogni maniera d'uccelli, di pesci, di animali, con gli alberi, i frutti e le piante della terra, gli scogli, le rarità e le conchiglie del mare, il sole, la luna, le stelle, gli astri e i pianeti del cielo. E c'erano anche i ritratti dei Re e dei Sovrani che regnavano allora nel mondo: e quelli delle loro mogli, dei figliuoli e di tutti i loro sudditi, senza che vi fossero dimenticati i più infimi, fra gli straccioni e gli sbarazzini di strada. Ciascuno, nel suo stato, rappresentava il personaggio che doveva rappresentare, ed era vestito alla foggia del suo paese.

Quando il Re ebbe visto questa pezza di tela, si fece bianco in viso, come s'era fatto rosso il Principe, nel mentre che la cercava. Tanto il Re che i due Principi maggiori serbavano un cupo silenzio, sebbene a più riprese si trovassero forzati a dire che in tutto quanto il mondo non c'era un'altra cosa, che potesse agguagliarsi alla bellezza e alla rarità di questa tela.

Il Re lasciò andare un gran sospiro e voltandosi a' suoi figli, disse loro: «Non potete figurarvi la mia consolazione, nel vedere la deferenza che avete per me: io desidero dunque che vi mettiate a una novella prova. Andate a viaggiare ancora un anno, e colui che in capo all'anno menerà seco la più bella fanciulla, quello la sposerà e sarà incoronato Re il giorno stesso delle sue nozze; perché, in fin dei conti, è una necessità che il mio successore abbia moglie: e faccio giuro e prometto che questa volta sarà l'ultima e non manderò più per le lunghe la ricompensa promessa».

Questa qui, a guardarla bene, era una ingiustizia bella e buona a carico del nostro Principe. Il cagnolino e la pezza di tela, invece di un regno, ne meritavano dieci; ma il Principe aveva un carattere così ben fatto, che non volle mettersi in urto col padre suo: e senza rifiatare, rimontò in carrozza e via. Il suo corteggio lo seguì, ed egli tornò dalla sua cara Gatta Bianca. Ella sapeva il giorno e il minuto che doveva arrivare; per tutta la strada c'era la fiorita e mille bracieri con sostanze odorose fumavano fuori e dentro al castello. Essa se ne stava seduta sopra un tappeto di Persia, sotto un baldacchino di broccato d'oro in una galleria, dalla quale poteva vederlo ritornare. Fu ricevuto dalle solite mani, che l'avevano sempre servito. Tutti i gatti si arrampicarono su per le grondaie, per dargli il ben tornato, con un miagolio da straziare gli orecchi.

– Ebbene, figlio di Re, – ella gli disse, – eccoti tornato qui, e senza corona.

– Signora, – egli rispose, – la vostra buona grazia mi aveva messo in caso di guadagnarmela: ma ho capito che il Re avrebbe più dispiacere a disfarsene di quello che io avessi gusto a possederla.

– Non importa, – ella soggiunse, – non bisogna trascurar nulla per meritarla; io ti aiuterò anche questa volta, e poiché bisogna che tu meni alla corte di tuo padre una bella fanciulla, penserò io a cercartene una che ti faccia vincere il premio: intanto divertiamoci, ed è per questo che ho ordinato un combattimento navale fra i miei gatti e i terribili topi del paese. I miei gatti si troveranno un po' impappinati nei loro movimenti, perché hanno paura dell'acqua; ma senza di questo, essi avrebbero troppo il disopra: e, per quanto si può, bisogna cercare di bilanciare le forze.

Il Principe ammirò la prudenza della signora Micina: le fece i suoi mirallegri e andò con essa sopra una gran terrazza che dava sul mare.

I vascelli dei gatti consistevano in grandi pezzi di sughero, sui quali vogavano abbastanza comodamente. I topi avevan riuniti e legati insieme molti gusci d'ovo e questi erano le loro navi. Il combattimento fu accanito e crudele: i topi si buttavano nell'acqua e nuotavano con più maestria dei gatti: e così ben più di venti volte si trovarono a essere vincitori e vinti: ma Minagorbio, ammiraglio della flotta gattesca, ridusse l'armata topina all'ultima disperazione, e si mangiò con molto gusto il generale della flotta nemica, che era un vecchio topo di grande esperienza, il quale aveva fatto per tre volte il giro del mondo sopra grossi vascelli dove egli non era né capitano, né marinaio, ma semplice leccalardo.

Gatta Bianca non volle che quei poveri disgraziati fossero interamente distrutti. Essa aveva politica e pensava che se in paese non ci fossero più stati né topi né sorci, i suoi sudditi sarebbero vissuti in un ozio, che poteva alla lunga diventare pericoloso.

Il Principe passò anche quest'anno, come i due precedenti, andando a caccia, alla pesca e giuocando: perché bisogna sapere che Gatta Bianca era bravissima al giuoco degli scacchi. Egli, di tanto in tanto, non poteva stare dal farle delle domande incalzanti, per arrivare a scuoprire per qual miracolo ella avesse il dono di poter parlare. E avrebbe voluto sapere se era una fata, e se fosse stata cambiata in gatta, al seguito di una metamorfosi: ma siccome non c'era caso che ella dicesse mai quello che non voleva dire, così rispondeva sempre quel tanto che voleva rispondere, e dava delle risposte tronche e senza significato, ragione per cui egli dové persuadersi che Gatta Bianca non voleva metterlo a parte del suo segreto.

Non c'è una cosa che passi tanto presto, quanto i giorni felici: e se la Gatta Bianca non fosse stata lei a darsi il pensiero di tenere a mente il tempo preciso di far ritorno alla Corte, non c'è dubbio che il Principe se lo sarebbe dimenticato bene e meglio. Alla vigilia della partenza ella lo avvertì che dipendeva da lui, se avesse voluto menar seco una delle più belle principesse del mondo; che era giunta finalmente l'ora di distruggere il fatale incantesimo ordito dalle fate e che per questo bisognava che egli si risolvesse a tagliar a lei la testa e la coda, e a gettarle subito sul fuoco.

– Io? – esclamò, – Bianchina! amor mio! e sarò io tanto spietato da uccidervi? Ah! vedo bene che volete mettere il mio cuore alla prova: ma siate pur certa che esso non è capace di mancare alla amicizia e alla riconoscenza che vi deve.

– No, figlio di Re, – ella riprese, – io non sospetto in te nemmeno l'ombra dell'ingratitudine; ti conosco troppo: ma non sta né a me né a te a regolare in questo caso i nostri destini: fai quello che ti dico e saremo felici. Sulla mia parola di gatta onorata e perbene, ti farò vedere che ti sono amica...

Al solo pensiero di dover tagliare la testa alla sua Gattina, tanto carina e graziosa, il giovane Principe sentì venirsi per due o tre volte le lacrime agli occhi. Disse tutto quel più che seppe dire di affettuoso, per essere dispensato, ma essa, intestata, rispondeva che voleva morire per le sue mani; e che questo era l'unico mezzo per impedire ai fratelli di lui d'impadronirsi della corona: insomma, insisté tanto e poi tanto, che alla fine egli tirò fuori la spada e con mano tremante tagliò la testa e la coda della sua buona amica. In quel punto stesso si trovò presente alla più bella metamorfosi che si possa immaginare. Il corpo di Gatta Bianca cominciò a ingrandire e tutt'a un tratto diventò una fanciulla: meraviglia da non potersi descrivere a parole, e unica forse al mondo. I suoi occhi rubavano i cuori, e la sua dolcezza li teneva legati: la sua figura era maestosa, l'aspetto nobile e modesto, lo spirito seducente, le maniere cortesi: e per dir tutto in una parola, ell'era al disopra di tutto ciò che vi può essere di amabile e di grazioso sulla terra.

Il Principe, a vederla, rimase preso da un grande stupore: ma da uno stupore così piacevole, che credette di essere incantato. Non poteva spiccar parola: pareva che gli occhi non gli bastassero per guardarla, e la lingua legata non trovava il verso di esprimere la sua meraviglia; la quale si accrebbe di mille doppi, quand'egli vide entrare una folla straordinaria di dame e di cavalieri, colla loro brava pelle di gatto o di gatta, gettata sulle spalle, che andavano a prosternarsi ai piedi della Regina, e a darle segno della loro gioia per vederla tornata nel suo primo stato naturale.

Essa li ricevé con tutta quella bontà, che rivelava l'eccellente pasta del suo cuore e del suo carattere, e dopo essersi trattenuta un poco con essi, ordinò che la lasciassero sola col Principe, al quale parlò così:

Non vi mettete in capo, o signore, che io sia stata sempre gatta: e che la mia nascita sia oscura fra gli uomini. Mio padre era Re e padrone di sei regni. Egli amava teneramente mia madre, e la lasciava liberissima di fare tutto ciò che le passava per la mente. La passione dominante di mia madre era quella di viaggiare: per cui, sebbene incinta di me, intraprese una gita per andare a vedere una montagna, della quale aveva sentito dire cose dell'altro mondo. E mentr'era per via, le fu detto che lì in que' pressi c'era un castello di fate, il più bello fra quanti se ne conoscevano; o almeno creduto tale per una antichissima tradizione; perché non essendovi mai entrato nessuno, non potevasi giudicarne che dal di fuori: ma la cosa che si sapeva per certo era questa, che le fate avevano nel loro giardino certe frutta così delicate e saporite, come non se ne sono mangiate mai. Ecco subito che alla Regina mia madre nacque una gran voglia di assaggiarle, e si avviò verso quella parte. Giunse alla porta di questo magnifico palazzo, tutto risplendente d'oro e di azzurro: ma bussò inutilmente. Non comparve anima viva: si sarebbe detto che erano tutti morti. Quest'indugi servivano a farle crescere la voglia; sicché mandò in cerca di scale per iscavalcare i muri del giardino; e la cosa sarebbe riuscita bene, se i muri non si fossero alzati lì per lì, e senza vedere una mano che ci lavorasse. Si prese allora il ripiego di mettere le scale le une sulle altre! ma finirono di fracassarsi sotto il peso di quelli che ci salivano sopra, i quali, cadendo giù, rimanevano morti o stroppiati.

La Regina era disperata.

Vedeva i grandi alberi carichi di frutta, che essa credeva deliziose, e voleva cavarsene la voglia, o morire: e per questo, fece rizzare dinanzi al castello parecchie tende signorili e di gran lusso, e vi si trattenne sei settimane con tutta la sua Corte. Non dormiva né mangiava più: non faceva altro che sospirare, parlando sempre della frutta del giardino inaccessibile, finché si ammalò, senza trovare chi potesse sollevarla del suo male, perché le inesorabili fate non si fecero mai vedere, dopo che ella si era attendata in vicinanza del loro castello. Tutti i suoi uffiziali si affliggevano dimolto: non si sentivano che pianti e sospiri da tutte le parti, mentre la Regina moribonda chiedeva delle frutta a quelli che la servivano, ma non ne voleva di altra specie, all'infuori di quelle che le venivano negate. Una notte, mentre era in un mezzo dormiveglia, aprì gli occhi e svegliandosi vide una vecchiettina decrepita e brutta più del peccato, seduta in una poltrona accanto al capezzale del suo letto. Si maravigliò che le sue dame avessero lasciata passare una sconosciuta nella sua camera; quando questa le disse:

«A noi ci pare che la tua Maestà sia molto indiscreta, a incaponirsi a voler mangiare per forza le nostre frutta; ma perché ci va di mezzo la tua vita preziosa, le mie sorelle e io acconsentiremo a dartene tante, quante ne potrai portare, finché starai qui: ma a un patto: al patto che tu ci faccia un regalo».

«Ah! mia buona nonna,» gridò la Regina, «chiedete e domandate! io son pronta a darvi il mio regno, il mio cuore, l'anima mia, purché mi cavi la voglia delle vostre frutta: a nessun prezzo mi parranno care.

«Noi vogliamo,» diss'ella, «che tua Maestà ci dia la figlia che porti nel seno. Quando sarà nata, verremo a pigliarla e l'alleveremo noi: non c'è virtù, bellezza o sapienza, che essa non possa avere per mezzo nostro, in una parola sarà nostra figlia e noi la faremo felice: ma intendiamoci bene: la tua Maestà non potrà rivederla fino al giorno che non si sarà maritata. Se il patto ti garba, io ti guarisco subito, menandoti qui nei pomari del nostro giardino: non badare che sia notte; ci vedrai abbastanza, per iscegliere le frutta che vorrai. Se il patto non ti va, buona notte, signora Regina e scappo a letto».

«Per quanto sia dura la legge che m'imponete,» rispose la Regina, «l'accetto piuttosto che morire, perché è più che certo che mi rimane appena un giorno di vita, e morendo io, la figlia mia morirebbe con me. Guaritemi, sapiente fata,» ella seguitò a dire «e non mi fate perdere nemmeno un minuto per arrivare al godimento della grazia che mi avete fatta.

La fata la toccò con una bacchettina d'oro, dicendo: «Che la tua Maestà sia libera da tutti i mali, che la tengono inchiodata nel letto». A queste parole le parve di trovarsi alleggerita da una veste di piombo, pesante e dura, che le toglieva il respiro, e che in certi punti sentiva pesarla anche di più, perché forse era lì la sede del male. Fece chiamare tutte le sue dame e disse loro, con viso sorridente, che stava benissimo, che si voleva levar subito, che finalmente le porte del castello, serrate a chiavistello, e a doppia mandata, si sarebbero aperte per lei, perché potesse mangiare le belle frutta del giardino e portarne via con sé, quante ne avesse volute.

Fra tutte quelle dame, non ce ne fu una sola la quale non sospettasse che la Regina fosse caduta in delirio, e che in quel momento sognasse a occhi aperti le frutta tanto desiderate: per cui, invece di risponderle a tono, si misero a piangere e fecero svegliare tutti i medici, perché venissero a vederla. Quest'indugio faceva inquietare la Regina, la quale domandava i suoi vestiti, e nessuno si muoveva; e la cosa andò tanto in là che finì col lasciarsi pigliare dalla bizza e diventò rossa come una ciliegia. Alcuni badavano a dire che era effetto della febbre: ma i medici, essendo finalmente arrivati, e dopo averle tastato il polso e fatte le solite cerimonie di uso, non poterono far di meno di dichiarare che era tornata in perfettissima salute. Le sue donne accortesi del granchio a secco che avevano preso per troppo zelo, cercarono di riparare al mal fatto, vestendola da capo a piedi in quattro e quattr'otto. Le chiesero perdono: tutto fu accomodato: ed essa si affrettò a seguire la vecchia fata che l'aveva aspettata fin allora.

Entrò nel palazzo, dove non ci mancava nulla per essere il più bel palazzo del mondo. E voi, o signore, non penerete a crederlo, – soggiunse Gatta Bianca, – quando vi avrò detto che è quello stesso, dove oggi io e voi ci troviamo.

Due altre fate, un po' meno vecchie di quella che conduceva mia madre, vennero a riceverla alla porta e le fecero un'accoglienza, che pareva proprio una festa. Essa le pregò di menarla subito nel giardino e precisamente a quelle spalliere, dove avrebbe potuto trovare i frutti migliori. «Sono tutti buoni nello stesso modo,» risposero le fate, «e se non fosse che tu vuoi cavarti il gusto di coglierli colle tue mani, noi non avremmo da fare altro che chiamarli e fartelì venire fin qui!». «Oh! ve ne supplico, signore mie,» esclamò la Regina, «fate che io abbia la contentezza di vedere una cosa così meravigliosa e fuori dell'usuale». La più vecchia delle due fate si pose un dito in bocca e fece tre fischi: poi gridò: «albicocche, pesche, noci, prugnole, pere, poponi, uva mascadella, mele, arance, limoni, uva spina, fragole, lamponi, correte tutti al mio comando!». «Ma,» osservò la Regina, «tutte codeste frutta vengono in diverse stagioni dell'anno!». «Nei nostri orti non è così,» esse risposero, «noi abbiamo sempre ogni sorta di frutta della terra: sempre buone, sempre mature, e non vanno mai a male».

In quel frattempo le frutta arrivarono, rotolandosi, arrampicandosi le une sulle altre, senza mescolarsi e senza insudiciarsi; sicché la Regina, che si struggeva di levarsene la voglia, vi si buttò sopra, e prese le prime che le capitarono sotto mano. Non le mangiò: ma le divorò.

Quando fu piena fino alla gola, pregò le fate di lasciarla

andare alla spalliera, per poterle scegliere coll'occhio prima di coglierle. «Volentieri,» risposero le fate, «ma rammentate la promessa che avete fatta: ormai non c'è più tempo per tornare indietro». «Io son così persuasa,» ella riprese a dire, «che qui da voi si faccia una vita d'oro e mi pare che questo palazzo sia tanto bello, che se non fosse per il gran bene che voglio al Re mio marito, mi metterei d'accordo per restarci anch'io: vedete dunque se è mai possibile che io possa pentirmi di quel che ho detto».

Le fate, tutte contente da non si credere, le apersero i loro giardini e i recinti più appartati; e tanto essa ci si trovò bene, che vi si trattenne tre giorni e tre notti, senza allontanarsi di lì un minuto. Fece una gran provvista di frutta e ne colse quante ne poté cogliere: e perché sapeva che non andavano a male, ne fece caricare quattromila muli che condusse seco. Al dono delle frutta le fate vollero aggiungere quello dei corbelli e delle ceste d'oro, d'un lavoro finissimo che pareva fatto col fiato: le promisero che mi avrebbero allevata da Principessa, come io era, che mi avrebbero data un'educazione perfetta, e a suo tempo scelto uno sposo. Le dissero di più che ella sarebbe stata avvertita del giorno delle nozze, e che contavano sul sicuro che non sarebbe mancata.

Il Re fu lieto del ritorno della Regina e tutta la Corte le dimostrò la sua gioia. Ogni giorno erano balli, mascherate, tornei e feste, dove le frutta portate dalla Regina venivano distribuite, come un regalo prelibato. Il Re stesso le preferiva a ogni altra cosa. Esso non sapeva nulla del patto che la Regina aveva combinato colle fate, e le domandava in quali paesi era stata per trovare di quelle delizie. Essa ora rispondeva che le aveva trovate sopra un'alta montagna, quasi inaccessibile: ora che nascevano in vallate: e qualche volta inventava che crescevano in un giardino o in mezzo a una gran foresta. Il Re non sapeva spiegarsi tante contraddizioni. Interrogava coloro che l'avevano accompagnata, ma questi non osavano fiatare per avere avuto la proibizione di dire una sola mezza parola su questa avventura. Alla fine la Regina, inquieta della promessa fatta alle fate e vedendo avvicinarsi il tempo del parto, fu presa da un gran mal umore: non faceva altro che sospirare e si struggeva a vista, come una candela. Il Re se ne impensierì, e incominciò a insistere colla Regina, per sapere la cagione della sua gran tristezza: e batti oggi, batti domani, finalmente essa gli raccontò tutto quello che era passato fra lei e le fate e com'essa avesse promesso loro la figlia che stava per mettere alla luce.

«Come!» esclamò il Re, «noi non abbiamo figliuoli: voi sapete quanto io li desideri, e per la gola di mangiare due o tre mele, siete stata capace di promettere vostra figlia? Bisogna proprio dire che non mi volete un filo di bene». E lì cominciò a farle dei rimproveri e ne disse tante e tante, che la mia povera madre fu quasi per morir di dolore. E come se questo fosse poco, la fece chiudere in una torre e messe delle guardie dappertutto perché non potesser barattar parola con anima viva, all'infuori degli uffiziali destinati a servirla: e volle che fossero cambiate tutte quelle persone del servizio che l'avevano accompagnata al castello delle fate.

Quest'urto fra il Re e la Regina gettò in Corte una gran costernazione. Ciascuno riponeva i suoi abiti di gala per vestirne dei più adattati all'afflizione generale. Dal canto suo il Re si mostrava inesorabile: non volle più vedere sua moglie: e appena fui nata, mi fece portare nel suo palazzo per esservi allevata, mentre mia madre era sempre in prigione e nel massimo squallore. Peraltro le fate non ignoravano quello che accadeva: e se la presero molto a male e volevano avermi a tutti i costi, perché mi riguardavano come cosa loro, e stimavano che il ritenermi in Corte fosse lo stesso che commettere un furto a loro danno. Prima di pigliarsi una vendetta coi fiocchi e proporzionata al loro dispetto, esse mandarono al Re una celebre ambasceria per ammonirlo a ridare la libertà alla Regina e a riammetterla nelle sue buone grazie, e per pregarlo al tempo stesso di consegnar me ai loro ambasciatori. E questi ambasciatori erano nani schifosi e di una figura così stronca e piccina, che non ebbero nemmeno la sorte di poter capacitare il Re delle loro ragioni. Egli li messe fuori dell'uscio senza tanti complimenti, e se non facevano presto a scappare, chi lo sa come sarebbe finita.

Quando le fate seppero il contegno di mio padre, presero una bizza da non si credere: e dopo aver mandato nei sei regni tutti i malanni immaginabili, vi scatenarono un drago orribile, il quale sputava veleno per tutto dove passava; mangiava bestie e cristiani, e soltanto col fiato faceva seccare tutti gli alberi e tutte le piante.

Il Re era disperato. Si consultò con tutti i savi dello Stato per trovare il modo di liberare i suoi sudditi da tante sciagure, dalle quali erano tribolati. Chi gli suggerì di mandare a cercare per tutto il mondo i migliori medici e i rimedi più accreditati: altri invece lo consigliava a promettere la grazia della vita a tutti i condannati a morte, a patto che andassero a combattere il drago. Al Re piacque il consiglio, e lo accettò: ma non ne ricavò nessun vantaggio, perché la mortalità infieriva di bene in meglio, e quanti andavano contro il drago, erano tutti divorati vivi: sicché non gli rimase altro ripiego, che ricorrere a una fata, che lo aveva avuto sempre sotto la sua protezione fin da ragazzo. Essa era vecchia decrepita e non si levava quasi più dal letto: andò a casa di lei e le fece mille rimproveri perché lo lasciava tartassare a quel modo dal destino, senza venire in suo aiuto.

«Come volete voi che io faccia?» gli diss'ella, «voi avete inasprite le mie sorelle; esse hanno tanto potere, quanto me, e non c'è caso che fra noi ci si dia addosso. Pensate piuttosto a rabbonirle, dando loro la vostra figlia: questa Principessina è cosa loro. Voi avete chiuso la Regina in un buco di prigione: che vi ha ella fatto quella donna così amabile, per essere trattata tanto male? Animo, da bravo: mantenete la promessa di vostra moglie, e allora vi pioverà addosso ogni felicità».

Il Re, mio padre, mi voleva un gran bene: ma non vedendo altro verso per salvare i suoi regni e per liberarsi dal drago fatale, finì col dire alla sua amica che s'era convinto delle buone ragioni e che non aveva più difficoltà a darmi in mano alle fate, tanto più che essa lo assicurava che sarei stata accarezzata e allevata da Principessa, par mio; che avrebbe ripresa con sé la Regina e che la fata non aveva da far altro che dirgli a chi doveva consegnarmi, perché io fossi portata al castello delle fate.

«Bisogna portarla,» gli rispose, «sulla montagna dei fiori: e voi potete trattenervi lì, a una certa distanza, per assistere alle feste che saranno fatte».

Il Re le disse che dentro otto giorni ci sarebbe andato insieme colla Regina; e che intanto poteva avvisare le fate sue sorelle, perché si preparassero a quello che volevano fare.

Tornato che fu al palazzo, mandò a riprendere la Regina con tanta premura e tanta pompa, quanta era stata la rabbia colla quale l'aveva fatta imprigionare. Essa era così abbattuta e malandata, che il Re avrebbe penato a riconoscerla, se il suo cuore non gli avesse detto che era quella medesima persona in altri tempi tanto amata da lui. La scongiurò colle lacrime agli occhi di dimenticare i grandi dispiaceri che le aveva cagionati, col dire che sarebbero stati i primi e gli ultimi. Ella rispose che se li era meritati, per l'imprudenza di aver promesso la figlia alle fate: e che in quel tempo non aveva altra scusa, se non lo stato interessante in cui si trovava. Alla fine il Re le palesò la sua intenzione, che era quella di consegnarmi in mano alle fate; ma la Regina, per la sua parte, si oppose. Era proprio il caso di dire che il diavolo ci aveva messo le corna, e che io doveva essere il pomo della discordia fra mio padre e mia madre. Quando ebbe pianto e singhiozzato ben bene senza ottener nulla (perché mio padre ne vedeva le funeste conseguenze e i nostri sudditi continuavano a morire a branchi, come se fossero responsabili degli errori della nostra famiglia), diceva dunque che quando mia madre ebbe pianto e singhiozzato ben bene, si rassegnò e acconsentì a ogni cosa e si allestirono i preparativi per la cerimonia della consegna.

Fui messa in una culla di madreperla, ornata di tutte quelle galanterie che l'arte può immaginare. Erano ghirlande di fiori e festoni in giro in giro: e i fiori erano pietre preziose, i cui vari colori, al riflesso del sole, lampeggiavano in modo da far male agli occhi. La magnificenza del mio abbigliamento sorpassava, se si può dire, quella della culla: tutte le trine delle mie fasce erano fatte di grosse perle. Ventiquattro principesse reali mi portavano sopra una specie di barella leggerissima; la loro acconciatura usciva affatto dal comune, ma non era stato permesso di usare altri colori che il bianco, come per alludere alla mia innocenza. Tutte le persone della Corte, schierate per ordine e per grado, mi accompagnavano.

Mentre si saliva la montagna si fece sentire una sinfonia melodiosa, che si avvicinava sempre; finché comparvero le fate in numero di trentasei; esse avevano pregate le loro buone amiche di pigliar parte alla festa. Ciascuna era seduta in una conchiglia più grande di quella di Venere, quando uscì dal mare; e pariglie di cavalli marini, che non erano avvezzi a camminare per terra, strascicavano quelle brutte vecchie con tanta pompa, come se fossero state le più grandi Regine dell'universo.

Esse portarono un ramo d'ulivo, per significare al Re che la sua sommissione aveva trovato grazia al loro cospetto: e allorché mi ebbero presa in collo, furono tali e tante le loro carezze, che pareva non avessero altra passione, che quella di rendermi felice.

Il drago, che aveva servito a vendicarle contro mio padre, veniva dietro di loro, attaccato con una catena tutta di diamanti. Esse mi abballottarono fra le loro braccia, mi fecero mille carezze, mi dotarono d'ogni ben di Dio: e quindi incominciarono la ridda delle streghe. È un ballo molto allegro: né c'è da figurarsi i salti e gli sgambetti che fecero quelle vecchie zitellone: dopo di che il drago, che aveva mangiato tanta gente, si avvicinò strisciando per terra. Le tre fate, alle quali mia madre mi aveva promesso, vi si sedettero sopra, misero la mia culla fra di loro, e toccato il drago con una bacchetta, questo spiegò le sue grand'ali fatte a scaglia, più sottili del crespo finissimo e variopinte di mille bizzarri colori.

Fu in questo modo che le fate tornarono al loro castello. Mia madre vedendomi per aria sulla groppa del drago, non poté trattenersi dal mandare altissime grida. Il Re la consolò col dire che dalla fata sua amica era stato assicurato che non mi sarebbe accaduto nulla di male, e che anzi si sarebbe avuto di me la stessa cura, come se fossi rimasta nel mio proprio palazzo. Ella si dette pace, sebbene fosse per lei una grande afflizione quella di dovermi perdere per sì lungo tempo e per cagion sua: tanto è vero che, se non fosse stata presa dalla voglia di assaggiare i frutti del giardino, io sarei cresciuta nel regno di mio padre e non avrei avuto tutti i dispiaceri, che mi resta ancora da raccontarvi.

Sappiate dunque, figlio di Re, che le mie custodi avevano

fabbricata apposta una torre, nella quale vi erano molti begli appartamenti per tutte le stagioni; mobili magnifici, libri piacevolissimi, ma nemmeno una porta; sicché bisognava entrare dalle finestre, le quali erano a tanta altezza da far venire il capogiro. Sopra la torre si trovava un bel giardino ornato di fiori, di fontane e di pergolati di verzura, che riparavano dai bollori della canicola. In questo luogo le fate mi allevavano con tali cure, da sorpassare quanto avevano promesso alla Regina. I miei vestiti erano tagliati secondo il gusto della moda: e tanto ricchi e magnifici che, vedendomi, si sarebbe creduto che io fossi in giorno di nozze.

Le fate m'insegnarono tutte quelle cose, che si addicevano alla mia età e alla mia nascita; né io davo loro molto da fare, perché avevo la facilità d'imparare alla prima. La dolcezza del mio carattere le aveva innamorate: e perché io non aveva mai veduto nessun altro, intendo benissimo che sarei rimasta tranquillamente in quello stato per tutto il rimanente della vita.

Esse venivano sempre a trovarmi, montate sul famoso drago che sapete: non mi rammentavano mai né il Re né la Regina; e siccome mi chiamavano la loro figlia, io credeva di esserlo davvero. Per potermi divertire mi avevano dato un cane e un pappagallo, i quali avevano il dono della parola e parlavano come due avvocati. Nella torre non c'era con me nessun altro.

Un lato di questa torre era fabbricato sopra una strada molto avvallata e tutta coperta di alberi; di modo che dal giorno che vi fui rinchiusa non avevo mai veduto passarvi anima viva. Ma un giorno, essendo alla finestra a ciarlare col cane e col pappagallo, mi parve di sentire qualche rumore: guardai da tutte le parti e finalmente mi venne fatto di vedere un giovine cavaliere, che si era fermato per ascoltare la nostra conversazione. Io non avevo veduto altri uomini, altro che dipinti, sicché non mi dispiaceva punto quest'occasione altrettanto propizia quanto inaspettata. Senza pensare alle mille miglia al pericolo che andava unito alla soddisfazione di ammirare un oggetto così piacevole, mi spenzolai in fuori per vederlo meglio; e più lo guardavo e più ci pigliavo gusto. Egli mi fece una gran riverenza, fissò i suoi occhi su me e mi parve che si stillasse il cervello per trovare il modo di potermi parlare; perché la mia finestra era altissima ed egli aveva paura di essere scoperto, sapendo bene che io mi trovavo nel giardino delle fate.

Il sole calò tutt'a un tratto: o per dir la cosa come sta, si fece notte senza che ce ne avvedessimo; per due o tre volte egli si portò il corno alla bocca e mi rallegrò con qualche suonatina; poi se ne andò, senza che io potessi vedere nemmeno che strada pigliasse, tanto la notte era buia. Io rimasi come estatica, e non provai più il solito piacere a far conversazione col mio cane e col mio pappagallo. Essi mi dicevano le cose più carine del mondo, perché le bestie fatate sono piene di spirito, ma io avevo la testa chi sa dove, né conoscevo punto l'arte di simulare. Il pappagallo se ne accorse: ma furbo com'era, non fece trapelar nulla di quello che rimuginava per il capo.

Fui puntuale a levarmi col sole: corsi alla finestra e fu per me una gratissima sorpresa quella di vedere il giovine cavaliere a piè della torre. Egli vestiva un abito magnifico: e in questo suo lusso mi lusingai di averci un po' di merito anch'io, e colsi nel segno. Egli mi parlò con una specie di tromba, o, come chi dicesse, con un portavoce, e mi disse che essendo stato fin allora indifferente a tutte le bellezze che aveva vedute, ora si sentiva tutt'a un tratto ferito talmente dalla mia, da non sapere quel che sarebbe di lui, se non potesse vedermi tutti i giorni. Questo complimento mi fece un gran piacere, e fui dolentissima di non potergli rispondere, perché mi sarebbe toccato a gridar forte e col rischio di essere sentita prima dalle fate, che da lui. Avevo in mano dei fiori: e glieli gettai; egli gradì il picciol dono come un favore insigne: li baciò più volte e mi ringraziò. Mi chiese quindi se sarei contenta che egli venisse tutti i giorni e alla stess'ora sotto la mia finestra, e se io volessi essere tanto cortese da gettargli qualche cosa. Io aveva un anello di turchine: me lo levai lesta lesta dal dito e glielo buttai con molta fretta, facendogli segno di andarsene come il vento. E la ragione era che dall'altra parte avevo sentito la fata Violenta che, a cavallo al drago, veniva a portarmi la colazione.

La prima cosa che disse entrando in camera mia, furono queste parole: «Sento l'odore della voce d'un uomo: cerca, drago!» Figuratevi se mi rimase sangue nelle vene! Ero più morta che viva dalla paura che il drago, passando per l'altra finestra, non si mettesse a dar dietro al cavaliere pel quale io già sentivo una mezza passione. «Davvero,» diss'io, «mia buona mamma (perché la vecchia fata voleva che la chiamassi così), davvero che mi sembrate in venia di celiare, dicendo che sentite l'odore della voce di un uomo: forse che la voce ha un odore? e quand'anche l'avesse, chi volete che sia il temerario da arrisicarsi a salire in cima a questa torre?»

«Dici bene, figlia mia, dici bene,» ella rispose, «e mi fa piacere di sentirti ragionare a codesto modo. Capisco anch'io che dev'essere l'odio che sento per tutti gli uomini, quello che mi fa crederli vicini anche quando sono lontani».

Mi diede la colazione e la rocca; poi soggiunse:

«Quando avrai finito di mangiare, mettiti lì e fila; ieri non facesti nulla: e le mie sorelle se l'hanno per male». Difatto il giorno innanzi ero stata tanto occupata col cavaliere sconosciuto, che non toccai né la rocca né il fuso.

Appena se ne fu ita, gettai via la rocca con una specie di dispetto e montai su in cima alla torre, per vedere più lontano che fosse possibile. Avevo con me un eccellente canocchiale: nulla all'intorno m'impediva la vista: ero padrona di voltarmi e di guardare da tutte le parti, quand'ecco che mi venne fatto di scoprire il mio cavaliere in vetta a una montagna. Egli si riposava sotto un ricco padiglione di broccato d'oro ed era circondato da una numerosissima Corte. Pensai subito che dovesse essere il figlio di qualche Re, vicino al palazzo delle fate. E perché avevo paura che tornando egli sotto la torre potesse essere scoperto dal terribile drago, così andai a prendere il mio pappagallo e gli ordinai di volare in cima a quella montagna, dove avrebbe trovato quel cavaliere che aveva parlato con me, al quale doveva dire da parte mia di non tornare sotto le finestre a motivo che, da quanto m'ero accorta, le fate stavano con tanto d'occhi e gli potevano fare un brutto scherzo.

Il pappagallo compì la sua commissione da vero pappagallo di spirito. Rimasero tutti stupiti di vederlo venire ad ali spiegate e posarsi sulla spalla del Principe per parlargli sotto voce all'orecchio. Il Principe gradì per un verso l'ambasciata: e per un altro verso gli dispiacque. La cura che mi pigliavo di lui, faceva bene al suo cuore; ma tutte le difficoltà che incontrava per potermi parlare lo disanimavano, senza distoglierlo peraltro dal disegno che egli aveva fatto di piacermi. Rivolse cento domande al pappagallo: e il pappagallo, curioso di sua natura, ne fece altrettante a lui. Il Re gli dette per me un anello in cambio di quello colla turchina: e anche il suo era una turchina, ma molto più bella della mia: era tagliata a cuore e contornata di brillanti. «È giusto,» egli soggiunse, «che io vi tratti da ambasciatore. Eccovi in regalo il mio ritratto; ma non lo fate vedere a nessuno, fuori che alla vostra cara padroncina». E dicendo così, attaccò il ritratto sotto l'ala del pappagallo, il quale portò nel becco l'anello che aveva per me.

Io aspettavo il ritorno del mio corriere verde, con un'impazienza che non avevo provata mai. Egli mi disse che la persona, dalla quale lo avevo mandato, era un gran Re; che gli aveva fatto un'accoglienza coi fiocchi: che esso non poteva vivere senza di me: e che sebbene ci fosse un gran pericolo a venire sotto la mia torre, io poteva esser certa che egli era preparato a tutto, piuttosto che rinunziare a vedermi. Queste cose mi messero addosso un gran malessere; e cominciai a piangere come una bambina. Pappagallo e il canino Titì s'ingegnavano di farmi coraggio, perché mi volevano un gran bene. Quindi Pappagallo mi presentò l'anello del Principe, e mi fece vedere il ritratto. Confesso che non ho sentito mai tanta consolazione, quanta n'ebbi nel considerare da vicino e sotto gli occhi colui che non avevo veduto altro che da lontano. Mi parve anche più grazioso che non mi fosse parso dapprima; e cento pensieri, parte piacevoli e parte tristi, mi si affollarono nel capo e m'entrò nel sangue un'irrequietezza straordinaria. Le fate vennero a trovarmi e se ne accorsero. Esse dissero fra loro che senza dubbio io doveva annoiarmi e che bisognava cercarmi uno sposo della loro razza. Ne nominarono diversi: ma si fermarono sul piccolo Re Migonetto, il cui regno era cinquecentomila miglia distante di lì, ma questo non era un ostacolo serio. Pappagallo sentì questo bel fissato, e venendo subito a rifischiarmelo, mi disse: «Mi fareste proprio pietà, cara padrona, se vi toccasse per marito il Re Migonetto: egli è un fagotto di panni sudici da far paura: il Re, che voi amate, non lo piglierebbe nemmeno per suo Tira-stivali». «Di', Pappagallo, e tu l'hai visto?» «Se l'ho visto?» egli soggiunse, «figuratevi che sono stato allevato sopra un ramo insieme a lui». «Come sopra un ramo?» domandai io. «Sissignora! perché bisogna sapere che egli ha i piedi di Aquilotto».

Quei discorsi mi fecero un gran male. Guardavo il bel ritratto del Re, e pensavo che egli non lo aveva regalato a Pappagallo se non perché io lo potessi vedere: e quando lo confrontavo con quello di Migonetto mi cascavano le braccia e piuttosto che sposare quello scimmiotto mi veniva voglia di lasciarmi morire.

Non chiusi un occhio in tutta la notte. Pappagallo e Titì mi tennero un po' di compagnia. A giorno mi appisolai: ma il canino, che aveva un buon naso, sentì che il Re era giù a piè della torre. Svegliò Pappagallo e gli disse: «Scommetto che già a basso c'è il Re». Pappagallo rispose: «Chetati, chiacchierone! perché stai sempre cogli occhi aperti e cogli orecchi per aria? ti dispiace che gli altri riposino un poco?» «Eppure,» insisté il buon cane, «scommetto che c'è». «E io ti dico che non c'è», replicò il Pappagallo, «non sono forse stato io che gli ho proibito di venir qui da parte della Principessa?» «Una bella proibizione davvero!» gridò il canino, «un uomo che ama non consulta che il suo cuore». E nel dir così cominciò a strapazzargli con tanta poca grazia le ali, che Pappagallo perse i cocci sul serio. Gli urli di tutti e due mi svegliarono: e saputo il motivo del battibecco non corsi, no, ma volai alla finestra: e vidi il Re che mi stendeva le braccia e col mezzo del portavoce mi disse non poter più vivere senza di me, e mi scongiurava per ora a fare in modo o di venir via dalla torre o di farci entrare anche lui, chiamando in testimonio tutti gli Dei dell'Olimpo che mi avrebbe sposata subito, e che io sarei diventata una delle più grandi Regine dell'Universo.

Ordinai a Pappagallo di andargli a dire che quello che mi chiedeva era impossibile: ma che nondimeno dietro la parola data e i giuramenti fatti, mi sarei ingegnata di renderlo felice: peraltro mi raccomandavo perché non venisse sotto la torre tutti i giorni: a lungo andare la cosa si sarebbe scoperta, e allora le fate non avrebbero avuto né pietà né misericordia.

Se ne andò col cuore pieno di gioia e di speranza, e io mi trovai in una grande afflizione di spirito, ripensando a quanto avevo promesso. Come uscire dalla torre, che non aveva neppure il segno di una porta, senz'altro aiuto che Pappagallo e Titì, ed essendo io così giovane, così poco esperta e così paurosa?... La mia risoluzione, dunque, fu quella di cimentarmi a tentare una prova, dalla quale non avrei saputo levarci le gambe, e lo mandai a dire al Re col mezzo di Pappagallo. Egli, di prim'impeto, voleva uccidersi dinanzi ai suoi occhi: ma poi lo incaricò di persuadermi e di andarlo a veder morire o di consolarlo nella sua passione.

«Sire!» esclamò l'ambasciatore colle penne, «la mia padrona è più che persuasa delle vostre parole... Non è che manchi di buona volontà! Se potesse!...».

Quando tornò a ridirmi quel che era accaduto, mi afflissi più che mai. Entrò la fata Violenta e mi trovò cogli occhi rossi: allora cominciò a dire che io aveva pianto e che se non confessavo il motivo, mi avrebbe bruciata viva; perché tutte le sue minacce erano sempre spaventose. Risposi, tremando come una foglia, che m'ero annoiata a filare e che avrei preso volentieri un po' di spago, per far delle reti e chiappare gli uccellini che venivano a beccare la frutta del mio giardino. «È questo, figlia mia,» ella disse «tutto quello che desideri? allora non piangerai più: ti porterò tanto spago da non sapere dove metterlo». E detto fatto, me lo portò la sera stessa: e intanto mi avvertì di pensare a farmi bella e a non piangere, perché il Re Migonetto stava per arrivare da un momento all'altro. A questa notizia mi vennero i brividi per le spalle, ma non rifiatai. Appena fu fuori della stanza cominciai a fare qualche lacciuolo; ma l'intenzione mia era di fare una scala di corda, la quale mi riuscì benissimo senza che ne avessi mai vedute.

Peraltro la fata non mi portava mai tanto spago, quant'era il bisogno, e mi badava a dire:

«Ma, figlia mia, il tuo lavoro è come la tela di Penelope: non va avanti di una maglia e sei sempre a chiedermi dell'altro spago».

«O mia buona mammina,» rispondevo io, «voi discorrete bene: ma non vedete che io non so proprio che cosa annaspo e che butto sul fuoco il mio lavoro? Avete paura che vi faccia fallire per un po' di spago?» Il mio modo ingenuo di fare la metteva di buon umore, sebbene fosse di un carattere insoffribile e veramente crudele.

Col mezzo di Pappagallo mandai a dire al Re di venire una tal sera sotto le finestre della torre; che ci troverebbe la scala e che il resto l'avrebbe saputo lì sul posto.

Infatti attaccai per bene la scala, risoluta com'ero a fuggirmene con lui; ma appena egli la vide, senza darmi tempo di scendere, salì su in un batter d'occhio, mentr'io stavo mettendo in ordine ogni cosa per la fuga.

La vista di lui mi fece provare tanta gioia, che non pensai più al pericolo che ci stava sul capo. Mi rinnuovò i suoi giuramenti e mi scongiurò di non differire più in là ad accettarlo per mio sposo. Pappagallo e Titì, pregati da me, ci fecero da testimoni. Non c'è esempio di una festa di nozze celebrata con tanta semplicità fra due persone di grado così elevato, né c'è ricordanza di due cuori più soddisfatti e contenti dei nostri. Non era ancora spuntata l'alba, quando il Re mi lasciò: io gli avevo raccontato l'orribile disegno delle fate di volermi maritata al Re Migonetto; gliene feci il ritratto e n'ebbe più ribrezzo di me. Appena partito lui, le ore mi parvero anni. Corsi alla finestra e lo accompagnai cogli occhi, sebbene facesse ancora buio. Ma quale non fu il mio stupore, nel vedere per aria un cocchio tirato da salamandre alate, che correvano a rotta di collo, tanto che l'occhio poteva appena seguirle! Questo carro era scortato da un nuvolo di guardie, montate sopra tanti struzzi. Non ebbi tempo di rendermi ragione di chi corresse per l'aria a quel modo, ma mi figurai subito che dovesse essere o un mago o una fata.

Di lì a poco, la fata Violenta entrò nella mia camera. «Ho da darti delle buone nuove,» ella mi disse, «il tuo amante è arrivato qui da poche ore: preparati a riceverlo; eccoti dei vestiti e dei finimenti di pietre preziose». «E chi mai vi ha detto,» risposi un po' risentita «che io voglia maritarmi? Non è davvero la mia intenzione. Il Re Migonetto può tornarsene di dove è venuto, ché per me è padronissimo: fra me e lui non ci pigliamo di certo».

«Sentite! sentite!» disse la fata, «o che non mi si mette a far la difficile? vorrei un po' sapere che cosa armeggi con quel cervellino! Alle corte, con me non si scherza; o tu lo sposi, o io...».

«O voi?... sentiamo un po' che cosa voi mi farete?» soggiunsi, diventando rossa scarlatta fino alla punta dei capelli per l'impertinenze che mi aveva dette, «che mai mi può accader di peggio che esser tenuta in una torre, in compagnia di un cane e di un pappagallo e coll'obbligo di vedere sette o otto volte il giorno la figura di un drago spaventoso?»

«Oh? sconoscente, che non sei altro!» disse la fata, «vai là, che meritavi proprio tutti i pensieri e le pene, che ci siamo date per te! Già, io l'avevo detto da un pezzo alle mie sorelle: ne avremo una bella ricompensa!...».

Ella andò a trovarle e raccontò loro quello che era passato fra noi due, e rimasero scandalizzate.

Pappagallo e Titì mi dissero, a tanto di lettere, che se io seguitavo a battere quella strada, mi sarei trovata a dei brutti guai. Ma in quel momento mi sentivo così orgogliosa di possedere il cuore di un gran Re, che le fate non mi facevano paura, e che i consigli dei miei piccoli amici mi entravano da un orecchio e mi passavano da quell'altro. Restai vestita, com'era, né mi volli mettere un nastro in più; anzi, per farlo apposta, mi spettinai tutta per parere a Migonetto una vera befana. L'incontro accadde sulla terrazza. Egli vi giunse nel suo cocchio di fuoco. Dei nani piccini ne ho veduti, ma un nanerucolo a quel modo lì, mai! Per camminare si serviva nello stesso tempo delle zampe d'aquila e dei ginocchi, perché non aveva ossa nelle gambe; e si teneva ritto sopra due grucce, tutte di diamanti. Aveva un manto reale di circa un metro di lunghezza: eppure ne strascicava per terra almeno due buoni terzi. Invece di testa, un grande zuccone che pareva uno staio e un naso così screanzato, che ci stavano sopra una dozzina d'uccelli: ed egli si divertiva a sentirli cantare. La barba pareva un bosco e i canarini ci facevano dentro il nido; gli orecchi gli passavano di un metro al disopra del capo; cosa peraltro di cui nessuno si avvedeva, a cagione della smisurata corona a punta che portava in testa, per comparire più alto. Le fiamme che mandava il carro arrostivano le frutte, seccavano i fiori e inaridivano le fontane del mio giardino. Egli mi venne incontro a braccia aperte; ma io non mi mossi né punto né poco; per cui bisognò che il suo scudiere gli desse di braccio. E quando si provò ad avvicinarsi scappai in camera e chiusi la porta e le finestre: sicché Migonetto dové andarsene colle fate, le quali mi avrebbero cavato gli occhi dalla bile.

Esse gli chiesero mille e mille scuse della mia ruvidezza; e per abbonirlo, perché era un arnese da far paura, pensarono di condurlo la notte in camera mia, mentr'io dormivo: di legarmi i piedi e le mani e di mettermi così nel carro infuocato, perché potesse menarmi seco. Quando ebbero tutto fissato e combinato, tornarono da me; e mi ripresero leggermente della mia condotta, contentandosi solo di dirmi che in qualche modo bisognava rimediare al malfatto. Tutti questi rimproveri giulebbati e in pelle in pelle, dettero nel naso a Pappagallo e Tití. «Volete che vi parli chiaro, padrona?» disse il mio cane, «il cuore non mi dice nulla di buono. Queste signore fate son certa gente... che Iddio ci liberi tutti, e segnatamente dalla Violenta».

Io risi di tutta questa paura e stavo sulle spinte aspettando il mio sposo, il quale si struggeva troppo di vedermi per non essere puntuale ai fissati. Gli gettai la scala di corda col fermo proponimento di fuggirmene con lui. Egli montò, leggero come una piuma, e mi disse tante e poi tante cose gentili e appassionate, che anch'oggi non ho cuore di richiamarmele alla memoria.

Mentre si stava parlando insieme, tranquilli e sicuri, come se fossimo stati nel palazzo di lui, vedemmo sfondare con un gran colpo la finestra della camera. Le fate entrarono dentro montate sul loro drago: Migonetto le seguiva sul suo solito cocchio di fuoco, tirandosi dietro tutte le sue guardie a cavallo agli struzzi. Il Re, senza impallidire, messe mano alla spada e non ebbe altro pensiero che quello di difendermi nella più terribile avventura che mi potesse capitare. Ebbene... debbo dirvelo, caro signore? quelle spietate creature gli aizzarono contro il drago, che se lo divorò vivo vivo dinanzi ai miei occhi.

Fuori di me per la sciagura sua e mia, mi gettai in bocca all'orribile mostro, perché m'inghiottisse, come avea inghiottito la persona che era tutto l'amor mio: e l'avrebbe fatto volentieri: ma le fate, più crudeli di lui, glielo proibirono.

Esse gridarono insieme:

«Bisogna serbarla a tormenti più lunghi: una morte sollecita e pronta è quasi uno zuccherino per una creatura così indegna e scellerata». Mi toccarono, e mi vidi trasformata in Gatta Bianca: quindi mi condussero in questo palazzo, che era di mio padre, cambiarono in gatti e in gatte tutti i signori e tutte le dame del Regno, e a parecchi lasciarono soltanto le mani: e così mi ridussero nello stato lacrimevole in cui mi trovaste, facendomi sapere il segreto della mia nascita, la morte di mio padre, quella di mia madre, e come io non avrei potuto essere liberata dalla mia figura di gatta, se non da un Principe che somigliasse come due gocce d'acqua a quello che mi era stato rapito. E voi, o signore, siete il suo ritratto vivo e parlante: le stesse fattezze, la stessa fisonomia, perfino lo stesso suono di voce. Appena vi vidi per la prima volta, ne rimasi colpita: io sapevo tutto quello che doveva accadere, come so quello che accadrà, e però vi dico che le mie pene stanno per finire.

– E le mie, bella Regina, dovranno ancora durare un pezzo? – domandò il Principe, gettandosi ai suoi piedi.

– Io vi amo, o signore, più della mia vita. E questo è il momento di partire per andare da vostro padre: vedremo quali sono i suoi sentimenti verso di me, e se è disposto a rendervi contento.

Ella uscì: il Principe le dette la mano: e insieme con lui montò in una carrozza molto più bella e magnifica di tutte quelle che aveva avuto fin allora. Il resto dell'equipaggio non ci scompariva: basti dire che tutti i ferri dei cavalli erano di smeraldi e i chiodi di diamanti. Da quella volta in poi non s'è visto più nulla di simile. Inutile star qui a ripetere i colloqui, che ebbero insieme il Principe e la Regina. Ella era di una bontà singolare e di uno spirito finissimo: e il giovane Principe valeva quanto lei: sicché non potevano pensare e dire altro che un monte di bellissime cose.

Giunti in vicinanza del castello, dove dovevano trovarsi i

due fratelli maggiori del Principe, la Regina entrò in un piccolo blocco di cristallo di monte, di cui tutte le sfaccettature erano guarnite d'oro e di rubini. Tutt'all'intorno era circondato di tendine per impedire ai curiosi di guardar dentro, ed era portato a barella da giovinotti di bellissimo aspetto e vestiti splendidamente. Il Principe rimase nella sua bella carrozza; e di lì poté vedere i suoi fratelli che se la passeggiavano a braccetto di due Principesse d'una bellezza da sbalordire. Appena lo riconobbero, gli andarono incontro per fargli festa e domandarono se anche esso aveva condotto la sua dama. Al che rispose che era stato così disgraziato, che in tutto il viaggio non si era imbattuto altro che in donne bruttissime; e tutto ciò che gli era capitato di meglio da portar seco, era una gatta bianca. Essi si misero a ridere della sua semplicità. «Una gatta!» dicevano essi «come mai una gatta? avete forse paura che i topi ci mangino il palazzo?» Il Principe soggiunse che capiva bene che non era prudenza di portare un simile regalo a suo padre. E così, fra una parola e l'altra, s'incamminarono verso la città.

I due fratelli maggiori salirono colle loro Principesse in due carrozze tutte d'oro e di lapislazzuli: i cavalli portavano in capo dei pennacchi e altri ornamenti: per farla corta, nulla di più splendido di questa cavalcata. Dietro a loro veniva il nostro giovine Principe: e quindi il blocco di cristallo di monte, che tutti guardavano con grandissima ammirazione.

I cortigiani corsero subito ad avvisare il Re dell'arrivo dei Principi.

– Hanno con sé delle belle donne? – domandò il Re.

– Non s'è veduto mai nulla d'eguale!...

A quanto pare, questa risposta non garbò troppo al Re. I due Principi si affrettarono a salire le scale colle loro Principesse, che erano due occhi di sole. Il Re li ricevette benissimo, e non sapeva a quale delle due dovesse dare la preferenza. Voltatosi al minore dei figli, gli domandò: – Come va che questa volta siete tornato solo?

– Vostra Maestà vedrà dentro questo cristallo una gattina bianca, che miagola con tanta grazia e che ha le zampine più morbide del velluto, e son sicuro che le piacerà, – rispose il Principe.

Il Re sorrise e si mosse per aprire da se stesso il blocco di cristallo. Ma appena si fu accostato, la Regina toccò una molla, sicché il blocco andò tutto in minutissimi pezzettini ed ella apparve fuori come il sole dopo essere stato un po' di tempo nascosto fra i nuvoli: i suoi capelli biondi erano sparsi per le spalle e in grandi riccioli le cadevano giù fino ai piedi. In capo aveva tutti fiori: e la sua veste era di leggerissimo velo bianco foderato di seta rosa. Si alzò e fece una profonda riverenza al Re, il quale nel colmo dell'ammirazione non poté frenarsi dall'esclamare:

– Ecco veramente la donna senza confronto, e che merita davvero la mia corona.

– Signore, – ella disse, – io non son venuta qui per togliervi un trono che sì degnamente occupate: sono nata con sei regni: permettete anzi che io ne offra uno a voi e uno per uno ai vostri figli. In ricompensa non vi domando altro che la vostra amicizia e questo giovine Principe per mio sposo. I tre regni, che avanzano, sono più che sufficienti per noi.

Il Re e tutta la Corte fecero un baccano con urli di ammirazione e di allegrezza incredibile. Le nozze si celebrarono subito, e quelle dei due fratelli ugualmente: motivo per cui per diversi mesi furono feste, baldorie, divertimenti e corte bandita. Poscia ciascuno partì per andare a governare i propri Stati: e la bella Gatta Bianca si immortalò non tanto per la bontà e per la generosità del suo cuore quanto per il suo raro merito e per la sua gran bellezza.

La cronaca di quel tempo racconta che Gatta Bianca diventò il modello delle buone mogli e delle madri sagge e perbene. E io ci credo.

Dal trist'esempio avuto in casa, essa aveva imparato a sue spese che le follie e i capricci delle mamme spesse volte sono cagione di grandi dispiaceri per i figliuoli.

LA CERVIA NEL BOSCO

di Marie-Catherine d'Aulnoy (1698)

C'era una volta un Re e una Regina che stavano fra loro d'accordo come due anime in un nocciolo: si amavano teneramente ed erano adorati dai loro sudditi; ma alla felicità completa degli uni e degli altri mancava una cosa: un erede al trono.

La Regina, la quale sapeva che il Re l'avrebbe amata il doppio se avesse avuto un figlio, non lasciava mai in primavera di andare a bere certe acque che si dicevano miracolose per aver figliuoli. A queste acque ci correva la gente in folla da ogni parte; e il numero dei forestieri era così stragrande, che ci si trovavano di tutti i paesi del mondo.

In un gran bosco, dove si andava a beverle, c'erano parecchie fontane: le quali erano di marmo o di porfido, perché tutti gareggiavano a chi le faceva più belle. Un giorno che la Regina stava seduta sull'orlo d'una fontana, ordinò alle sue dame di compagnia di allontanarsi e di lasciarla sola e poi cominciò i suoi soliti piagnistei.

– Come sono disgraziata, – diceva essa, – di non aver figli! sono ormai cinque anni che chiedo la grazia di averne uno; e ancora non ho potuto averla. Dovrò dunque morire senza provare questa consolazione?

Mentre parlava così, osservò che l'acqua della fontana era tutta mossa; poi venne fuori un grosso gambero e le disse:

– O gran Regina! finalmente avrete la grazia desiderata.

Dovete sapere che qui vicino c'è un magnifico palazzo fabbricato dalle fate: ma è impossibile trovarlo, perché circondato da nuvole foltissime attraverso alle quali non passa occhio mortale: a ogni modo, siccome io sono vostro servitore umilissimo, eccomi qui pronto a menarvici se volete fidarvi alla guida di un povero gambero.

La Regina lo stette a sentire senza interromperlo, perché la cosa di vedere un gambero che discorreva, l'aveva sbalordita dalla meraviglia: quindi gli disse che avrebbe gradita volentieri la sua offerta, ma che non sapeva, come lui, camminare all'indietro.

Il gambero sorrise e prese subito l'aspetto di una bella vecchietta.

– Ecco fatto, o signora, – le disse, – così non cammineremo più all'indietro. Ma vi domando una grazia: tenetemi sempre per una delle vostre amiche, perché io non desidero altro che di esservi utile a qualche cosa.

Uscì dalla fontana senza avere una goccia di acqua addosso: il suo vestito era bianco, foderato di seta cremisi, e i capelli grigi annodati dietro con nastri verdi. Non s'era vista mai vecchietta galante a quel modo! Salutò la Regina, che volle abbracciarla; e senza mettere tempo in mezzo, la fece prendere per una viottola del bosco, con molta meraviglia della Regina stessa: la quale sebbene fosse venuta nel bosco migliaia di volte, non era mai passata per quella viottola lì. E come avrebbe fatto a potervi passare? Quella era la strada delle fate, per andare alla fontana, e per il solito era tutta chiusa da ronchi e da pruneti: ma appena la Regina e la sua guida vi ebbero messo il piede, le rose sbocciarono improvvisamente dai rosai, i gelsomini e gli aranci intrecciarono i loro rami per formare un pergolato coperto di foglie e di fiori, e migliaia di uccelli di varie specie, posati sui rami degli alberi, sfringuellarono allegramente.

Non si era ancora riavuta dallo stupore, che la Regina si trovò abbacinati gli occhi dallo splendore abbagliante di un palazzo tutto di diamanti; le mura, i tetti, i soffitti, i pavimenti, i giardini, le finestre e perfino le stesse terrazze erano tutte di diamanti. Nel delirio della sua ammirazione, ella non poté trattenersi dal mandare un urlo di sorpresa, e chiese all'elegante vecchietta, che l'accompagnava, se ciò che aveva dinanzi agli occhi era sogno o verità.

– Non c'è nulla di più vero, o signora, ella rispose.

E subito le porte del palazzo si aprirono, e uscirono fuori sei fate: e quali fate! Di più belle e di più magnifiche non se n'erano vedute in tutto il loro reame.

Vennero tutte a fare una profonda riverenza alla Regina: e ciascuna le presentò un fiore di pietre preziose, per poter formare un mazzo: c'era una rosa, un tulipano, un anemone, un'aquilegia, un garofano e un melagrano.

– Signora, – le dissero, – noi non possiamo darvi un maggior segno della nostra venerazione, che permettendovi di venirci qui a visitare: noi siamo molto liete di farvi sapere che avrete una bella Principessa, alla quale metterete il nome di Desiderata, perché bisogna pur convenire che è un gran pezzo che la desiderate. Quando verrà alla luce, ricordatevi di chiamarci, perché vogliamo arricchirla di tutte le più belle doti; e per invitarci a venire, non dovete far altro che prendere in mano il mazzo, che ora vi diamo, e nominare a uno a uno tutti i fiori, pensando a noi. State sicura che in un batter d'occhio saremo tutte nella vostra camera.

La Regina, fuori di sé dall'allegrezza, si gettò al collo alle fate; e gli abbracciamenti durarono una mezz'ora buona.

Quand'ebbero finito, pregarono la Regina a passare nel loro palazzo, del quale non si possono ridire a parole tutte le meraviglie. Figuratevi che per fabbricarlo avevano preso l'architetto del palazzo del sole, il quale aveva rifatto in piccolo quello che era in grande il palazzo del sole. La Regina, non potendo reggere a così vivo bagliore, era costretta ogni tantino a chiudere gli occhi. La condussero nel loro giardino, e frutta più belle non se n'erano mai sognate! Albicocche più grosse della testa di un ragazzo, e certe ciliegie, che per mangiarne una, bisognava farla in quattro pezzi; e d'un sapore così squisito, che la Regina, dopo che l'ebbe assaggiate, non volle mangiarne d'altra specie in tempo di vita sua.

Tra tante meraviglie, c'era anche un boschetto di alberi finti e artificiali, i quali crescevano e mettevano le foglie alla pari di tutti gli altri.

Impossibile ridire tutte le esclamazioni di stupore della Regina, i discorsi che fece sulla Principessina Desiderata e i ringraziamenti alle gentili persone che avevano voluto darle una notizia così gradita: basti questo, che non fu dimenticata nessuna parola di gratitudine e nessuna espressione di tenerezza. La fata della fontana n'ebbe la sua parte, come di santa ragione le toccava. La Regina si trattenne nel palazzo fino alla sera: e innamoratissima della musica, le fecero sentire delle voci angeliche. Fu quasi affogata dai regali e dopo aver ringraziato mille volte quelle grandi signore, se ne venne via insieme colla fata della fontana.

Tutte le persone della Corte, impensierite, la cercavano di qui e di là: e nessuno poteva immaginarsi dove trovarla. Ci fu perfino chi sospettò che fosse stata rapita da qualche ardito forestiero, tanto più che era ancora giovane e nel fior della bellezza.

Quando la videro tornata, com'è da figurarselo fu per tutti una grandissima festa: e perché anch'essa sentiva nel cuore una consolazione immensa per le buone speranze avute, così nel suo conversare c'era non so che di allegro e di gioiale che innamorava.

La fata della fontana la lasciò che era quasi vicina a casa; e nell'atto di dirsi addio, raddoppiarono le carezze e i complimenti.

La Regina, trattenutasi ancora per una settimana a bevere le acque, non lasciò un giorno senza ritornare al palazzo delle fate colla sua elegante vecchietta, la quale tutte le volte si mostrava da principio in forma di gambero, e finiva poi col prendere la sua figura naturale.

La Regina, partita che fu, divenne incinta, e mise alla luce una Principessa, alla quale dette il nome di Desiderata: e preso subito il mazzo, che aveva avuto in regalo, nominò a uno a uno tutti i fiori che lo componevano, ed ecco che sul momento si videro arrivare le fate. Ciascuna di esse aveva un cocchio differente dall'altro: uno era d'ebano, tirato da colombi bianchi; alcuni erano d'avorio, attaccati a piccoli cervi, e altri di cedro, e altri di legno-rosa. Questo era l'equipaggio che solevano usare in segno d'alleanza e di pace; perché, quand'erano in collera, si servivano soltanto di draghi volanti, di serpenti che buttavano fiamme dalla gola e dagli occhi, di leoni, di leopardi e di pantere, in groppa alle quali si facevano portare da un capo all'altro del mondo in meno tempo che non ci voglia a dire buon giorno o buon anno. Ma questa volta esse erano in pace e di buonissimo umore.

La Regina le vide entrare nella sua camera, che avevano una cera molto lieta e maestosa: e dietro di loro, le nane e i nani del corteggio, tutti carichi di regali. Dopo abbracciata la Regina e baciata la Principessina, spiegarono il corredino, fatto di una tela così fine e così resistente da bastare cent'anni, senza pericolo che diventasse lisa; le fate la filavano da sé nelle ore d'ozio. Quanto alle trine erano di maggior valore della tela stessa: vi si vedeva in essa raffigurata, o coll'ago o col fuso, tutta la storia del mondo; dopo di questa messero in mostra le fasce e le coperte, ricamate apposta con le loro proprie mani: e in queste erano rappresentati mille di quei giuochetti svariatissimi, che servono per baloccare i ragazzi. Dacché al mondo ci sono ricamatori e ricamatrici, non s'era mai veduta una cosa meravigliosa come quella tela. Ma quando fu messa fuori la culla, allora la Regina non poté frenarsi dal cacciare un grido di stupore, tanto quella culla sorpassava, per magnificenza, tutto il rimanente. Era fatta d'un legno che costava centomila scudi la libbra. La sorreggevano quattro amorini: quattro veri capolavori, dove l'arte aveva vinto la materia, sebbene fossero tutti rubini e diamanti, da non potersi dire quanto valevano. Questi amorini erano stati animati dalle fate; per cui quando la bambina strillava, la cullavano dolcemente e l'addormentavano, e ciò faceva un grandissimo comodo anche alla balia.

Le fate presero la Principessina e se la messero sui ginocchi: la fasciarono e la baciarono più di cento volte, perché era di già tanto bella, che bastava vederla, per mangiarla dai baci. Quando si accorsero che aveva bisogno di poppare, batterono la loro bacchetta in terra, e comparve subito una balia, quale ci voleva per una così graziosa lattante. Restava oramai soltanto da dotarla: e le fate si spicciarono a fare anche questo; chi le diede la virtù, chi la grazia; la terza, una bellezza maravigliosa; la quarta, le augurò ogni fortuna; la quinta, buona salute; e l'ultima, la facilità di riuscir bene in tutte quelle cose che avesse preso a fare.

La Regina, contentissima, non rifiniva dal ringraziarle di tanti favori prodigati alla Principessina; quand'ecco che videro entrare in camera un gambero così grosso, che passava appena dalla porta.

– Oh! ingratissima Regina, – disse il gambero, – com'è

egli possibile che vi siate dimenticata così presto della fata della fontana e del gran servizio che vi ho reso, menandovi dalle mie sorelle? Come! voi le avete invitate tutte, e me sola avete lasciata da parte? Pur troppo ne aveva un presentimento, e fu per questo che mi trovai obbligata a prendere la figura d'un gambero la prima volta che vi parlai, appunto per farvi notare che la vostra amicizia, invece di progredire, avrebbe camminato all'indietro.

La Regina, disperata per la smemoraggine commessa, la interruppe e le chiese perdono. Ella disse che aveva creduto di nominare il suo fiore, come quelli di tutte le altre; che era stato il mazzetto di fiori di pietre preziose quello che l'aveva ingannata: e che essa non era capace di dimenticarsi i grandi favori ricevuti; e che, per conseguenza, la pregava e la scongiurava a non privarla della sua amicizia, e segnatamente a mostrarsi benigna verso la Principessina.

Tutte le fate, per la paura che volesse dotarla di miseria e di disgrazie, fecero coro alla Regina per vedere di abbonirla.

– Cara sorella, – le dissero, – Vostra Altezza non si mostri sdegnata contro una Regina, che non ebbe mai in mente di farvi il più piccolo sgarbo; lasciate, di grazia, codesta buccia di gambero e fatevi vedere in tutta la vostra bellezza.

Come è stato detto, la fata della fontana era un po' civetta, e a sentirsi lodare dalle sorelle si ammansì un poco e diventò più agevole.

– Ebbene, – disse, – non farò a Desiderata tutto il male che avrei voluto: perché vi giuro che era mia intenzione di rovinarla affatto, e nessuno avrebbe potuto impedirmelo; nondimeno voglio annunziarvi una cosa: se ella vedrà la luce del sole, prima che abbia compiti quindici anni, dovrà pentirsene amaramente e forse ci rimetterà la vita.

Il pianto della Regina e le preghiere delle illustri fate non valsero a smuoverla di un capello dalla sua sentenza.

Ella si ritirò camminando all'indietro, perché non aveva voluto lasciare la sua sopravveste di gambero.

Quando si fu allontanata dalla camera, la povera Regina chiese alle fate se ci fosse verso di salvare la figlia dalle disgrazie che le erano state minacciate. Esse tennero consiglio fra loro, e dopo aver messi avanti parecchi partiti, finalmente si attennero a questo: che, cioè, bisognava fabbricare un gran palazzo senza porte e senza finestre; con una porta d'ingresso sotterranea, e custodirvi lì dentro la Principessina fino a tanto che non avesse raggiunto l'età fatale, per esser fuori da ogni pericolo.

Tre colpi di bacchetta bastarono per cominciare e finire questo vasto edifizio. All'esterno era tutto di marmo bianco e verde: e i soffitti e gl'impiantiti tutti di diamanti e di smeraldi, che raffiguravano fiori, uccelli e mille altre cose graziose. Le pareti erano tappezzate di velluto di vari colori, ricamato dalle fate colle loro mani: e perché esse sapevano di storia, s'erano prese il gusto di rappresentarvi i fatti storici più belli e più notevoli: c'era dipinto il passato e l'avvenire, e in parecchi arazzi si vedevano effigiate le gesta dei più grandi Re della terra.

Le brave fate avevano immaginato questo modo ingegnoso per insegnare più facilmente alla giovine Principessa i vari casi della vita degli eroi e degli altri mortali.

Tutta la casa, nell'interno, era rischiarata soltanto a forza di lampade: ma ce n'erano tante e poi tante, che pareva fosse giorno chiaro da un anno all'altro. Vi furono introdotti tutti i maestri, dei quali ella poteva aver bisogno per istruirsi e perfezionarsi; e il suo spirito, la sua svegliatezza e il suo buon senso arrivavano a intendere molte cose, anche prima che le fossero insegnate: ragion per cui i maestri rimanevano strasecolati per le cose bellissime che essa sapeva dire in una età, nella quale gli altri ragazzi sanno appena chiamare babbo e mamma. E questa è una prova che le fate non accordano la loro protezione, per tirar su degli stupidi e degl'ignoranti!

Se la vivacità del suo spirito innamorava tutti coloro che l'avvicinavano, la sua bellezza non faceva di meno, e sapeva amicarsi le persone più insensibili e i cuori più duri. La Regina madre non l'avrebbe lasciata un solo minuto, se il suo dovere non l'avesse tenuta presso il Re. Di tanto in tanto le buone fate venivano a vedere la Principessa e le portavano in regalo cose rarissime e vestiti sfarzosi ed eleganti, che parevano fatti per le nozze di qualche Principessa, non meno bella di Desiderata.

Ma fra tutte le fate che le volevano bene, quella che le voleva più di tutte era Tulipano, la quale non rifiniva mai di raccomandare alla Regina che non le lasciasse vedere la luce del giorno prima di aver toccato i quindici anni.

«La nostra sorella, quella della fontana, è vendicativa,» diceva Tulipano, «avremo un bel pigliarci tutte le cure per questa fanciulla; ma se ella può, state certa che le farà del male; e per questa ragione bisogna, o signora, che voi siate vigilante, e di molto».

La Regina dal canto suo prometteva di vegliare continuamente sopra una cosa di tanto rilievo: ma avvicinandosi il tempo nel quale la sua cara figlia doveva uscire dal castello, le fece fare il ritratto, e il ritratto fu portato a mostra nelle più grandi Corti dell'universo. Al solo vederlo, non vi fu Principe che non si mostrasse preso di ammirazione: ma fra gli altri ve ne fu uno che ne rimase talmente invaghito, da non sapersene più distaccare. Lo portò nel suo gabinetto, e si chiuse dentro insieme col ritratto, e parlandogli come se fosse vivo e potesse intenderlo, gli diceva le cose più appassionate di questo mondo.

Il Re, non vedendo più il figliuolo, domandò che cosa facesse e come passasse il suo tempo, e perché non fosse più del suo solito buon umore. Qualche cortigiano, di quelli che chiacchierano volentieri, e ve ne sono parecchi con questo vizio, gli fece intendere che c'era il caso che al Principe desse volta il cervello, perché passava le giornate intere chiuso nel suo gabinetto, e lì discorreva da sé solo, come se vi fosse stato qualcuno insieme con lui.

Il Re sentì questa cosa con dispiacere:

«Com'è egli possibile,» diceva ai suoi confidenti, «che mio figlio perda così il giudizio? lui, che ne ha avuto sempre tanto! Voi sapete che finora esso è stato l'ammirazione di tutti, e io non vedo ne' suoi occhi alcun segno di pazzia o di aberrazione mentale: soltanto mi pare diventato più pensieroso. Bisogna che io lo interroghi da me: forse così arriverò a scoprire qual è la fissazione che s'è messa per il capo».

Detto fatto, mandò per esso, e quindi ordinò a tutti che uscissero dalla sala. Dopo vari discorsi, ai quali il Principe non stava attento o rispondeva a rovescio, il Re gli domandò il motivo che aveva portato tanto cambiamento nelle sue abitudini e nel suo carattere. Il Principe, parendogli che gli fosse capitata la palla al balzo, si gettò ai suoi piedi, e gli disse:

— Voi avete fissato di farmi sposare la Principessa Nera: in questo legame di parentela voi troverete dei vantaggi, che io non posso promettervi con quello della Principessa Desiderata; ma, o signore, io trovo in questa fanciulla tante grazie e tante attrattive, quante l'altra non ne possiede davvero.

— E dove le avete vedute? — chiese il Re.

— Tanto dell'una che dell'altra, mi sono stati portati i ritratti, — rispose il Principe Guerriero (era questo il suo nome, dacché aveva vinto tre grandi battaglie), — e vi confesso che la mia passione per la principessa Desiderata è così forte, che se voi non ritirate la parola data alla Principessa Nera, non mi rimane altro che morire: felice sempre di perdere la vita, una volta perduta la speranza di essere lo sposo di quella che amo.

– È dunque con un ritratto, – riprese gravemente il Re, – che passate il vostro tempo a fare certi colloqui, che vi rendono ridicolo agli occhi di tutti i cortigiani? Essi vi credono svanito il cervello, e se sapeste quello che si dice di voi, non avreste faccia di parlare a questo modo di simili ragazzate!

– Io non ho ragione di rimproverarmi una sì bella fiamma, – replicò il Principe, – quando avrete veduto il ritratto di questa graziosa Principessa, son sicuro che compatirete la passione che sento per lei.

– Andate a prenderlo subito – esclamò il Re, con tanto risentimento, che dava a dividere la bizza che lo rodeva dentro.

Se il Principe non avesse avuta la certezza che nessuna bellezza al mondo poteva stare a fronte di quella di Desiderata, sarebbe rimasto un po' male. Invece andò subito nel suo gabinetto, e poi tornò al Re. Il Re rimase maravigliato quanto il figlio.

– Ah! – diss'egli, – mio caro Guerriero, io approvo la vostra scelta; quando alla mia Corte ci sarà una Principessa così graziosa, mi sentirò anch'io ringiovanito. Fin da questo momento mando subito degli ambasciatori dalla Principessa Nera per isciogliermi della parola data: e quand'anche dovessi tirarmi sulle braccia una guerra a morte, preferisco di farla finita una buona volta per tutte.

Il Principe baciò rispettosamente le mani del padre e gli abbracciò i ginocchi. La sua gioia era tanta, che pareva diventato un altro. Pregò e ripregò il padre a mandare degli ambasciatori non soltanto alla Principessa Nera, ma anche a Desiderata, raccomandandosi che per quest'ultima fosse scelto l'uomo più capace e più ricco del Regno, perché in questa grande occasione era necessario fare una splendida figura, e ottenere ciò che si voleva. Il Re pose gli occhi su Beccafico. Era un gran signore, eloquente quanto Cicerone, e con centomila lire di rendita. Beccafico voleva un gran bene al principe Guerriero, e per andargli a genio, si fece fare il più splendido equipaggio e le più belle livree che si possa immaginare. La sua fretta per allestire i preparativi del viaggio fu grandissima, perché l'amore del Principe cresceva a occhio di giorno in giorno, ed esso era sempre lì a punzecchiarlo perché partisse.

«Ricordatevi,» gli diceva in tutta confidenza, «che c'è di mezzo la vita mia, e che io perdo il lume della ragione tutte le volte che penso al caso che il padre di questa Principessa potrebbe impegnarsi con qualcun altro, senza aver modo di tornare indietro: e che allora io dovrei perderla per sempre».

Beccafico lo rassicurava, non foss'altro per pigliar tempo; perché dopo le grandi spese alle quali era andato incontro, voleva almeno farsene onore. Menò seco ottanta carrozze tutte risplendenti d'oro e di brillanti, e dipinte con certe miniature, da fare scomparire le miniature più finite che si sieno vedute mai: c'erano, per di più, altre cinquecento carrozze: ventiquattromila paggi a cavallo, vestiti come tanti principi: e il resto del corteggio non era da sfigurare in mezzo a quella magnificenza.

Quando l'ambasciatore ebbe dal Principe l'udienza di congedo, questo l'abbracciò come un suo fratello, e gli disse:

«Pensate, mio caro Beccafico, che la mia vita dipende dal matrimonio che andate a combinare: dite tutto quel che più sapete, e conducete con voi la Principessa, che è l'anima dell'anima mia».

E gli consegnò mille regali da offrirle, nei quali spiccavano in egual modo l'eleganza e la ricchezza; erano tutte allegorie amorose, incise su gemme e diamanti: orologi incrostati di carbonchi, con sopra le cifre di Desiderata: braccialetti di rubini modellati in forma di cuori: insomma, non c'era cosa alla quale non avesse pensato, per trovare il modo di piacerle.

L'ambasciatore portava seco il ritratto del Principe, dipinto con tanta bravura e maestria, che non gli mancava nemmeno la parola, e faceva dei complimenti pieni di grazia e di brio. È vero che non sapeva rispondere a tutto quello che gli si domandava: ma di questo non ce n'era un gran bisogno. Beccafico, per la parte sua, promise al Principe che avrebbe fatto l'impossibile per vederlo contento, e soggiunse che aveva con sé moltissimo denaro: e caso mai gli avessero negata la Principessa, avrebbe trovato il mezzo di comprare qualcuna delle sue cameriere e l'avrebbe rapita. «Ah!» esclamò il Principe, «non lo dite neanche per celia: son sicuro che ella si chiamerebbe offesa da un modo di fare così poco rispettoso!»

Beccafico non stette a dir altro, e partì.

La gran diceria del suo viaggio arrivò prima di lui: il Re e la Regina ne furono lietissimi, perché stimavano molto il suo sovrano e conoscevano gli atti di valore del Principe Guerriero, e, in particolar modo, il suo merito personale; motivo per cui non avrebbero potuto trovare un partito più degno per la loro figlia, neanche a cercarlo apposta nelle cinque parti del mondo. Fu apprestato un palazzo per alloggiarvi Beccafico, e vennero dati gli ordini perché tutta la Corte si mostrasse in abito di gran gala.

Il Re e la Regina avevano pensato di far vedere all'ambasciatore la Principessa Desiderata: ma la fata Tulipano venne a trovare la Regina e le disse:

«Guardatevi bene, Regina, da menare Beccafico dalla nostra figliuola,» era solita di chiamarla così, «non conviene che egli la veda tanto presto e non bisogna mandarla al Re, che l'ha domandata in sposa, finché non abbia compiti i quindici anni! perché, badate bene a quello che vi dico, se ella esce fuori prima del tempo, si troverà a sentirsi cascare addosso qualche grosso malanno».

La Regina abbracciò la buona Tulipano: le promise di darle retta, e senza perder tempo andarono insieme dalla Principessa.

Intanto arrivò l'ambasciatore. Il suo seguito durò ventitré ore a passare, perché egli aveva seicentomila muli, colle sonagliere e i ferri d'oro e gualdrappe di velluto e di broccato ricamate in perle. Lungo la strada c'era un pigia-pigia da non farsene idea, e tutti correvano per vederlo. Il Re e la Regina gli andarono incontro, tanto erano contenti della sua venuta.

Salteremo a piè pari le cose che egli disse, i complimenti che si scambiarono, perché ci vuol poco a figurarseli: ma quando egli domandò di presentare i suoi omaggi alla Principessa, rimase molto male nel sentirsi negata la grazia.

– Signor Beccafico, – disse il Re, – se vi ricusiamo una cosa che pare così giusta, credetelo, non è un capriccio: e perché ne siate persuaso, bisogna raccontarvi la strana avventura di nostra figlia. Una fata, dal giorno che nacque, la prese a noia e la minacciò di mille guai, se ella avesse veduto la luce del sole prima di toccare i quindici anni: noi dunque la teniamo chiusa in un palazzo, che ha i suoi quartieri più belli sotto terra. Era nostra idea di menarvici ma la fata Tulipano ci ha comandato di non fare nulla.

– Come mai, Sire! – replicò l'ambasciatore, – e io dunque dovrò avere il dispiacere di tornarmene indietro senza di lei? Voi l'accordaste al Re mio signore per il suo figlio: ella è aspettata con vivissima impazienza: e sarà possibile che voi vi lasciate imporre da certe fanciullaggini, come sono le predizioni delle fate? Ecco qui il ritratto del Principe Guerriero, che ho l'ordine di presentarvi: e il ritratto è così somigliante, che quando lo guardo mi par di vedere le stesso Principe in persona.

E così dicendo, lo scoprì. Il ritratto, che era stato ammaestrato soltanto per parlare alla Principessa, disse:

"Bella Desiderata, non potete figurarvi con quanto ardore io vi attenda! venite subito alla nostra Corte, e abbellitela con quelle grazie che vi fanno unica al mondo!"

Il ritratto non disse altro: e il Re e la Regina rimasero tanto meravigliati, che pregarono Beccafico a darglielo, per portarlo a far vedere alla Principessa. A lui non gli parve vero, e consegnò subito il ritratto nelle loro mani.

La Regina non aveva mai fatto cenno alla figlia di ciò che accadeva in Corte; ed anzi aveva proibito alle dame che le stavano intorno di dirle la più piccola cosa sull'arrivo dell'ambasciatore: ma esse non l'avevano ubbidita, e la Principessa sapeva già che si stava combinando un gran matrimonio; peraltro era tanto prudente, da fare in modo che la madre non si avvedesse di nulla. Quando questa le ebbe mostrato il ritratto del Principe, che parlava, e che le fece un complimento non so se più tenero o più grazioso, ella rimase molto sorpresa, perché non aveva mai veduto nulla di simile; e la bella fisonomia del Principe, l'aspetto sveglio e la regolarità delle fattezze non la stupivano meno delle cose che aveva dette il ritratto parlante.

– Vi dispiacerebbe, – le disse la Regina, – di avere uno sposo che somigliasse a questo Principe?

– Signora, – ella rispose, – non tocca a me a scegliere: sarò sempre contenta di colui che vi piacerà destinarmi.

– Ma pure, – insisté la Regina, – se la sorte cadesse su lui, non vi stimereste felice?

Ella arrossì, abbassò gli occhi e non rispose nulla. La Regina la prese fra le braccia e la baciò più e più volte, né poté frenarsi dal versare alcune lacrime, pensando che stava sul punto di doverla perdere, perché non le mancavano oramai che tre mesi soli a compiere i quindici anni: e nascondendole il suo dispiacere, la mise al fatto di tutto quanto la riguardava nell'ambasciata di Beccafico: e fra le altre cose, le dette anche i regali che erano stati portati per lei. Essa li ammirò: lodò con finezza di gusto le cose più singolari; ma ogni pochino i suoi occhi si divagavano, per andare a posarsi sul ritratto del Principe, con un diletto fin'allora non provato mai.

L'ambasciatore, vedendo che perdeva il suo tempo a insistere perché gli dessero la Principessa, e che si contentavano soltanto di prometterliela, ma in modo solenne da non poterne dubitare, si trattenne pochi giorni presso il Re, e tornò per la posta a render conto al padrone del suo operato.

Quando il Principe venne a sapere che la sua Desiderata non poteva averla prima di tre mesi, dette in tali sfoghi di dolore, che rattristarono tutta la Corte: non dormiva più: non mangiava nulla e diventò tristo e pensieroso: perse il suo bel colore: passava le giornate intere sdraiato su un canapè, nel suo gabinetto, a contemplare il ritratto della Principessa: le scriveva ogni cinque minuti e porgeva le lettere al ritratto, come se questo le sapesse leggere. Alla fine le sue forze s'indebolirono a poco a poco, e cadde gravemente malato: né ci fu bisogno di medico o di chirurgo per indovinare la cagione del male.

Il Re si disperava; egli amava teneramente suo figlio, e si trovava sul punto di perderlo. Che afflizione per lui! Né vedeva rimedio alcuno che valesse a salvargli il Principe, il quale non domandava altro che la sua Desiderata: senza di essa non gli restava che morire. In faccia alla gravità del caso egli prese la risoluzione di andare a trovare il Re e la Regina, che gli avevano promesso la figlia, affine di scongiurarli a muoversi a compassione dello stato in cui s'era ridotto il Principe, e a non mandare più in lungo le nozze; le quali non si sarebbero fatte più, quand'essi si fossero incaponiti a volere aspettare che la Principessa avesse compito i quindici anni.

Questo passo era straordinario per un Re, ma sarebbe stata una cosa anche più straordinaria se egli avesse lasciato morire il figlio, che gli era più caro delle pupille degli occhi.

Peraltro s'inciampò in una difficoltà insormontabile: e questa era l'età molto avanzata del Re, la quale non gli acconsentiva se non di viaggiare in portantina: e questa cosa si combinava male coll'impazienza del figlio: per cui egli mandò per la posta il suo fido Beccafico e scrisse delle lettere commoventissime per impegnare il Re e la Regina a contentarlo nei suoi desideri.

Intanto Desiderata non provava minor piacere a contemplare il ritratto del Re, che questi non provasse a guardare quello di lei. Ogni tantino ella andava nella stanza dove era stato messo, e sebbene s'ingegnasse di celare i sentimenti del suo cuore, c'era chi sapeva indovinarli; e, fra gli altri, Viola-a-ciocche e Spinalunga, che erano le sue damigelle d'onore, si accorsero di quella specie d'irrequietezza che cominciava a tormentarla.

Viola-a-ciocche l'amava di sincero amore e l'era fidatissima; mentre Spinalunga aveva sempre covato una gelosia segreta per le belle virtù e per lo splendido stato della Principessa. La madre di Spinalunga aveva allevata la Principessa, e dopo essere stata sua governante, era divenuta sua dama d'onore. Ella dunque avrebbe dovuto amarla, come la cosa più cara di questo mondo: ma idolatrando essa la propria figlia, e vedendo l'odio di questa per la bella Principessa, non poteva, neanch'essa, volerle bene.

L'ambasciatore, che era stato spedito alla Corte della Principessa Nera, non vi trovò lieta accoglienza, subito che si venne a sapere la bella parte che doveva fare. Questa negra era la creatura più vendicativa che possa immaginarsi; e le parve di non essere trattata troppo cavallerescamente a sentirsi dire sul viso, dopo le promesse e gl'impegni presi, che essa rimaneva ringraziata e messa in libertà. Ella aveva veduto il ritratto del Principe, e s'era fitta in capo di voler lui a ogni costo: perché le donne nere, quando si ragiona d'amore, diventano le donne più ostinate del mondo.

– Come, signor ambasciatore, – ella disse, – forse il vostro Re non mi crede abbastanza ricca o abbastanza bella? Girate per i miei Stati e difficilmente ne troverete de' più vasti; entrate nel mio tesoro reale e vedrete tant'oro, quanto non se n'è mai cavato da tutte le miniere del Perù; date finalmente un'occhiata al color morato del mio viso, alle mie labbra tumide, al mio naso schiacciato, eppoi ditemi se una donna, per esser bella, non bisogna che sia fatta così!

– Signora, – rispose l'ambasciatore, il quale aveva una gran paura d'essere bastonato, peggio che in Turchia, – io biasimo il procedere del mio Sovrano, per quanto è lecito di farlo a un suddito: e se il cielo mi avesse dato il più bel trono dell'universo, saprei ben io la persona alla quale offrirlo!

– Queste parole vi salvano la vita, – ella disse, – avevo fissato di cominciare da voi la mia vendetta; ma mi sarebbe parsa un'ingiustizia, perché in fin de' conti non siete voi la cagione dello sleale procedere del vostro Principe: andate, e diteglie da parte mia che mi fa un vero regalo a sciogliersi con me, perché io non me la sono mai detta con le persone poco di buono.

L'ambasciatore, che non vedeva l'ora di essere congedato, prese queste parole a volo; e via a gambe.

Ma la Negra era troppo stizzita contro il Principe Guerriero, per potergli perdonare. Salì sopra un cocchio d'avorio tirato da sei struzzi, i quali facevano dieci miglia l'ora. Andò al palazzo della fata della fontana, che era la sua comare e la migliore amica che avesse: e dopo averle raccontata la sua avventura, la pregò colle braccia in croce perché l'aiutasse a pigliarsi una vendetta. La fata si lasciò commuovere dal dolore della figlioccia; guardò nel libro, dove si dice tutto, e così venne subito a sapere che il Principe Guerriero lasciava la Principessa Nera per motivo di Desiderata, che egli amava perdutamente, e che era stato perfino malato dalla gran passione di non poterla vedere. Bastò questa cosa per riaccendere nel cuore alla fata quella collera, che oramai era quasi spenta; tanto che si poteva sperare, che non avendo più veduto la Principessa dal giorno che nacque, non avrebbe più pensato a farle del male, senza gl'incitamenti di quella brutta moraccia.

«Come!» gridò la fata, «dunque questa sciaguratissima Desiderata s'è messa in capo di farmi sempre dei dispetti? No, no, vezzosa Principessa: no, carina mia; non soffrirò mai che ti si faccia un affronto. Il cielo e tutti gli elementi piglieranno parte in questa cosa. Torna pure a casa e fidati alla parola della tua buona comare».

La Principessa la ringraziò e le fece dei doni di frutte e di fiori, che furono moltissimo graditi.

Intanto l'ambasciatore Beccafico si avanzava a spron battuto verso la città, dove stava il padre di Desiderata: e appena giunto andò a gettarsi ai piedi del Re e della Regina; versò un torrente di lacrime e disse con un linguaggio da intenerire i sassi, che il Principe Guerriero sarebbe morto, se gl'indugiavano il piacere di vedere la Principessa: che oramai non mancavano più che tre soli mesi per compire i quindici anni; che non c'era pericolo che in un tempo così corto potesse accadere qualche disgrazia: che si prendeva la libertà di rammentare che questa eccessiva credulità per certe fandonie faceva torto alla maestà reale: in una parola, tanto seppe dire e tanto seppe fare, che finì col persuaderli tutti e due.

Prova ne sia che anche essi s'intenerirono e piansero, ripensando al pietoso stato in cui s'era ridotto il Principe: e finirono col dire che pigliavano qualche giorno di tempo prima di dargli una risposta di benestare. Esso allora replicò che non poteva concedere che poche ore, perché il suo padrone era oramai ridotto al lumicino, e s'era fitto in capo che la Principessa non lo potesse soffrire e fosse essa medesima che studiasse tutti gli ammennicoli per rimandare la partenza dall'oggi al domani.

Allora gli fu detto che nella serata avrebbe saputo quello che si poteva fare.

La Regina corse subito al palazzo della sua cara figlia, e le raccontò ogni cosa. Desiderata sentì un gran dolore: ebbe una stretta al cuore e svenne. Così la Regina poté conoscere tutta la passione del suo amore per il Principe.

– Non ti dar tanto alla disperazione, bambina mia, – ella le disse, – tu hai la virtù di poterlo guarire: la sola cosa che mi tenga in pensiero, sono le minacce fatte dalla fata della fontana al momento della tua nascita.

– Voglio sperare, o signora, – ella riprese, – che ci debba essere qualche ripiego, per ingannare questa fata malandrina. Non potrei, per dirne una, partire in una carrozza tutta chiusa, dove non potessi vedere la luce del giorno? questa carrozza l'aprirebbero soltanto la notte, per darci da mangiare, e così arriverei felicemente a casa del Principe Guerriero.

Il ripiego piacque molto alla Regina: ne parlò al Re, il quale lo approvò: e così mandarono a chiamare Beccafico, perché andasse subito a Corte, dove gli dettero per cosa sicura che la Principessa sarebbe partita prestissimo; e gli dissero di recarsi intanto a dare la buona novella al suo padrone, aggiungendo che per amor di far presto, avrebbero tralasciato di farle il corredo e i ricchissimi vestiti, quali si addicevano al suo grado di Principessa. L'ambasciatore, che non capiva nella pelle dalla contentezza, si gettò di nuovo ai piedi delle loro Maestà per ringraziarle, e partì subito senza aver veduto la Principessa.

Non c'è dubbio che ella avrebbe sentito un gran dolore nello staccarsi dal padre e dalla madre, se fosse stata meno viva in lei la prevenzione a favore del Principe: ma si danno nella vita certi sentimenti così prepotenti, che fanno tacere tutti gli altri. Le prepararono una carrozza foderata al di fuori di velluto, ornato di grandi borchie d'oro; e al di dentro di broccato ricamato d'argento e color di rosa. Non vi erano cristalli; la carrozza era molto grande, tutta chiusa come una scatola; e uno dei primi signori del Regno teneva in custodia le chiavi, che aprivano la serratura degli sportelli. E perché un seguito troppo numeroso poteva essere d'impiccio, furono scelti pochi ufficiali per accompagnarla: e dopo averle date le più belle gemme del mondo e alcuni ricchissimi vestiti, e dopo gli addii, che fecero quasi soffocare dai pianti e dai singhiozzi il Re, la Regina e tutta la Corte, la chiusero nella carrozza, insieme alle sue dame d'onore Viola-a-ciocche e Spinalunga.

Bisogna ricordarsi che Spinalunga non voleva punto bene a Desiderata; ma invece ne voleva moltissimo al Principe Guerriero, del quale aveva veduto il ritratto parlante. Il dardo che l'aveva ferita era così acuto, che, nel partire, disse a sua madre che morirebbe di dolore, se accadesse il matrimonio della Principessa, e che se voleva salvarla dalla sua tristissima sorte, bisognava trovasse il verso di mandare all'aria ogni cosa. Sua madre, che era dama d'onore, le disse di darsi pace, che avrebbe cercato il modo di consolarla e di farla felice.

Quando la Regina fu sul punto di staccarsi dalla sua figlia, che partiva, la raccomandò, non si può dir quanto, a questa femmina trista.

«Questo prezioso deposito,» diss'ella, «lo confido alle vostre mani. Mi è più caro della vita! abbiate cura della salute di mia figlia, e soprattutto guardate bene che non vegga mai la luce del giorno. Sarebbe finita per lei! Voi sapete da quali sciagure è minacciata, e però ho fissato coll'ambasciatore del Principe Guerriero che, fino a tanto che non abbia quindici anni compiti, la terranno in un castello, dove non possa vedere altra luce che quella dei lampadari».

La Regina affogò di regali questa dama, per impegnarla a stare attaccata fedelmente alle sue istruzioni, ed ella dal canto suo promise di vegliare alla conservazione della Principessa, e di renderle minutissimo conto di tutto, appena fossero arrivate.

A questo modo il Re e la Regina, fidandosi di averla raccomandata bene, non ebbero alcun pensiero per la loro cara figlia, e così sentirono meno il dolore del distacco; ma Spinalunga, che dagli ufficiali incaricati di aprire tutte le sere la carrozza per servire la cena alla Principessa, aveva saputo che si avvicinavano alla città dov'erano aspettate, cominciò a metter su la madre perché compisse il suo tristo disegno, prima che il Re e il Principe venissero loro incontro e mancasse il tempo di fare il gran colpo.

Cosicché, quando fu circa l'ora del mezzogiorno e quando i raggi del sole saettavano con maggior forza, ella tagliò di netto con un gran coltello fatto apposta, che aveva portato seco, l'imperiale della carrozza dove stavano rinserrate. Fu quella la prima volta che la Principessa Desiderata vide la luce del giorno. Appena l'ebbe vista, mandò un sospiro e si precipitò fuori della carrozza, trasmutata in una Cervia bianca: e a quel modo si messe a correre fino alla vicina foresta, dove si nascose in un luogo folto e oscuro, per potervi piangere, senza essere vista da alcuno, le grazie, i bei lineamenti e la elegante figura, che aveva perduta.

La fata della fontana, che dirigeva questa strana avventura, vedendo che tutti quelli che accompagnavano la Principessa si davano un gran moto, gli uni per seguirla, gli altri per correre alla città e fare avvertito il Principe Guerriero della disgrazia accaduta, messe sottosopra cielo e terra: talché i lampi e i tuoni impaurirono anche i più coraggiosi: e in grazia del suo portentoso sapere, riuscì a trasportare quelle persone molto lontano di lì, togliendole in questo modo da un luogo, dove la loro presenza non le faceva punto piacere.

Le sole che restassero, furono la dama d'onore, Spinalunga e Viola-a-ciocche.

Quest'ultima corse dietro alla sua padrona, facendo risuonare il bosco del nome di lei e de' suoi acuti lamenti.

Le altre due, contentissime di vedersi libere, non persero un minuto per fare quanto avevano già fissato.

Spinalunga s'infilò i vestiti di Desiderata. Il manto reale, che doveva servire per le nozze, era d'una ricchezza da non potersi dire, e la corona aveva dei diamanti grossi due o tre volte il pugno della mano. Il suo scettro era d'un rubino d'un sol pezzo: e il globo che teneva nell'altra mano, una perla grossa quanto il capo d'un bambino. Tutte cose bellissime a vedersi e pesantissime a portarsi addosso: ma bisognava non lasciare indietro nessuno degli ornamenti reali, una volta che Spinalunga voleva farsi credere la Principessa.

In quest'abbigliamento, Spinalunga, seguita dalla madre che le reggeva lo strascico, si avviò verso la città. La falsa Principessa camminava con passo maestoso. Ella era sicura che sarebbe venuta gente a incontrarla; difatti, non avevano ancora fatta molta strada, che scorsero un drappello di cavalleria, e in mezzo due portantine luccicanti di oro e di gemme, portate da piccoli muli, ornati di lunghi pennacchi verdi (perché il verde era il colore favorito della Principessa).

Il Re che stava in una portantina, e il Principe malato nell'altra, non sapevano che cosa pensare di queste dame, che venivano incontro a loro. I più curiosi galopparono innanzi, e dalla ricchezza dei vestiti giudicarono che dovessero essere due signore di gran riguardo. Scesero da cavallo e le salutarono con molto rispetto. – Fatemi la grazia – disse loro Spinalunga – di sapermi dire chi c'è dentro quelle portantine.

– Signora, – essi risposero, – c'è il Re e il Principe suo figlio, che vanno incontro alla Principessa Desiderata.

– Allora vi prego, – continuò ella, – di andare a dir loro che la Principessa è qui. Una fata, che è nemica della mia felicità, ha sparpagliato e disperso tutti coloro che mi accompagnavano a furia di tuoni, di lampi e di prodigi paurosi: ma ecco qui la mia dama d'onore, la quale è incaricata di presentare le lettere del Re mio padre e di tenere in custodia le mie gioie.

I cavalieri, a queste parole, baciarono subito il lembo della sua veste e andarono di corsa a dire al Re che la Principessa si avvicinava.

– Come! – egli esclamò, – ella se ne viene a piedi e di pieno giorno? – Essi gli raccontarono ciò che ella aveva detto loro. Il Principe, che smaniava d'impazienza, li chiamò, dicendo loro con gran premura: – Non è un prodigio di bellezza? un vero miracolo? una Principessa senza confronti?

Nessuno rispose: per cui il Principe ne rimase stupito.

– Si vede proprio, – egli riprese, – che dovendo dirne troppo bene, preferite piuttosto non dir nulla.

– Signore, voi la vedrete da voi, – disse il più ardito di essi, – sarà che lo strapazzo del viaggio l'abbia un po' trasfigurita.

Il Principe rimase di stucco: se fosse stato più in forze, si sarebbe buttato giù dalla portantina per correre ad appagare la sua impazienza e la sua curiosità. Il Re scese a piedi, e avanzandosi con tutto il corteggio raggiunse la falsa Principessa. Vederla, gettare un grido e tirarsi indietro di qualche passo, fu un punto solo. – Chi vedo mai? – egli disse, – ma questa è una vera perfidia.

– Sire, – disse la dama d'onore avanzandosi a faccia fresca, – ecco qui la Principessa Desiderata con le lettere del Re e della Regina. Io rimetto pure nelle vostre mani la cassetta delle gioie, che mi fu consegnata sul punto di partire.

Il Re serbò un silenzio sinistro e cupo; e il Principe, appoggiandosi al braccio di Beccafico, si avvicinò a Spinalunga. Dio degli Dei! come dové egli restare, vedendo una fanciulla di una statura così sperticata da far paura? Essa era così lunga, che gli abiti della Principessa le toccavano appena il ginocchio; secca come un uscio; col naso che somigliava al becco ricurvo di un pappagallo, e rosso e lustro in cima come un peperone. Denti più neri e più disuniti di quelli, non se n'è visti mai: in una parola, ell'era tanto brutta, quanto Desiderata era bella.

Il Principe, che aveva sempre dinanzi agli occhi l'immagine della sua cara Principessa, al vedere questa brutta befana rimase imbietolito: non aveva fiato né per muoversi né per dire una mezza parola. Soltanto, dopo averla guardata un poco cogli occhi fuor della testa, si volse al Re ed esclamò:

– Io sono tradito! Il maraviglioso ritratto sul quale ho vincolata la mia libertà non ha che veder nulla con la persona che ci è stata inviata. Hanno preteso ingannarmi? ci sono riusciti: ma a me mi costerà la vita.

– Che cosa intendete dire, o signore? – disse Spinalunga.
– Chi è che ha cercato di ingannarvi? sappiate, o signore, che

sposando me, non vi hanno ingannato davvero.

Tanta sfacciataggine e tanta arroganza non aveva esempio. Per parte sua, anche la dama d'onore rincarava la dose:

– Oh! mia bella Principessa, – esclamava, – dove siamo mai capitate? È forse in questo modo, che si accoglie una Principessa par vostro? Quale incostanza! e che razza di procedere!...Il Re vostro padre saprà farsene render ragione.

– Tocca a noi farsi rendere ragione, – ribatté il Re, – egli ci aveva promesso una bella Principessa e ci manda invece un sacco d'ossi, una mummia da fare scappare dallo spavento: ora non mi fa più specie che egli abbia tenuto nascosto questo bel tesoro per quindici anni di seguito: aspettava che capitasse il merlotto: e la disgrazia è capitata su noi: ma staremo a vedere come finirà.

– Ma quale insolenza! – esclamò la falsa Principessa. – Quanto sono sventurata di esser venuta qui, sulla parola di questa razza di gente! Guardate un po' il gran delitto di essersi fatta ritrattare un po' più bella del vero! Non sono forse cose che accadono tutti i giorni? Se per queste piccole marachelle i Principi rimandassero indietro le loro fidanzate, poche ma poche bene se ne mariterebbero.

Il Re e il Principe, colla bizza fino alla punta dei capelli, non si degnarono risponderle: salirono ciascuno nella loro portantina, mentre una guardia del corpo, senza tanti complimenti, messe in groppa al cavallo, dietro di sé, la Principessa: la dama d'onore ebbe lo stesso trattamento: e così furono menate in città, dove per ordine del Re furono chiuse nel Castello delle Tre Punte.

Il Principe Guerriero restò così sbalordito da questo colpo, che tutta la pena gli si rinserrò in fondo al cuore. Quand'ebbe fiato per parlare, che cosa mai non disse del suo tristo destino? Egli era sempre innamorato come prima, ma non gli restava per oggetto della sua passione che un bugiardo ritratto. Tutte le sue speranze andate in fumo: tutte le sue illusioni intorno alla Principessa Desiderata, svanite! Non c'era disperazione da potersi agguagliare alla sua. La Corte gli era divenuta un soggiorno insoffribile, e pensò, appena ristabilitosi un po' in salute, di fuggirsene di nascosto in un luogo solitario e passarvi tutto il resto della sua misera vita.

Confidò questa sua idea soltanto al fido Beccafico, nella certezza che questi lo seguirebbe dappertutto: e lo scelse apposta per avere una persona colla quale potersi sfogare più liberamente che con chiunque altro, del brutto tiro che aveva dovuto patire. Appena si sentì un po' meglio, partì dalla Corte, lasciando sulla tavola del suo gabinetto una lunga lettera pel Re, colla quale lo avvertiva che sarebbe tornato appena avesse ritrovato un po' di quiete di spirito: ma intanto lo scongiurava di pensare alla vendetta di tutti e due, e di tener sempre in prigione quello spauracchio di Principessa.

È facile immaginarsi il dolore del Re nel ricevere questa lettera. Credette morir di dolore per la lontananza di un figlio, così adorato. Mentre tutti s'ingegnavano di consolarlo, il Principe e Beccafico facevano strada: finché in capo a tre giorni si trovarono in una gran foresta, così oscura per la spessezza delle piante e così seducente per la freschezza dell'erbe e per i ruscelletti e i fili d'acqua, che scorrevano in tutti i versi, che il Principe, rifinito dal lungo cammino, non essendosi ancora rimesso perbene in forze smontò da cavallo e si sdraiò malinconicamente per terra, reggendosi il capo con la mano, e per la debolezza avendo appena fiato di parlare. «Signore,» gli disse Beccafico, «mentre vi riposate un poco, io anderò in cerca di qualche frutto perché possiate rinfrescarvi: e intanto darò un'occhiata per farmi un'idea del luogo dove ci troviamo». Il Principe non rispose, ma gli fece segno col capo, come per dirgli: "Sta bene".

Egli è ormai un bel pezzo che abbiamo lasciata la Cervia nel bosco, voglio dire l'incomparabile Principessa. Ella pianse, come può piangere una cervia all'ultima disperazione, quando si accorse delle sue nuove forme, specchiandosi nell'acqua di una fontana.

«Come! e son io, proprio io?» essa diceva, «ed è per l'appunto oggi, che mi trovo ridotta a subire la più trista avventura che possa mai toccare a un'innocente Principessa come me, per capriccio e colpa delle fate? E quanto dovrà durare questa metamorfosi? E dove nascondermi, perché i leoni, gli orsi e i lupi non mi divorino? Come potrò io cibarmi d'erba?» E via di questo passo, faceva a se stessa mille domande, e provava il più acerbo dolore che mai si possa.

Se qualche cosa poteva consolarla, era il vedere che essa era una bella cervia, nello stesso modo che era stata una bella Principessa.

Spinta dalla fame, Desiderata si messe a mangiar l'erba con molto appetito: e non sapeva intendere come questa cosa potesse stare. Quindi si accoccolò sul muschio: intanto si fece notte, senza addarsene: ed essa la passò in mezzo a spaventi così terribili, da non poterseli figurare.

Sentiva le bestie feroci a pochi passi di distanza; e scordandosi di esser Cervia, provava ad arrampicarsi su per gli alberi.

I primi chiarori del giorno la rassicurarono un poco: ammirò la levata del sole: e il sole gli pareva così maraviglioso, che non finiva mai di guardarlo. Tutte le grandi cose, che ne aveva sentite dire, le sembravano molto inferiori a quel che vedeva. Era questo l'unico svago che avesse in quel luogo deserto. Per parecchi giorni vi restò sola sola.

La fata Tulipano, che aveva sempre voluto bene a questa

Principessa, si appassionava di cuore per la sua disgrazia; ma d'altra parte, essa era molto indispettita che tanto la Regina come la figlia avessero fatto così poco conto de' suoi consigli: perché, se vi ricordate, la buona fata aveva ripetuto loro più volte che se la Principessa fosse partita prima de' quindici anni compiti, sarebbe andata incontro a qualche malanno. A ogni modo non volle lasciarla in balìa alle ire della fata della fontana, e fu essa stessa che guidò i passi di Viola-a-ciocche verso la foresta, perché questa fida confidente potesse consolarla nella sua terribile sventura.

La bella Cervia se ne andava, un passo dietro l'altro, lungo un fiumiciattolo, quando Viola-a-ciocche, non avendo più gambe per camminare, si coricò per pigliare un po' di riposo. Tutta afflitta, stava almanaccando colla testa da qual parte volgersi per potersi imbattere nella sua cara Principessa. Appena la Cervia l'ebbe vista, fece tutto un salto, e passata dall'altra parte del fiume, che era abbastanza largo e profondo, venne a gettarsi addosso a Viola-a-ciocche e le fece un'infinità di carezze. Ella rimase stupita, non sapendo se le bestie di quel luogo avessero una simpatia particolare per gli uomini tanto da diventare umane, o se la Cervia la conoscesse; perché a dirla tale e quale, non accade tutti i giorni di vedere una Cervia che faccia con tanto garbo e con tanta cortesia gli onori della foresta.

Dopo averla guardata attentamente, si accorse con molta maraviglia che da' suoi occhi sgorgavano alcuni grossi lacrimoni; per cui non ebbe più l'ombra del dubbio che quella fosse la sua cara Principessa. Le prese le zampe e gliele baciò collo stesso rispetto e colla medesima tenerezza, come le avrebbe baciato le mani.

Provò a parlare e s'avvide che la Cervia la intendeva benissimo: ma non poteva risponderle; e allora le lacrime e i sospiri raddoppiarono da una parte e dall'altra. Viola-a-ciocche promise alla sua padrona che non l'avrebbe abbandonata mai: la Cervia le fece mille piccoli segni col capo e cogli occhi, per farle intendere che ne sarebbe contentissima, e che questa cosa la consolerebbe in parte delle sue pene.

Erano state insieme tutta la giornata, quando la Cervietta ebbe paura che la sua fida Viola-a-ciocche potesse aver bisogno di mangiare, e la menò in un certo punto della foresta, dove aveva veduto alcune frutta selvatiche ma saporite. Viola-a-ciocche ne mangiò moltissime, perché si sentiva morire dalla fame; ma quand'ebbe finita la sua cena, fu presa da una grande inquietudine, perché non sapeva dove si sarebbero ricoverate per dormire. Restare in mezzo alla foresta, esposte a tutti i pericoli, non era nemmeno da pensarci.

«Non avete paura, graziosa Cervia,» ella disse, «a passare la nottata qui?»

La Cervia alzò gli occhi al cielo e sospirò.

«Ma pure,» continuò Viola-a-ciocche, «voi avete già percorso una parte di questa vasta solitudine: non vi son, per caso, punte capanne, un carbonaio, un taglialegna, un eremitaggio?»

La Cervia fece col capo di no.

«Oh Dei!» esclamò Viola-a-ciocche, «domani non sarò più viva: quand'anche avessi la sorte di scansare le tigri e gli orsi, son sicura che basterebbe la paura per uccidermi. E non crediate, mia cara Principessa, che mi dispiaccia per me di perdere la vita: me ne dispiace per voi. Povera me! Lasciarvi in questi luoghi, senza un'anima che vi consoli! Si può immaginare più trista cosa?»

La Cervietta si mise a piangere: ella singhiozzava come potrebbe fare una persona. Le sue lacrime toccarono il cuore alla fata Tulipano, che in fondo l'amava teneramente e che, nonostante la sua disobbedienza, aveva sempre vegliato alla conservazione di lei: per cui, apparendole tutt'a un tratto, le disse: «Non ho nessuna voglia di farvi dei rimproveri: lo stato in cui vi trovate mi fa troppa pena».

Cervietta e Viola-a-ciocche la interruppero, gettandosi ai suoi ginocchi: la prima le baciava le mani e le faceva le carezze più graziose di questo mondo: mentre l'altra la scongiurava a muoversi a pietà della Principessa, rendendole le sue sembianze naturali.

«Ciò non dipende da me,» disse Tulipano; «colei che le fece tanto male ha molto potere; ma io abbrevierò il tempo della sua penitenza: e per addolcirla un poco, appena si farà notte ella lascerà le spoglie di Cervia; ma ai primi chiarori dell'alba, bisognerà che le riprenda daccapo e corra per la pianura e per la foresta, come le altre Cervie».

Cessare di essere Cervia durante la notte, era già qualcosa, anzi molto: e la Principessa dette a dividere la sua allegrezza a furia di salti e di capriole, che messero di buon umore la fata. «Pigliate,» diss'ella, «per questa viottola, e troverete una capanna abbastanza decente per questi luoghi campestri».

Ciò detto, sparì. Viola-a-ciocche obbedì, e insieme con la Cervia entrò nella viottola, che era lì a pochi passi, e trovarono una vecchia seduta sulla soglia della porta, che stava ultimando un canestro di giunchi.

Viola-a-ciocche la salutò: – Vorreste voi, mia buona nonna, – le disse, – darmi un po' d'ospitalità insieme a questa Cervia?

– Ma sì, figlia mia, che ti ospiterò volentieri: entra pure colla tua Cervia.

E detto fatto, le menò subito in una graziosa camerina, che aveva le pareti e l'impiantito di tavole di ciliegio: ci erano due letti di tela bianca: biancheria finissima, e ogni altra cosa così semplice e linda, che la Principessa ha raccontato dopo di non aver mai trovato nulla che fosse più di suo gusto.

Quando fu notte buia Desiderata cessò di essere cervia: abbracciò più di cento volte la sua cara Viola-a-ciocche; la ringraziò per l'affezione che l'aveva impegnata a seguire la sua fortuna, e le promise di farla felice, appena la sua penitenza fosse finita.

La vecchia venne a bussare con molto garbino alla porta e, senza entrare, dette a Viola-a-ciocche dei frutti squisiti, de' quali ne mangiò anche Desiderata, e con un grande appetito: quindi andarono a letto, ma appena giorno, Desiderata essendo ritornata Cervia, cominciò a grattare coi piedi la porta, perché Viola-a-ciocche le aprisse. All'atto di separarsi, tutte e due si scambiarono i segni di un vivo dispiacere, sebbene il distacco fosse di poche ore: e la Cervia, lanciatasi nel fitto del bosco, cominciò a correre, secondo il suo solito.

Mi par di aver detto che il Principe Guerriero si era fermato nella foresta, e che Beccafico girava in qua e in là, in cerca di frutti. Era già molto tardi, quand'esso capitò alla casina della buona donna, di cui si è già parlato. Esso si presentò con modi molto cortesi e le chiese quelle cose che gli abbisognavano per il suo padrone.

La vecchina fece in un lampo a empirgli un corbello di frutta, e glielo dette dicendogli:

«Ho paura che se passate la notte qui, a cielo scoperto, vi capiterà qualche disgrazia: io non posso offrirvi che una povera stanzuccia: se non altro, sarete al sicuro dai leoni».

Beccafico la ringraziò, e le disse che era in compagnia di un amico, e che andava a proporgli di andare a casa di lei: difatti seppe pigliare il Principe così per il suo verso, che questi si lasciò menare alla casa della buona donna. La trovarono, che era ancora sulla porta: ed essa, in punta di piedi, li menò in una camera, compagna a quella della Principessa, e tutte e due così accosto l'una all'altra, che erano separate da un semplice tramezzo.

Il Principe passò la notte inquietissimo, secondo il solito: ma appena il sole gli batté nell'imposte della finestra, si alzò, e per isvagarsi dall'uggia che aveva addosso andò nella foresta, dicendo a Beccafico di non seguirlo. Camminò una mezza giornata, senza neanche sapere dove andasse; finché capitò in un praticello, abbastanza grande, tutto coperto d'alberi e d'erba di muschio. In quel punto sbucò fuori una Cervia, ed egli non poté resistere alla voglia d'inseguirla, perché la caccia era la sua passione prediletta: sebbene ora non fosse più come una volta, dacché aveva nel cuore quest'altra spina. Pur nondimeno si messe dietro alla Cervia, e di tanto in tanto le tirava coll'arco dei dardi, che la gelavano dalla paura, quantunque non le facessero il più piccolo male: perché bisogna sapere che la sua amica Tulipano vegliava in sua difesa: e non ci voleva di meno della mano soccorritrice di una fata per salvarla dalla morte, sotto una pioggia di colpi così bene assestati.

Non è possibile essere stracchi, come lo era la Principessa delle Cervie, così poco avvezza a questo nuovo esercizio. Alla fine ebbe la fortuna di svoltare a secco per una viottola, dove il pericoloso cacciatore, avendola persa di vista e sentendosi anch'esso stanco morto, non si ostinò a darle dietro.

Passata in questo modo la giornata, la povera Cervia vide con gioia avvicinarsi l'ora di tornare a casa: difatti s'incamminò verso la capanna dove Viola-a-ciocche l'aspettava con impazienza. Entrata in camera, si buttò sul letto, rifinita e grondante di sudore. Viola-a-ciocche le faceva un monte di carezze e si struggeva di sapere che cosa le fosse accaduto. Essendo venuto il momento di perdere la sua buccia di Cervia, la bella Principessa riprese la sua vera sembianza e gettando le braccia al collo della sua amica del cuore:

– Povera me! – disse ella, – io credeva di dover temere soltanto la fata della fontana e le bestie feroci della foresta: ma oggi sono stata insegnita da un giovine cacciatore: l'ho appena veduto, tanto io fuggivo a gambe: mille dardi mi minacciavano una morte inevitabile, e mi son salvata, non so neppur io come.

– Non vi conviene più andar fuori, mia bella Principessa; – disse Viola-a-ciocche, – date retta a me: passate in questa camera il tempo fatale della vostra penitenza, io anderò qui alla città più vicina a comprarvi dei libri perché abbiate uno svago: leggeremo i nuovi racconti che hanno scritto sulle fate, e faremo dei versi e delle canzonette.

– Taci, mia cara figlia, – riprese la Principessa, – mi basta la cara immagine del Principe Guerriero, per farmi passare piacevolmente le giornate intere; ma quella stessa potenza che mi condanna durante il giorno alla trista condizione di Cervia, mi forza, malgrado mio, a fare quello che fanno le cervie: io corro, salto e mangio l'erba com'esse, e in quel tempo lì, una camera sarebbe per me una prigione insoffribile.

Era così affaticata dalla caccia che chiese da mangiare: e dopo, i suoi begli occhi si chiusero fino allo spuntar dell'alba. Appena si accorse che faceva giorno, accadde la solita metamorfosi ed ella riprese la via della foresta.

Il Principe dal canto suo era tornato sulla sera a raggiungere il suo grande amico.

«Ho passato la giornata,» gli disse, «a dar dietro alla più bella Cervia che abbia mai veduto: più di cento volte essa mi ha fatto cilecca con una sveltezza straordinaria: e sì che ho tirato giusto, né so capire com'abbia fatto a scansare i miei colpi. Domani a giorno vo' tornare a cercarla, e questa volta non mi scappa».

Infatti il giovane Principe che faceva di tutto per divagarsi da un'idea che oramai credeva un sogno, vedendo che la caccia per lui era una gran distrazione, andò di buonissim'ora nello stesso punto dove aveva trovato la Cervia; ma essa aveva pensato bene di non andarvi, per paura si rinnovasse il brutto caso del giorno innanzi. Il Principe guardava di qua e di là, e seguitava a camminare; finché, essendo un po' accaldato, non gli parve vero di trovare delle mele, che al colore erano bellissime; ne colse, ne mangiò e di lì a poco si addormentò come un ghiro, sdraiato sull'erbetta fresca e all'ombra di alcuni alberi, sui quali molti uccelletti pareva che si fossero dati il punto di ritrovo.

Mentre dormiva, la nostra timida Cervia, sempre in cerca di luoghi solitari, passò da quella parte. Se l'avesse veduto subito, forse sarebbe scappata: ma trovandosi, senza andarsene, a passare rasente a lui, non poté stare dal guardarlo: e il suo sonno gli parve così profondo, che si sentì tanto sicura da fermarsi con tutto il comodo a contemplarne i bei lineamenti.

Oh Dei! Come restò quando l'ebbe riconosciuto!

Quella diletta immagine era scolpita troppo nel suo cuore, perché potesse averla dimenticata in sì poco tempo.

Amore, amore, che pretendi da lei? Vuoi tu che Cervietta si esponga a perdere la vita per mano del Principe? Non dubitare, lo farà; essa non ha più testa per pensare alla propria sicurezza. Si accovacciò a pochi passi distante da lui, e i suoi occhi, innamorati a guardarlo, non sapevano staccarsi un minuto solo: sospirava e mandava dei piccoli gemiti; finché, fattasi un po' di coraggio, si avvicinò tanto, che quasi lo toccava: quand'egli si svegliò a un tratto.

La sua meraviglia fu grande. Riconobbe la Cervia che gli aveva dato tanto da fare, e che aveva cercato per tutta la foresta: e trovarsela ora così vicina, gli parve quasi un miracolo.

Essa non aspettò che egli tentasse di prenderla, ma fuggì con quanto ne avea nelle gambe; ed egli, dietro alla gran carriera. Di tanto in tanto si fermavano per ripigliar fiato, perché la bella Cervia era stanca del giorno innanzi, e lo stesso era del Principe. Ma ciò che faceva rallentare di più la corsa della Cervia, era... ohimè, debbo dirlo? era il gran dispiacere di allontanarsi da colui, che l'aveva ferita più coi suoi pregi che colle sue frecce. Egli la vedeva ogni pochino voltarsi col capo verso di lui, come per chiedergli se voleva che ella perisse per i suoi colpi: e quando egli era a tocco e non tocco per raggiungerla, ella ripigliava nuova forza per scappare.

«Oh! se tu potessi intendermi, Cervietta mia,» gridava il Principe, «tu non mi fuggiresti a questo modo! Io ti amo; io ti voglio dar da mangiare. Tu sei carina, e io voglio aver cura di te». Ma il vento portava via le parole, per cui non arrivavano fino agli orecchi di Cervia.

Alla fine, dopo aver fatto il giro della foresta, ella, non avendo più fiato da correre, rallentò il passo: il Principe invece raddoppiò il suo e la raggiunse con una gioia, della quale non si credeva più capace. Vide subito che ella aveva finite le sue forze: era tutta sdraiata per terra, come una povera bestiola, mezza morta, non aspettando altro che finire la vita per le mani del suo vincitore. Ma esso, invece di mostrarsi crudele, cominciò a carezzarla.

«Bella Cervia,» le disse, «non aver paura: vo' condurti meco, e devi star sempre con me».

Tagliò apposta alcuni rami d'albero: li piegò con garbo, li ricuoprì di muschi e vi sparse su delle rose, colte da una macchia che era tutta fiorita. Prese quindi la Cervia fra le sue braccia, le fece appoggiare il capo sul collo e andò a posarla amorosamente sul lettino erboso, fatto da lui. Poi si sedette accanto cercando qua e là dei fili d'erba, che le presentava alla bocca, e che ella mangiava nella sua mano. Sebbene non sperasse punto di essere inteso, il Principe continuava a parlare: ed ella, per quanto grande fosse il piacere che provava nel vederlo, s'inquietava per l'avvicinarsi della notte.

«Che sarà mai,» diceva fra sé e sé, «caso mi vedesse tutt'a un tratto cambiar di sembianza? O fuggirà spaventato, o, se non fugge, che avverrà di me, trovandomi sola sola in mezzo a questa foresta?»

Ella si lambiccava il cervello per trovare il modo di mettersi in salvo, quand'egli stesso le agevolò la strada: perché, nel timore che la Cervia patisse la sete, se ne andò a cercare un qualche ruscello, per menarvela; ma in quel mentre che stava cercando, ella se la dette a gambe e giunse alla capanna, dove Viola-a-ciocche l'aspettava. Si gettò di nuovo sul letto; sopravvenne la notte, la sua metamorfosi cessò e prese a raccontare la sua avventura.

«Lo crederai, mia cara?» ella disse all'amica, «il mio Principe Guerriero è qui, proprio qui in questa foresta; è lui che da due giorni mi dà la caccia, e che, dopo avermi presa, mi ha fatto mille carezze. Oh! com'è poco somigliante il ritratto che me ne fecero! Egli è cento volte più bello; quello stesso disordine, che sogliono avere i cacciatori negli abiti e nella persona, non toglie nulla alla sua fisonomia geniale: anzi, gli dona un certo non so che, da non potersi ridire a parole. Non son io forse una gran disgraziata a dover fuggire questo Principe? egli che mi fu destinato da' miei genitori? egli che mi ama ed è riamato. Non ci mancava altro che una fata, che mi pigliasse a noia fin dalla mia nascita, per avvelenarmi tutti i giorni della mia vita!...».

E dette in un gran pianto. Viola-a-ciocche la consolò e le fece sperare che quanto prima le sue pene si cambierebbero in tante allegrezze.

Il Principe, appena ebbe trovato una fonte, tornò subito dalla sua cara Cervia: ma la Cervia non era più dove l'aveva lasciata. La cercò dappertutto, ma inutilmente, e se la prese con lei, come se l'avesse creduta capace di ragionare.

«Com'è mai possibile,» egli esclamò, «che io debba aver sempre dei motivi di lagnarmi di questo sesso volubile e ingannatore?»

E tornò dalla buona vecchia col cuore amareggiato: raccontò al suo fido amico l'avventura, e tacciò la Cervia d'ingratitudine. Beccafico non poté far di meno di ridere della bizza del Principe, e gli consigliò di punire la Cervia, la prima volta che gli capitasse sotto. «Rimango qui apposta,» rispose il Principe «dopo ripartiremo per altri paesi più lontani».

Si fece daccapo giorno, e col giorno la Principessa riprese la figura di Cervia bianca. Ella non sapeva a qual partito appigliarsi: o andare negli stessi luoghi, dove il Principe era solito cacciare; o tenere una strada diversa, per non incontrarlo. Scelse quest'ultimo partito, e si allontanò dimolto, ma dimolto assai: ma il giovane Principe, furbo quanto lei, indovinò che essa avrebbe usata questa piccola astuzia; ed ecco che te la coglie calda calda nel più fitto della foresta, dove essa credeva di essere sicura da ogni pericolo. Appena essa lo vede, schizza in piedi, scavalca le macchie, e impaurita anche di più per il caso del giorno avanti, fugge via come il vento, ma in quella che sta per traversare una viottola, il Principe la mira così giusto, che le pianta una freccia nella gamba. Ella sentì un gran male, e non avendo più forza per correre, si lasciò cadere per terra.

Questa trista catastrofe non poteva scansarsi, perché la fata della fontana l'aveva decretata avanti, come lo scioglimento della strana avventura. Il Principe si avvicinò e fu preso da un vivo dolore nel vedere la Cervia che grondava sangue; strappò alcune erbe, le accomodò sulla ferita, per diminuirne lo spasimo, e preparò un nuovo letto di rami e di foglie. Egli teneva la testa di Cervietta sulle ginocchia:

«E non sei tu, cervellino volubile,» le disse, «la cagione della disgrazia che ti è toccata? Che ti aveva io fatto di male, ieri, da abbandonarmi a quel modo? Ma oggi non mi scappi, perché ti porterò con me».

La Cervia non rispose nulla: e che cosa poteva dire? Aveva torto e non poteva parlare; sebbene non sia sempre vero che quelli che hanno torto, stiano zitti. Il Principe la finiva dalle carezze.

«Come mi dispiace di averti ferita,» le diceva, «tu mi odierai e io voglio invece che tu mi ami».

A sentirlo, pareva che una voce segreta gl'ispirasse quelle cose che egli diceva a Cervietta. Intanto si fece l'ora di tornare dalla buona vecchia. Egli prese la sua preda, e non fu per lui piccola fatica quella di portarla addosso, o di condurla a mano, o di strascinarsela dietro. Essa non voleva in nessun modo andar con lui. «Che sarà di me?» diceva, «come! e dovrò trovarmi sola con questo Principe? No: piuttosto la morte».

Ella faceva la morta e gli spiombava le spalle col peso: il Principe era in un lago di sudore e colla lingua fuori dalla fatica: e sebbene la capanna non fosse molto distante, sentiva che non ci sarebbe potuto arrivare, senza qualcuno che gli avesse dato una mano. Pensò di chiamare il suo fido Beccafico: ma prima di abbandonare la preda, la legò ben bene con alcuni nastri a pié d'un albero, per paura che non gli scappasse.

Ohimè! Chi poteva mai figurarsi che la più bella Principessa del mondo sarebbe un giorno trattata in questo modo da un Principe che l'adorava? Essa si provò inutilmente a strappare i nastri; ma i suoi sforzi non facevano che stringerli di più, e stava sul punto di strozzarsi con un nodo scorsoio, che le stringeva la gola, quando volle il caso che Viola-a-ciocche, stanca di starsene chiusa in camera, uscì per prendere una boccata d'aria e passò sul luogo, dov'era la Cervia bianca che si dibatteva. Come rimase a vedere la sua cara Principessa in quello stato! Non poté scioglierla tanto presto, come avrebbe voluto, perché i nastri erano fermati con molti nodi: e mentre stava per menarla via, ritornò il Principe insieme con Beccafico.

– Per quanto grande sia il rispetto che posso aver per voi, o signora, – le disse il Principe, – permettetemi di oppormi al furto che volete farmi. Questa Cervia l'ho ferita io, è mia; io le voglio bene e vi supplico di lasciarmela.

– Signore, – rispose con bella maniera Viola-a-ciocche, che era compitissima e graziosa quanto mai, – questa Cervia apparteneva a me prima che fosse vostra: rinunzierei piuttosto alla vita, che a lei; e se volete vedere come ella mi conosce, non dovete far altro che lasciarla un po' in libertà. Animo, mia bella Bianchina, abbracciami – diss'ella: e Cervietta le si gettò colle zampe al collo. – Baciami qui, su questa gota! – ed essa ubbidì. – Toccami dalla parte del cuore, – ed essa ci portò la zampina. – Fai un sospiro – ed essa sospirò.

Il Principe non poté dubitare di quanto affermava Viola-a-ciocche.

– Io ve la rendo – diss'egli garbatamente, – ma vi confesso che lo faccio a malincuore.

Ella se n'andò via subito colla sua Cervia.

Tanto l'una che l'altra non sapevano che il Principe albergasse sotto lo stesso tetto: egli le pedinava a una certa distanza, e restò maravigliato vedendole entrare dalla buona vecchia, che stava appunto aspettandole. Dopo pochi minuti vi giunse anch'esso: e spinto da un moto di curiosità, di cui era cagione la Cervia bianca, domandò alla vecchia chi fosse la giovane signora: e questa disse che non la conosceva né punto né poco, che l'aveva presa in casa colla sua Cervia, che pagava bene, e che viveva ritiratissima. Beccafico volle bracare, e domandò dov'era la camera di quella signora: e gli fu risposto che era vicina alla sua e separata soltanto da un semplice intavolato.

Quando il Principe fu nella sua stanza, Beccafico gli disse, o che egli s'ingannava all'ingrosso, o quella fanciulla doveva essere stata colla Principessa Desiderata: e che si ricordava di averla veduta a Corte, quando vi andò ambasciatore.

– Perché mi richiamate alla mente questi tristi ricordi? – disse il Principe, – per quale stranissimo caso volete voi che ella si trovi qui?

– Ecco ciò che non vi so dire, signor mio, – soggiunse Beccafico, – ma mi struggo di vederla un'altra volta: e poiché siamo divisi da un tramezzo di legno, voglio farci un buco.

– Mi pare una curiosità inutile, – disse il Principe mestamente, perché le parole di Beccafico gli avevano rinnuovato tutti i suoi dolori: e aperta la finestra, che guardava nel bosco, diventò pensieroso.

Intanto Beccafico lavorava, e in pochi minuti fece un buco abbastanza grande da poter vedere la graziosa Principessa, la quale era vestita di un abito di broccato d'argento, sparso di fiori color rosa, ricamati in oro e smeraldi: i suoi capelli cadevano giù in grandi riccioli, sul più bel collo, che si possa vedere; il suo carnato brillava de' più vivi colori e gli occhi innamoravano a guardarli.

Viola-a-ciocche stava in ginocchio davanti a lei, e con alcune strisce di tela fasciava il braccio della Principessa, dal quale il sangue colava in grande abbondanza: e tutte e due parevano in gran pensiero per questa ferita.

«Lasciami morire,» diceva la Principessa, «meglio la morte, che questa vita disgraziata, che mi tocca a fare. Che si canzona! esser Cervia tutto il giorno: veder colui, al quale sono destinata, senza potergli parlare, senza fargli conoscere la mia fatale sciagura. Ahimè! se tu sapessi le cose appassionate che mi ha detto, sotto la mia figura di Cervia; se tu sentissi la sua voce, se tu vedessi i suoi modi nobili e seducenti, tu mi compiangeresti anche più che tu non faccia, per essere in tale stato da non potergli spiegare il mio crudele destino».

Immaginatevi lo stupore di Beccafico a vedere e sentire di queste cose. Corse dal Principe, e tirandolo via dalla finestra, con un trasporto di gioia indicibile:

«Oh signore,» esclamò, «spicciatevi a metter l'occhio al buco di quest'intavolato, e vedrete il vero originale del ritratto, che ha formato per tanto tempo la vostra delizia».

Il Principe guardò e riconobbe subito la sua Principessa; e forse sarebbe morto di gioia, se non gli fosse venuto il sospetto di esser vittima di qualche incantesimo; difatti, come mettere d'accordo un incontro così maraviglioso col fatto di Spinalunga e sua madre chiuse nel castello delle Tre Punte, una col nome di Desiderata e l'altra con quello di sua dama d'onore?

Ma la passione lo lusingava, senza contare che abbiamo tutti un grandissimo garbo a credere ciò che si desidera. Fatto sta che nel caso suo, non c'era da uscirne: o morir d'impazienza o accertarsi della verità. Senza mettere tempo in mezzo, egli andò a bussare con molta manierina alla porta della camera, dov'era la Principessa. Viola-a-ciocche, non sospettando che potesse esser altri che la buona vecchia, e avendo anzi bisogno del suo aiuto per fasciare il braccio della sua padrona, corse subito ad aprire, e figuratevi come restò nel trovarsi a faccia a faccia col Principe, il quale andò a gettarsi ai piedi di Desiderata.

Era tale e tanta la commozione del suo animo, che non poté fare un discorso filato e ammodo: per cui, sebbene mi sia ingegnato di sapere che cosa balbettasse in quei primi momenti, non c'è stato nessuno che me l'abbia saputo dire. La Principessa non fu meno arruffata di lui nelle sue risposte: ma l'amore, che spesso e volentieri fa da interprete fra i mutoli, c'entrò di mezzo e li persuase tutti e due che avevano detto le cose più spiritose e più appassionate di questo mondo. Lacrime, sospiri, giuramenti, e perfino alcuni graziosi sorrisi: insomma, ci fu un po' di tutto. La nottata passò così: si fece giorno, senza che Desiderata se n'accorgesse nemmeno, ed essa non divenne più Cervia. Non c'è da potersi immaginare la sua allegrezza, appena se ne avvide: ed essa voleva troppo bene al Principe, per indugiare a dirgliene il motivo: e così cominciò a raccontare la sua storia, e lo fece con tanta grazia e con tanta eloquenza naturale, da mettere in soggezione i primi avvocati del mondo.

«Come!» esclamò il Principe, «siete dunque voi, mia graziosissima Principessa, quella che io ho ferito sotto la sembianza di una Cervia bianca? Che cosa debbo fare per espiare un tal delitto? Vi basta che io muoia di dolore, qui sotto i vostri occhi?» Egli era così mortificato, che il dispiacere gli si vedeva dipinto sul viso. Desiderata ci pativa e sentiva più dolore di questa cosa che della sua ferita; e voleva persuaderlo che si trattava di una sgraffiatura da non darsene l'ombra del pensiero e che, in fin dei conti, ella non poteva dolersi di un male che era stato cagione per lei di tanta felicità.

Il modo col quale egli parlava era così affettuoso, che non si poteva dubitare della verità delle sue parole. E perché anch'essa, alla sua volta, potesse essere istruita di ogni cosa, il Principe le raccontò la trappoleria usata da Spinalunga e da sua madre, aggiungendo che bisognava mandar subito a dire al Re suo padre la fortuna che egli aveva avuto di poterla finalmente trovare, perché il Re si preparava appunto a muovere una guerra micidiale, per ottenere soddisfazione del grand'affronto che credeva di aver ricevuto. Desiderata lo pregò di scrivergli una lettera e di mandargliela per Beccafico, e la cosa stava per essere fatta, quand'ecco che la foresta tutt'a un tratto risuonò di una fanfara squillante di trombe, cornette, timballi e tamburi. E parve di sentir passare gran gente lì vicino alla capanna. Il Principe si affacciò alla finestra e riconobbe molti ufficiali, le sue bandiere e i suoi alfieri; ai quali ordinò di far alto e aspettarlo.

Fu per quei soldati una sorpresa graditissima: perché tutti credevano che il loro Principe si sarebbe messo alla testa, per andare a vendicarsi del padre di Desiderata. Il padre del Principe, sebbene carico d'anni, li comandava in persona. Egli si faceva portare in una lettiga di velluto ricamato in oro: e dietro a lui, un carro scoperto, dov'erano Spinalunga e sua madre. Appena veduta la lettiga, il Principe corse subito là, e il Re, stendendogli le braccia, l'abbracciò con una tenerezza veramente paterna.

– E di dove venite, mio caro figlio? – domandò il vecchio, – come mai avete potuto lasciarmi nella grande afflizione, cagionatami dalla vostra lontananza?

– Signore, – disse il Principe, degnatevi di ascoltarmi.

Il Re scese subito dalla sua portantina, e ritiratosi in un luogo appartato, il Principe gli raccontò il fortunato incontro che aveva fatto e le furberie di Spinalunga.

Il Re, tutto contento di questa bella avventura, alzò le braccia e gli occhi al cielo in atto di rendimento di grazie: e vide in questo frattempo farsi avanti la Principessa Desiderata, più bella e più risplendente di tutti gli astri riuniti insieme. Ella montava un superbo cavallo, che caracollava continuamente: cento piume di diversi colori le ornavano il capo e i più grossi diamanti del mondo erano sparsi sul suo abito, vestita com'era da cacciatrice. Viola-a-ciocche, che la seguiva, non stava meno bene di lei: e questo era tutto effetto della protezione di Tulipano, la quale aveva condotto ogni cosa con molta accuratezza e buon successo. Era essa che aveva fabbricata la graziosa capanna di legno per favorire la Principessa, e sotto le sembianze di vecchia, l'aveva poi regalata per parecchi giorni.

Dopo che il Principe ebbe riconosciuti i suoi soldati, e mentre andava a trovare il Re suo padre, la fata entrò nella camera di Desiderata: le soffiò sul braccio per guarirla della ferita: e le diede gli splendidi vestiti, coi quali ella si mostrò agli occhi del Re, che ne rimase tanto meravigliato, da stentare a credere che fosse una persona mortale. Egli le disse tutto quello che si può immaginare di più grazioso e gentile in un caso simile, e la scongiurò a non differire più a lungo ai suoi sudditi il piacere di averla per Regina.

«Perché,» egli continuò a dire, «io sono determinato a cedere il mio regno al Principe Guerriero, per renderlo in questo modo più degno di voi».

Desiderata gli rispose con tutta quella gentilezza, che c'è da aspettarsi da una persona squisitamente educata: quindi, gettando gli occhi sulle due prigioniere che erano nel carro e che si nascondevano il viso colle mani, ell'ebbe la generosità di chiedere la loro grazia, e che lo stesso carro servisse a condurle dove avessero voluto andare. Il Re acconsentì al suo desiderio; ma dové ammirare il bel cuore di Desiderata e ne fece i più grandi elogi del mondo.

Fu dato ordine all'armata di tornare indietro. Il Principe montò a cavallo per accompagnare la sua bella Principessa: e giunti alla capitale furono ricevuti con mille gridi di gioia. Si allestirono i preparativi per il giorno delle nozze: giorno che fu una vera solennità, per la presenza delle sei fate amiche e propizie alla Principessa. Esse le fecero i più ricchi regali, che mai si possano immaginare e fra gli altri, il magnifico palazzo nel quale la Regina era stata a visitarle, apparve a un tratto per aria, portato da cinquantamila Amorini, i quali lo posarono in una bella pianura, sulla riva del fiume. Dopo un tal dono, era impossibile farne altri di maggior valore.

Il fido Beccafico pregò il suo signore di mettere per lui una buona parola con Viola-a-ciocche, e di unirlo con essa, quand'egli avesse sposato la Principessa: ed egli lo fece volentieri. E così a questa cara fanciulla non parve vero di trovare un'occasione coi fiocchi, arrivata appena in un paese straniero. La fata Tulipano, che aveva le mani bucate anche più delle sue sorelle, le regalò quattro miniere d'oro nelle Indie, perché non s'avesse a dire che il suo marito era più ricco di lei.

Le nozze del Principe durarono parecchi mesi: ogni giorno c'era qualche festa di nuovo, e per tutto non si faceva altro che cantare le avventure di Cervia bianca.

*
**

Se tutti i racconti delle fate dovessero aver per forza una morale, questo racconto qui non saprebbe proprio dove andare a pescarla.

Salvo sempre il caso che Cervia bianca, colla storia pietosa delle sue disgrazie, non abbia preteso di far vedere alle giovinette i grandi pericoli che ci sono, a volere uscire prima del tempo fuori dell'ombra delle pareti domestiche, per entrare nella luce abbagliante del gran mondo.

IL PRINCIPE AMATO

di Jeanne-Marie Leprince de Beaumont (1756)

C'era una volta un Re, il quale era proprio una persona tanto perbene, che i suoi sudditi lo chiamavano il Re buono. Un giorno, mentre trovavasi a caccia, accadde che un coniglio bambino, che stava lì per essere ucciso dai cani, venne a gettarsi fra le sue braccia.

Il Re fece delle carezze alla povera bestiolina e disse:

«Giacché si è messo sotto la mia protezione, non voglio che nessuno gli faccia del male».

E portò il piccolo coniglio nel suo palazzo, e gli fece dare una bella stanzina e delle erbe eccellenti da mangiare.

Nella notte, quando fu solo in camera, il Re vide apparire una bella donna, la quale non era vestita con abiti ricamati d'oro e d'argento, ma la sua veste era bianca come la neve, e portava in testa una corona di rose bianche.

Il buon Re rimase molto maravigliato nel vedere questa signora, tanto più che l'uscio di camera era chiuso, né sapeva capacitarsi come diavolo avesse fatto a passar dentro.

– Io sono la fata Candida, e passando per il bosco mentre eravate a caccia, volli vedere se veramente siete quel buon Re, che tutti dicono. A questo fine presi la figura di un piccolo coniglio e mi messi in salvo fra le vostre braccia: perché so che chi sente pietà per le bestie, la sente anche per gli uomini: e se mi aveste ricusato il vostro soccorso, vi avrei tenuto per un cattivo. Vi ringrazio dunque del bene che mi avete fatto, e contate che io sarò sempre vostra buonissima amica. Voi non dovete far altro che chiedere, e tutto vi sarà accordato.

– Signora, – disse il buon Re, – poiché siete una fata, voi dovete leggermi in cuore quel che desidero. Io non ho che un figlio solo, al quale voglio un bene dell'anima, tanto che lo chiamano tutti il Principe Amato. Se mi volete fare un regalo, pigliate a benvolere questo mio figlio.

– Con tutto il cuore, – rispose la fata, – io posso fare del vostro figlio o il più bel Principe del mondo, o il più ricco, o il più potente. Scegliete voi.

– Nulla di tutto questo, – replicò il buon Re, – quanto a me, vi sarò obbligatissimo se vorrete farne il migliore dei Principi. A che gli servirebbe di esser bello, ricco e padrone di tutti i regni del mondo, se fosse cattivo? Voi sapete meglio di me che sarebbe un disgraziato, perché non c'è che la virtù che renda veramente felici.

– Avete mille ragioni, – rispose Candida, – ma non è in mio potere di far diventar buono il Principe Amato, a suo dispetto: se vuol esser virtuoso, bisogna che anch'esso ci metta dell'impegno e della buona volontà. Tutto quel più che posso promettervi è di dargli dei buoni consigli, di riprenderlo quando farà male: e anche di castigarlo, se non voglia correggersi o punirsi da sé.

Il buon Re fu arcicontento di questa promessa, e dopo poco morì. Amato pianse moltissimo il padre, perché era tutta la sua affezione, e avrebbe dato volentieri regni, oro, argento, ogni cosa insomma, per poterlo salvare: ma non era possibile.

Due giorni dopo la morte del Re, mentre Amato era a letto, Candida gli apparve e gli disse:

«Ho promesso a vostro padre di esservi buona amica; e in segno che voglio mantenere la mia parola, eccomi qua a farvi un regalo».

E nel dir così, infilò un anellino nel dito di Amato e gli disse: «Tenete conto di quest'anello: è più prezioso dei brillanti; ogni volta che sarete per fare una cattiva azione, vi pungerà il dito: ma se nonostante la puntura, vi ostinerete nel male, perderete la mia amicizia e diventerò vostra nemica».

Dette queste parole, Candida sparì e lasciò Amato fuori di sé dallo stupore.

Per qualche tempo egli fu così ammodo e perbene, che non sentì mai bucarsi dall'anello: e questa cosa lo rendeva tanto contento, che al suo nome di Amato, che già portava, gli venne aggiunto anche quello di Felice. Accadde però che in quei giorni essendo andato a caccia e non avendo morto nessun animale, entrò di cattivissimo umore. Allora gli parve che l'anello gli pigiasse, così non ci badò né tanto né quanto. Entrato che fu nella sua camera, la canina Bibì gli venne incontro, tutta saltellante in atto di fargli festa, ma egli le disse:

«Passa a cuccia! Ho altro per il capo che le tue carezze».

Ma la povera canina che non capiva nulla di quel che diceva, gli tirava il vestito per obbligarlo almeno a voltarsi a guardarla. Questo bastò per fargli perdere la pazienza e le lasciò andare una gran pedata. In quel momento l'anello lo punse così forte, come se fosse stato uno spillo. Egli ne restò confuso, e tutto rosso dalla vergogna andò a nascondersi in un canto della sua camera.

E intanto pensava: «Io credo che la fata abbia voglia di burlarsi di me: che male ci può essere a dare una pedata a una bestia che viene a seccarmi? siamo giusti: a che mi servirebbe di essere il sovrano di un grand'impero, se non fossi neanche padrone di picchiare il mio cane?»

«Io non mi burlo di voi,» disse una voce che rispondeva al pensiero di Amato, «voi avete commesso tre errori, invece di uno: siete entrato di cattivo umore, perché vorreste tutte le cose a modo vostro e perché credete che le bestie e gli uomini sieno creati apposta per ubbidirvi; siete andato in furia, e anche questa è una cosa bruttissima; in terzo luogo, vi siete mostrato crudele con una povera bestiuola, che non si meritava davvero di essere presa a calci. Lo so anch'io che voi siete molto al di sopra di un cane, ma se fosse lecito e ragionevole che i grandi potessero maltrattare la gente che sta al disotto di loro, io potrei in questo momento battervi e anche uccidervi; perché una fata è da più d'un uomo. Il vantaggio di trovarsi padroni di un grande impero, non sta nel poter far tutto il male che si vuole, ma tutto il bene che si può».

Amato riconobbe il suo errore e diè parola di emendarsene. Ma fu come dire al vento. Bisogna sapere che fin da bambino era stato allevato da una sciocca governante, che lo aveva avvezzato male. Se voleva una cosa, non doveva far altro che piangere, imbizzirsi, pestare i piedi e quella lo contentava subito, e così ne faceva un ostinato, da non poterci campare. Fra le altre cose, essa passava le giornate intere a dirgli e ripetergli che un giorno sarebbe diventato Re, e che i Re erano felicissimi perché tutti gli uomini dovevano ubbidirli e venerarli, e perché erano padroni di cavarsi tutti i capricci che frullavano loro per la testa.

Quand'Amato crebbe e fu in caso di ragionare, riconobbe da sé che non c'era cosa tanto brutta, come quella di mostrarsi disprezzanti, orgogliosi e testardi. E si studiò di correggersi, ma ormai si era tirato su con tutti questi difetti, e quando si è presa una cattiva piega è difficile abbandonarla. Non si può dire, peraltro, che in fondo in fondo fosse cattivo di cuore: ché anzi, quando aveva commesso qualche errore, piangeva dal dispetto e diceva:

«Quanto son disgraziato di dover combattere tutti i giorni contro la mia superbia e contro il mio naturale bizzoso. Se da ragazzo mi avessero sgridato, ora non mi ritroverei a questo dispiacere».

L'anello lo pungeva spesso, e allora, se egli stava facendo un'azione non bella, si fermava subito: altre volte invece non ci badava e tirava avanti: e la cosa curiosa era questa: che per i piccoli falli, l'anello lo pungeva poco: ma quando poi si mostrava cattivo davvero, allora gli faceva uscire il sangue dal dito.

Alla fine perse la pazienza e volendo essere un malanno quanto gli pareva e piaceva, gettò via l'anello. Liberato dalla seccatura di sentirsi bucare, credé di essere il mortale più felice della terra. Si buttò allo sbaraglio e ne fece di ogni risma e colore: talché diventò un vero rompicollo e nessuno lo poteva soffrire.

Un giorno che Amato era alla passeggiata, vide una fanciulla tanto bella che esso si messe subito nell'idea di volerla sposare. Si chiamava Zelia ed era una ragazzina tanto perbene, quanto era bella. Amato si figurava che a Zelia sarebbe parso di toccare il cielo con un dito a poter diventare una gran Regina; ma la fanciulla invece gli disse senza tanti complimenti:

– Sire, io sono una povera contadinella e senza un soldo di dote: eppure, sebbene nuda bruca, non vi sposerò mai.

– Che forse non vi piaccio? – le domandò Amato un tantino commosso.

– No, mio Principe, – rispose Zelia, – per me siete bellissimo, come lo siete difatti: ma a che vi gioverebbe la vostra bellezza, le vostre ricchezze, i bei vestiti e le belle carrozze che avete, se i vostri cattivi portamenti mi costringessero tutti i giorni a pigliarvi in uggia e dispetto?

Amato s'imbestialì contro Zelia e ordinò a' suoi ufficiali di condurla per forza al palazzo. Quanto fu lunga la giornata, non seppe darsi pace di vedersi così disprezzato da questa fanciulla: ma perché le voleva bene, non trovava il verso di maltrattarla.

Fra i cattivi compagni di Amato, c'era un suo fratello di latte, col quale si confidava in tutto e per tutto. Quest'uomo, che aveva delle passioni volgarissime, com'era volgare la sua nascita, accarezzava le passioni del padrone e lo metteva sempre per la cattiva strada.

Nel vedere che Amato era di umore tristo, gli domandò la cagione della sua tristezza.

E avendogli il Principe risposto che non sapeva rassegnarsi al disprezzo di Zelia, e che aveva fatto giuro di emendarsi de' suoi difetti, perché per piacere a lei bisognava essere persone oneste e virtuose, quel malanno uscì fuori col dirgli:

— Siete molto ma molto buono, a usar tanti riguardi con quella ragazzuccia: se fossi io ne' vostri panni, saprei quel che fare per costringerla a ubbidirmi: ricordatevi che siete Re e che vi farebbe un gran torto a darla vinta ai capricci di una contadina, la quale dovrebbe stimarsi felice di essere ammessa fra le vostre schiave. Cominciate a tenerla a stecchetto, a pane e acqua: rinserratela in una prigione e, se perfidia a non volervi sposare, fatela morire in mezzo ai tormenti, non foss'altro per insegnare agli altri a chinare il capo ai vostri voleri. Se si viene a risapere che vi siete lasciato imporre da una monella, ci rimetterete un tanto di reputazione, e i vostri sudditi non si ricorderanno più che sono al mondo apposta per servirvi.

— Ma, — chiese Amato, — non sarei ugualmente portato per bocca, se facessi morire un'innocente? Perché, in fin dei conti, Zelia non è rea di alcun delitto.

— Chi si ribella ai vostri comandi, non è mai innocente, — riprese il malvagio consigliere, — ma dato anche che dobbiate commettere un'ingiustizia, è sempre meglio far sapere che siete ingiusto, di quello che s'abbia a dire che sia lecito qualche volta mancarvi di rispetto e di sommissione.

Il cortigiano stuzzicava Amato nel suo debole; e la paura di veder diminuita la propria autorità fece tanto effetto sull'animo del Re, da far tacere le buone intenzioni che egli aveva avuto di darsi al buono. Difatti fissò la sera stessa di andare nella camera della villanella e di pigliarla colle cattive, caso si fosse ostinata a non volerlo sposare. Il fratello di latte di Amato, per evitare il pericolo che avesse a pentirsi, riunì tre giovani signorotti, tristi da quanto lui, per fare un'orgia in compagnia del Re: e cenando insieme s'ingegnarono di farlo bere come una spugna, perché questo povero Principe perdesse affatto il lume della ragione. Durante la cena lo messero su contro Zelia e gli rinfacciarono tante e tante volte la sua debolezza di carattere, che alla fine egli si alzò da tavola giurando e spergiurando che voleva essere ubbidito, e subito: o se no, il giorno dopo l'avrebbe fatta vendere sul mercato come una schiava.

Quando Amato entrò nella camera della fanciulla, restò sorpreso di non trovarcela: tanto più che egli stesso aveva la chiave in tasca.

Prese una furia bestiale, e giurò lo sterminio di tutti quelli che avessero dato mano alla fuga di Zelia. I suoi compagni di vizio, nel sentire un discorso simile, pensarono di trar partito dal suo cieco furore, per rovinare un gentiluomo, che era stato aio di Amato. Questo brav'uomo si era preso qualche volta la libertà di ammonire il Re de' suoi difetti, perché gli voleva bene come a un figlio. Amato cominciò col ringraziarlo; ma poi impazientitosi di vedersi contraddetto, finì col credere che fosse unicamente per ispirito di opposizione, se l'aio suo lo ripigliava di certi mancamenti: mentre tutti gli altri non facevano che lodarlo e dirne un gran bene. Amato gli ordinò di allontanarsi dalla Corte: peraltro, malgrado quest'ordine, gli rendeva giustizia, ripetendo che era un onest'uomo, e sebbene non lo avesse più nelle sue buone grazie, si sentiva obbligato, a suo marcio dispetto, a doverlo stimare.

I suoi amici stavano sempre colla paura che un giorno o l'altro gli pigliasse l'estro di richiamare l'aio; finché credettero di aver trovato il bandolo per levarselo affatto di fra i piedi. E per far questo, dettero ad intendere al Re che Solimano (era il nome di quella degna persona) si era vantato di rendere la libertà a Zelia. Tre individui, comprati con mance e regali, raccontarono di aver sentito questo discorso dalla bocca stessa di Solimano; talché il Principe perse il lume degli occhi: comandò al suo fratello di latte di mandare dei soldati, perché gli conducessero dinanzi il suo aio e governatore, ammanettato come un assassino.

Dato quest'ordine, Amato se ne tornò nella sua camera; ma appena fu dentro, la terra tremò: si sentì un tuono spaventoso e Candida apparve dinanzi a' suoi occhi.

«Avevo promesso a vostro padre,» diss'ella con voce severa, «di darvi dei consigli, e di punirvi, se aveste ricusato seguirli. Questi consigli voi li avete disprezzati e a voi non rimane altro che l'aspetto di uomo; perché i vostri difetti vi hanno trasformato in un mostro da far ribrezzo al cielo e alla terra. È tempo che io mantenga la mia promessa e che vi punisca. Io dunque vi condanno a diventare simile alle bestie, colle quali avete in comune le inclinazioni. Vi siete reso simile al leone per la collera violenta; al lupo per la voracità; al serpente straziando colui che vi aveva fatto da secondo padre; al toro per la vostra brutalità. Nel vostro nuovo aspetto, serberete un po' delle forme e del carattere di tutti questi animali».

Appena la fata ebbe finito di dir così, Amato si vide subito, con suo grandissimo spavento, trasformato e diventato tale e quale aveva ordinato la fata. La sua testa era di leone, le corna di toro, i piedi di lupo e la coda di vipera. E nello stesso tempo si trovò in mezzo a un gran bosco, proprio sull'orlo di una fontana, dove poté specchiarsi e vedere la sua orribile figura: e sentì una voce che gli disse: «Guarda un po' lo stato in cui ti hanno ridotti i vizi: eppure la tua anima è anche più brutta dello stesso corpo».

Amato riconobbe la voce di Candida e in un accesso di furore si voltò per lanciarsi contro di lei e divorarla, se avesse potuto; ma non vide anima viva, e la stessa voce gli disse:

«Io mi rido della tua impotenza e de' tuoi furori. Io confonderò il tuo orgoglio, rendendoti lo zimbello de' tuoi stessi sudditi».

Amato pensò che, allontanandosi da quella fontana, avrebbe trovato un po' di rifrigerio ai suoi tormenti: non foss'altro non avrebbe avuto più dinanzi agli occhi la sua bruttezza e la sua deformità: e detto fatto, s'inoltrò nel bosco; ma dopo pochi passi cascò dentro una buca, scavata apposta per prendere gli orsi, e in quel punto stesso alcuni cacciatori, che stavano nascosti sugli alberi, scesero e, dopo averlo incatenato, lo menarono alla capitale del suo regno. E lungo la strada mandava mille imprecazioni, mordeva le catene e faceva la bava dalla rabbia, mentre avrebbe fatto meglio a riconoscere che quel castigo se l'era chiamato addosso unicamente per colpa sua.

Nell'avvicinarsi alla città, dove lo conducevano, vide grandi feste di allegrezza pubblica: e i cacciatori avendo chiesto che cosa ci fosse di nuovo, fu loro risposto che quel principe Amato, che si divertiva a tormentare i suoi sudditi, era stato incenerito da un fulmine nella sua camera. Così la raccontavano, e così la credevano.

«Gli Dei,» aggiungevano altri, «non potevano patire più a lungo gli eccessi della sua malvagità, e ne hanno liberata la terra. Quattro signori, complici di lui, credevano di profittarne e di spartirsi fra loro il regno: ma il popolo che sapeva che erano stati essi coi loro tristi consigli che avevano traviato il Re, li ha fatti a pezzi ed ha offerto il trono a Solimano, che quel malanno di Amato voleva far morire a ogni costo. Il degno gentiluomo è stato incoronato poco fa, e noi festeggiamo questo giorno, come quello della liberazione del regno: perché Solimano è una gran brava persona e si prepara a ricondurre fra noi la pace e l'abbondanza».

Nel sentire questi discorsi, Amato fremeva di rabbia; ma si trovò a peggio, quando giunse sulla gran piazza davanti al suo palazzo. Fu lì che vide Solimano assiso sopra un magnifico trono e tutto il popolo a desiderargli una lunga vita, per riparare al gran male fatto dal suo predecessore.

Solimano fece segno colla mano per chiedere un po' di silenzio, e disse al popolo:

«Io ho accettato la corona che mi avete offerta, ma l'ho fatto per serbarla al principe Amato. Egli non è morto, come ve l'hanno dato ad intendere. Lo so da una fata, e forse un giorno lo rivedremo buono e virtuoso com'era stato nella sua prima giovinezza. Ohimè!» seguitò a dire colle lacrime agli occhi «gli adulatori lo avevano sedotto. Io conosceva bene il suo cuore, che era fatto per la virtù: e senza i malvagi suggerimenti di coloro che gli stavano accosto, egli sarebbe stato un buon padre a tutti voi. Detestate i suoi vizi, ma compiangetelo; e tutti insieme preghiamo gli Dei perché ce lo rendano. In quanto a me, mi stimerei ben fortunato di dare tutto il mio sangue per vederlo risalire sul trono, con tutte le virtù degne di un gran sovrano».

Le parole di Solimano toccarono il cuore di Amato. Egli conobbe allora quanto fosse sincero l'affetto e fedeltà di quest'uomo: e per la prima volta rinfacciò a se stesso la propria colpa.

Appena ebbe dato retta a questo segno di ravvedimento, cominciò a sentirsi calmare quella rabbia che lo rodeva vivo; e ripensando ai falli commessi nella vita, si capacitò che non era stato punito in ragione del merito.

Smesse, intanto, di sbatacchiarsi dentro la gabbia di ferro dov'era incatenato, e diventò agevole come un agnello. Fu portato in un gran serraglio, dove si tenevano tutti i mostri e gli animali feroci e venne rinchiuso insieme cogli altri.

Amato fece allora un animo risoluto e cominciò a voler riparare al mal fatto, col mostrarsi obbediente e sommesso al guardiano che l'aveva in custodia. Ma costui era un omaccio, e quando aveva le paturnie, lo bastonava senza motivo e senza discrezione, sebbene ei fosse docilissimo e alla mano. Un bel giorno che il guardiano s'era addormentato accadde che una tigre, rotta la gabbia, si avventò su di esso per divorarlo. Amato, nel primo momento, provò una specie di contentezza, nel vedere che stava per essere liberato dal suo persecutore: ma si pentì subito di questo sentimento e desiderò di trovarsi libero.

«Io sento,» diss'egli, «che sarei capace di rendere ben per male, salvando la vita a quel disgraziato».

Appena ebbe formato questo desiderio, vide aperta la sua gabbia di ferro: ed egli si slanciò dalla parte di quell'uomo che si era già svegliato e che si difendeva contro la tigre. Quando il guardiano vide anche il mostro, si fece bell'e spedito: ma il suo spavento si cambiò presto in allegrezza, perché il mostro benefico si gettò sulla tigre, la strangolò, e dopo andò ad accovacciarsi ai piedi del guardiano che aveva liberato.

In segno di gratitudine, quell'uomo stava chinandosi per fare delle carezze al mostro, che gli aveva reso un sì gran favore, quando sentì una voce che disse: «Una buona azione non resta mai senza ricompensa» e nel tempo stesso, invece del mostro, vide ai suoi piedi un grazioso canino. Amato, lietissimo di questa sua nuova trasformazione, cominciò a fare un monte di feste al guardiano, il quale lo prese in collo e lo portò al Re, a cui raccontò per filo e per segno tutta questa meraviglia; la Regina volle il cane per sé e Amato sarebbe stato felice di questo suo nuovo stato, se avesse potuto dimenticarsi di essere uomo e sovrano.

La Regina era tutto il giorno a carezzarlo: ma per paura che crescesse troppo, consultò i medici di Corte, i quali la consigliarono di dargli soltanto del pane e in piccolissima dose. Il povero cane sentiva rifinirsi dalla fame dodici ore del giorno: ma bisognava rassegnarsi, e zitti.

Una volta, che gli avevano portato il solito panino per la colazione, gli venne l'estro di andarlo a mangiare nel giardino del palazzo e presolo coi denti si avviò verso un ruscello, che egli conosceva e che era piuttosto lontano: ma arrivato sul posto, il ruscello non c'era più e trovò invece un palazzo, le cui mura esterne risplendevano tutte d'oro e di pietre preziose. Vi vedeva entrare una gran folla di donne e di uomini, magnificamente vestiti: e dentro si cantava, si suonava, si mangiava fior di pietanze: ma tutti quelli che poi uscivano di lì, erano pallidi, rifiniti, coperti di bolle e mezzi nudi, perché i loro vestiti cascavano a pezzi. Alcuni nell'uscir fuori cadevano morti; altri si allontanavano con grande stento e fatica; altri rimanevano per terra, sfiniti dalla fame, e chiedevano un boccone di pane a quelli che entravano in questa casa; i quali non si voltavano neppure a guardarli.

Amato si accostò a una giovinetta, la quale cercava di strappare un po' d'erba per mangiarla. Mosso a compassione, il Principe disse fra sé e sé: «Il mio appetito è grande, non c'è che dire; ma non per questo morrò di fame di qui all'ora di desinare: per cui se io mi levassi dalla bocca la mia colazione per darla a quella povera creatura, forse le salverei la vita».

Risolvé di dar retta a questa buona ispirazione e andò a mettere il suo panino nelle mani della giovinetta, che se lo portò alla bocca con grandissima avidità. In un batter d'occhio parve riavuta da morte a vita, e Amato, contento di averla aiutata in tempo, stava per tornare al palazzo, quando sentì delle grida acutissime e vide Zelia fra le mani di quattro uomini, che la trascinavano verso questa bella casa, dove la fecero entrar per forza. Amato in quel punto provò un gran dispiacere a non aver più la figura di un mostro, ché allora non gli sarebbe mancato il modo di soccorrere Zelia: ma debol canino com'era, non poté far altro che abbaiare contro i rapitori e provarsi a dar loro alle gambe. Lo mandarono indietro a furia di calci: e nondimeno non si volle allontanare di lì, per la passione di sapere che cosa sarebbe avvenuto di Zelia. Egli si sentiva pesare sulla coscienza tutte le disgrazie di quella povera fanciulla.

«Ohimè,» diceva dentro di sé, «io son qui che me la piglio con quelli che l'hanno rapita!... ma non commisi anch'io lo stesso delitto? E se la giustizia divina non ci fosse entrata di mezzo, non l'avrei trattata con altrettanta indegnità?»

Questi pensieri di Amato furono interrotti da un rumore, che veniva fatto al disopra della sua testa. Si voltò in su, vide una finestra che si apriva, e la sua gioia fu grandissima quando scorse Zelia che da questa finestra gettava giù un piatto di vivande così ben cucinate, da far tornare l'appetito a un morto. La finestra si richiuse subito, e Amato che in tutta la giornata non aveva trovato il modo di sdigiunarsi, pensò che era venuto il momento buono per rimettere il tempo perso.

E già si preparava ad attaccare il dente in quelle pietanze, quando la giovinetta alla quale aveva dato il panino, cacciò un grido e avendolo preso fra le braccia:

«Povera bestiolina,» gli disse, «non ti accostare alla bocca quella sorta di cibi. Questo è il palazzo della Voluttà; e tutto ciò che esce di lì dentro, è avvelenato».

Nel tempo stesso Amato sentì una voce che disse:

«Tu vedi come una buona azione non resta mai senza ricompensa».

E subito si trovò cangiato in un bel piccioncino bianco. Si ricordò allora che questo era il colore di Candida, e cominciò a sperare che finalmente ella volesse rammentarlo nelle sue buone grazie.

Il suo primo pensiero fu quello di avvicinarsi a Zelia, e levatosi a volo per aria, girò intorno a tutta la casa, e vide con gioia che c'era una finestra aperta.

Ma ebbe un bel frugare la casa in tutti i cantucci: Zelia non la poté trovare. Disperato di averla smarrita, fece giuro di non fermarsi un momento solo, fino a tanto che l'avesse incontrata. E per più giorni volò e volò, finché entrato in un deserto vide una caverna, e per curiosità vi si accostò.

Quale non fu la sua gioia nello scorgere Zelia, che seduta accanto a un venerabile Eremita, faceva con lui un frugalissimo pasto.

Amato, nell'impeto della passione, volò sulla spalla della graziosa contadinella, e dava a vedere colle sue carezze il gran piacere che provava nel rivederla.

Zelia, innamorata della dolcezza di questo animalino, lo lisciava delicatamente colla mano, e sebbene non pensasse di essere intesa, gli disse che gradiva il dono che le faceva di se stesso, e che gli avrebbe voluto sempre bene.

– Che avete mai fatto, Zelia? – le disse l'Eremita. – In questo modo avete impegnato la vostra parola.

– Sì, graziosa pastorella, – le disse Amato il quale riprese in quel momento la sua forma naturale, – la fine della mia metamorfosi dipendeva dal vostro consenso alla nostra unione. Voi mi avete promesso di amarmi sempre: confermate la mia felicità e io corro a scongiurare la fata Candida, mia protettrice, perché mi renda quella figura, sotto la quale ebbi la fortuna di piacervi.

– Voi non dovete temere per nulla la sua incostanza, – gli disse Candida, e lasciò cadere le spoglie d'Eremita, sotto le quali s'era nascosta, per apparire ai loro occhi tale, qual era difatti. – Zelia vi amò appena vi vide, ma i vostri vizi la costrinsero a nascondere la inclinazione che sentiva per voi. Il cambiamento avvenuto ora nel vostro cuore, la fa padrona di dare libero sfogo a tutta la sua tenerezza. Voi sarete felici, perché la vostra unione sarà fondata sulla virtù.

Amato e Zelia si erano gettati ai piedi di Candida. Il Principe non rifiniva di ringraziarla della sua bontà, e Zelia, oltremodo contenta di sapere che Amato detestava i propri trascorsi, tornava a ripetergli il grande amore che sentiva per lui. – Alzatevi, figli miei, – disse loro la fata, – che io voglio trasportarvi nel vostro palazzo per rendere ad Amato una corona, della quale i suoi vizi l'avevano reso indegno.

Appena dette queste parole, si trovarono tutti nella camera di Solimano, il quale lietissimo di rivedere il suo diletto padrone divenuto virtuoso, gli cedé il trono e restò il più fedele de' suoi sudditi. Amato regnò lungo tempo con Zelia: e si racconta che fu così scrupoloso nell'adempimento dei propri doveri, che l'anello che aveva ripreso, non lo punse nemmeno una volta sola, in modo da fargli far sangue.

LA BELLA E LA BESTIA

di Jeanne-Marie Leprince de Beaumont (1757)

C'era una volta un mercante che era ricco sfondato. Aveva sei figliuoli, tre maschi e tre femmine; e siccome era un uomo che sapeva il vivere del mondo, non risparmiò nulla per educarli e diede loro ogni sorta di maestri. Le sue figlie erano bellissime: la minore soprattutto era una maraviglia, e da piccola la chiamavano la bella bambina, e di qui le rimase il soprannome di Bella, che fu poi cagione di gran gelosia per le sue sorelle.

Questa figlia minore, oltr'essere la più bella, era anche la più buona delle altre.

Le due maggiori, perché erano ricche, avevano molto fumo; si davano l'aria di grandi signore, e non gradivano la compagnia delle figlie degli altri negozianti, ma se la dicevano soltanto col nobilume.

Andavano dappertutto: ai balli, alle commedie, alle passeggiate; e si ridevano della sorella minore, perché spendeva una gran parte del suo tempo nella lettura dei buoni libri.

E perché si sapeva che erano molto ricche, parecchi negozianti, di quelli grossi davvero, le chiesero in mogli; ma la maggiore e la seconda dissero chiaro e tondo che non si sarebbero mai maritate, se non fosse capitato loro un Duca o a dir poco un Conte.

La Bella (oramai vi ho detto che questo era il nome), la Bella, dunque, ringraziò con molta buona maniera coloro che volevano sposarla: e disse che era troppo giovane e che voleva tener compagnia ancora per qualche anno al suo genitore.

Quand'ecco che tutto a un tratto il mercante fece un gran fallimento e non gli rimase altro che una piccola casa assai lontana dalla città. Disse allora ai suoi figli, colle lacrime agli occhi, che bisognava rassegnarsi e andare ad abitare in quella casetta dove, mettendosi tutti a fare i contadini, avrebbero potuto campare e tirarsi avanti.

Le due ragazze più anziane risposero che non volevano saperne nulla di lasciare la città, dov'avevano molti amanti, ai quali non sarebbe parso vero di poterle sposare, anche senza un soldo di dote.

Ma le povere figliuole s'ingannavano all'ingrosso perché, quando furono povere, tutti i loro amanti girarono largo. E siccome, a motivo della loro superbia, non erano in generale ben vedute, cosi dicevano tutti: «Non meritano compassione: è giusta che abbiano dovuto ripiegare le corna; che vadano ora a fare le grandi signore dietro le pecore e i montoni!»

Ma nel tempo stesso tutti dicevano: «Quanto alla Bella, ci rincresce proprio della sua disgrazia: è una gran buona figliuola! è così alla mano coi poveri, e tanto amorosa e gentile!»

Ci furono fra gli altri parecchi gentiluomini che la volevano sposare, sebbene non avesse più un soldo di dote: ma essa disse che non sapeva risolversi a lasciare il suo povero padre nella disgrazia, e che sarebbe andata con lui fra i campi, per consolarlo e dargli una mano nelle fatiche.

La povera Bella, da principio, era rimasta molto male dell'aver perduto ogni ben di fortuna; ma poi si consolò col dire fra sé e sé: «Quand'anche mi struggessi dal pianto, non varrebbe a farmi ricattare quello che ho perso: dunque è meglio cercare di essere felici, anche senza un centesimo in tasca».

Appena arrivati alla casa di campagna, il mercante e i suoi

tre figli si dettero subito a lavorare i campi.

La Bella si alzava la mattina alle quattro, avanti giorno, e si dava il pensiero di ripulir la casa e di preparare la colazione e il desinare per la famiglia.

Sul primo ci pativa un poco, perché non era avvezza a strapazzarsi come una serva: ma di lì in capo a due mesi si fece più robusta e, faticando tutto il giorno, acquistò una salute di ferro.

Quando aveva finite le sue faccende, si metteva a leggere o a suonare la spinetta: o anche canterellava e filava.

Le sue sorelle, invece, s'annoiavano da non averne idea: si levavano alle dieci della mattina, girellavano tutto il giorno e trovavano una specie di svago a rimpiangere i bei vestiti e la bella società di una volta.

«Guarda un po',» dicevano fra loro, «come è stupida la nostra sorella minore: e che caratteraccio triviale! Essa è contenta come una pasqua di trovarsi nella sua disgraziata condizione!...».

Ma il buon mercante non la pensava così. Egli sapeva che Bella aveva molto più garbo delle sue sorelle a fare spicco in società: e ammirava la virtù di questa giovinetta e segnatamente la sua rassegnazione; perché bisogna sapere che le sue sorelle, non contente di buttare addosso a lei tutte le faccende della casa, la punzecchiavano continuamente con mille parole insolenti.

Era corso un anno dacché questa famiglia viveva lontana dalla città, quando il mercante ebbe una lettera nella quale gli si diceva che un bastimento, carico di mercanzie, di sua proprietà, era arrivato felicemente!

Ci scattò poco che questa notizia non facesse dar la balta al cervello alle due ragazze maggiori, le quali speravano così di poter lasciare la campagna, dove morivano dalla noia: e quando videro il padre sul punto di partire, lo pregarono che portasse loro dei vestiti, delle mantelline, dei cappellini e altri gingilli di moda.

La Bella non gli chiese nulla, perché aveva già capito che tutto il valsente delle merci arrivate non sarebbe bastato a contentare i capricci delle sue sorelle.

– E tu non vuoi che ti compri nulla? – le disse suo padre.

– Poiché siete tanto buono da pensare a me, – ella rispose, – fatemi il piacere di portarmi una rosa: che in questi posti non ci fanno.

Non vuol dir già che alla Bella premesse la rosa: ma lo fece, per non criticare col suo esempio la condotta delle sorelle; le quali avrebbero detto che non chiedeva nulla, per farsi distinguere e dar nell'occhio.

Il buon uomo partì, ma appena giunto, ebbe a sostenere un processo a causa delle sue mercanzie: e dopo mille seccature, se ne tornò indietro più povero di prima.

Gli restavano da fare non più di trenta miglia per arrivare a casa, e già si consolava nel pensiero di rivedere la sua famigliola; ma dovendo traversare un gran bosco, si smarrì e perdé la strada.

La neve fioccava da far paura, e soffiava un vento così strapazzone, che lo gettò per due volte giù da cavallo. Venuta la notte, egli cominciò a credere di dover morire o di fame e di freddo, o divorato dai lupi, che si sentivano urlare a poca distanza.

Quando a un tratto, nel voltar l'occhio verso il fondo di una lunga sfilata d'alberi, vide una gran fiamma che pareva lontana lontana.

S'avviò da quella parte, e poté distinguere che quella luce usciva da un gran palazzo, che era tutto illuminato.

Il mercante ringraziò il cielo del soccorso mandatogli e si

affrettò per giungere a questo castello; ma rimase grandemente stupito di non trovarci anima viva.

Il suo cavallo, che gli andava dietro, avendo visto una bella scuderia aperta, entrò dentro; e trovatovi fieno e biada, il povero animale, che moriva di fame, vi si buttò sopra con grandissima avidità.

Il mercante lo legò alla greppia: e s'avviò verso la casa, dove non trovò nessuno. Ma entrato che fu in una gran sala, vi trovò un bel fuoco acceso, una tavola apparecchiata e con molte pietanze: ma c'era una posata sola.

Essendo bagnato fino al midollo dell'ossa, per la neve e la molt'acqua che aveva preso, si avvicinò al fuoco per asciugarsi, dicendo fra sé: «Il padrone di casa e i suoi domestici mi scuseranno della libertà che mi prendo! Sono sicuro che staranno poco ad arrivare».

Aspetta, aspetta e nessuno veniva: finché suonarono le undici e ancora non s'era visto alcuno. Allora non potendo più stare alle mosse, dalla gran fame prese un pollastro e, tremando dalla paura, lo mangiò in due bocconi.

Bevve anche qualche sorso di vino, e messo su un po' di coraggio, uscì dalla sala e traversò molti quartieri splendidamente tappezzati e ammobiliati. Alla fine trovò una camera dove c'era un buon letto: e perché era mezzanotte suonata e si sentiva stanco morto, prese il partito di chiuder l'uscio e di coricarsi.

La mattina dopo si svegliò verso le dieci: e figuratevi come rimase, quando trovò un vestito molto decente nel posto dove aveva lasciato il suo, che era tutto logoro e cascava a pezzi.

«Si vede bene,» egli disse, «che in questo palazzo ci sta di casa qualche buona fata, che si è mossa a compassione di me».

Si affacciò alla finestra e non vide più un filo di neve, ma pergolati di bellissimi fiori, che innamoravano soltanto a guardarli.

Ritornò nella gran sala, dove la sera avanti aveva cenato e vide una piccola tavola, con sopra una chicchera e un vaso di cioccolata.

«Grazie tante,» diss'egli a voce alta, «grazie tante, signora fata, della garbatezza di aver pensato alla mia colazione».

Il buon uomo, quand'ebbe preso la cioccolata, uscì per andare dal suo cavallo; e passando sotto un pergolato di rose si ricordò che la Bella gliene aveva chiesta una, e staccò un tralcio dove ce n'erano parecchie bell'e sbocciate.

In quel punto stesso sentì un gran rumore e vide venirsi incontro una bestia così spaventosa, che ci corse poco non cascasse svenuto:

– Voi siete molto ingrato, – disse la Bestia con una voce da far rabbrividire, – vi ho salvata la vita accogliendovi nel mio castello, e in ricambio voi mi rubate le mie rose, che è per l'appunto la cosa che io amo soprattutto in questo mondo. Per riparare al mal fatto non vi resta altro che morire: vi do tempo un quarto d'ora per chiedere perdono a Dio.

Il mercante si gettò in ginocchio e a mani giunte prese a dire alla Bestia:

– Monsignore, perdonatemi: non credevo davvero di offendervi a cogliere una rosa per una delle mie figlie, che me l'aveva domandata.

– Non mi chiamo Monsignore, – rispose il mostro, – ma Bestia. I complimenti non fanno per me; io voglio che ognuno parli come la pensa: per cui non vi mettete in capo d'intenerirmi colle vostre moine. Mi avete detto che avete delle figliuole: ebbene, io potrò perdonarvi a patto che una di codeste figliuole venga qui a morire volontariamente nel posto vostro. Non una parola di più; partite, e caso le vostre figlie ricusassero di morire per voi, giurate che dentro tre mesi ritornerete.

Quel pover'uomo non aveva punta intenzione di sacrificare alcuna delle sue figlie al brutto mostro, ma pensò dentro di sé: «Non foss'altro avrò almeno la consolazione di poterle abbracciare un'altra volta».

Fece giuro di tornare, e la Bestia gli disse che poteva partire a piacer suo. – Ma non voglio, – soggiunge, – che tu debba andartene colle mani vuote. Ritorna nella camera dove hai dormito; ci troverai un gran baule vuoto; ché io penserò a fartelo portare fino a casa.

Detto questo, la Bestia se ne andò, e il buon uomo disse fra sé e sé: «Almeno, se ho da morire, potrò lasciare un boccon di pane a' miei poveri ragazzi».

E tornò nella camera dove aveva dormito, e avendovi trovato delle monete d'oro a corbellini, ne empì il baule, di cui gli aveva parlato la Bestia: quindi lo chiuse, e ripreso il cavallo lasciato nella scuderia, uscì dal palazzo con tanto malessere addosso, quanta era la gioia colla quale vi era entrato. Il cavallo prese da sé uno dei viottoli della foresta, e in poche ore il buon uomo arrivò alla sua casetta. I suoi figli gli furono tutti d'intorno: ma invece di mostrarsi lieto alle loro carezze, il mercante li guardava e gli cascavano i lacrimoni dagli occhi. Egli aveva in mano il tralcio di rose, che portava a Bella: e nel darglielo, disse: – Bella, pigliate queste rose: ma costeranno molto care al vostro povero padre!

E così raccontò alla famiglia il brutto caso che gli era capitato.

A quella storia le due sorelle maggiori si messero a berciare e dissero mille cosacce a Bella, la quale non piangeva né punto né poco.

– Ecco le conseguenze, – esse dicevano, – dell'orgoglio di questa monella: perché anche lei non fece come noi e non chiese dei vestiti? Nient'affatto! la signorina voleva distinguersi. E ora è lei la cagione della morte di suo padre e non se ne fa né in qua né in là.

– Sarebbe inutile, – soggiunse Bella, – e perché dovrei piangere la morte di mio padre? Egli non morirà una volta che il mostro si contenta di accettare in cambio una delle sue figlie; io voglio mettermi in balìa del suo furore: e sono molto felice, perché così potrò avere la contentezza di salvare il padre mio e di provargli il gran bene che gli ho sempre voluto.

– No, sorella mia, – le dissero i suoi tre fratelli, – tu non morirai: noi anderemo a trovare il mostro, e periremo sotto i suoi colpi, se non saremo buoni di ucciderlo.

– Non lo sperate, ragazzi miei, – disse loro il mercante, – la potenza di questa Bestia è così sterminata, che non c'è caso di poterla uccidere. Mi fa una vera consolazione il buon cuore di Bella: ma non voglio mandarla a morire. Io son vecchio; non mi resta che poco tempo da vivere; così, male che vada, posso scorciarmi di qualche anno la vita; cosa che non rimpiango punto, perché lo faccio per amor vostro, miei cari figliuoli.

– Vi do la mia parola, padre mio, – disse Bella, – che voi non anderete a quel palazzo, senza di me: voi non mi potete impedire di seguirvi. Sebbene giovane, io non sono molto attaccata alla vita, e preferisco esser divorata da quel mostro, che morire dalla pena che mi farebbe la vostra perdita.

Ebbero un bel dire, ma la Bella volle a ogni costo partire anche lei per il palazzo del mostro; e alle sorelle non parve vero, perché si rodevano di gelosia per le belle doti della sorella minore.

Il mercante era così stonato dal dolore di dover perdere la figlia, che non gli passò per il capo neppure il baule che egli aveva riempito di monete d'oro.

Ma appena fu in camera restò grandemente stupito di trovarlo al piè del letto. Risolvette di non dir nulla in casa di essere diventato ricco, per paura che le figlie si mettessero in testa di voler tornare in città, mentre egli aveva fatto conto di voler morire in quella campagna. Peraltro confidò il segreto a Bella, la quale gli raccontò come nel tempo che era stato lontano, alcuni gentiluomini fossero venuti per casa e come, fra questi, ve ne fossero due che amoreggiavano colle sue sorelle. Si raccomandò al padre che le maritasse; perché essa era tanto buona di cuore, che le amava tutte e due, e perdonava loro tutto il male che le avevano fatto.

Quelle due cattive si strofinarono gli occhi colla cipolla per farsi venire i lucciconi, al momento che Bella partì con suo padre: ma i fratelli piangevano davvero: e anche il mercante. La sola che non piangesse era Bella, la quale non voleva incipignire il dolore di tutti gli altri.

Il cavallo prese la via del palazzo, e sul far della sera cominciarono di lontano a vederlo illuminato, tale e quale come la prima volta.

Il cavallo andò da sé solo nella scuderia: e il buon uomo entrò con sua figlia nella gran sala, dove trovarono una gran tavola magnificamente apparecchiata per due.

Il mercante non sapeva da che verso rifarsi per mangiare; ma la Bella, sforzandosi di parer tranquilla, si messe a tavola e lo servì: poi diceva dentro di sé:

«Capisco bene che la Bestia vuole ingrassarmi prima di far di me un boccone! me n'accorgo dalla maniera con cui mi tratta».

Quand'ebbero cenato, udirono un gran fracasso e il mercante, colle lagrime agli occhi, disse addio alla sua povera figlia, perché sapeva che la Bestia era lì lì per arrivare.

La Bella, alla vista di quell'orribile figura, sentì fare un cavallone al sangue: ma s'ingegnò di non darlo a divedere: e quando il mostro le domandò s'era venuta da lui volentieri, rispose con voce tremante di sì.

– Davvero che siete molto buona, – disse la Bestia, – e io vi sono riconoscentissimo. Buon uomo! domani partirete, e Dio vi guardi dal tornar in questo luogo. Addio, Bella.

– Addio, Bestia, – ella rispose.

E il mostro sparì.

– Oh! figlia mia, – disse il mercante abbracciandola e baciandola, – io son mezzo morto dalla paura. Fai a modo mio; lasciami morir qui.

– No, padre mio, – rispose la Bella con fermezza, – voi partirete domani mattina, e mi abbandonerete all'aiuto del cielo. Il cielo forse avrà compassione di me!...

L'uno e l'altro andarono a letto, coll'idea che in tutta la notte non sarebbero stati buoni a chiudere un occhio, ma invece, appena si furono coricati nei loro letti, si addormentarono come ghiri. E la Bella vide in sogno una Regina, la quale le disse:

«O Bella, io son contenta del vostro buon cuore. La nobile azione che fate, dando la vita per quella di vostro padre, non rimarrà senza premio».

Quando la Bella si svegliò, raccontò il sogno a suo padre, e sebbene questa cosa lo rinfrancasse un poco, non bastò peraltro a trattenerlo dal dare in grandissimi pianti, quando gli fu forza staccarsi dalla sua figlia adorata.

Partito che fu, la Bella andò a sedersi nella gran sala; e anche essa cominciò a piangere; ma essendo molto coraggiosa, si raccomandò a Dio e fece conto di non darsi tanto alla disperazione per quel poco di tempo che le restava ancora da vivere: perché ella credeva fermamente che la Bestia sarebbe venuta a mangiarla nella serata.

Intanto, mentre aspettava, pensò bene di girare e di visitare il castello, del quale non poteva starsi dall'ammirare le grandi bellezze.

E figuratevi se rimase a bocca aperta, quando vide una porta sulla quale c'era scritto: Quartiere della Bella.

Aprì in fretta e in furia questa porta e fu abbagliata dalle magnificenze che vi erano dentro; ma ciò che maggiormente la colpì, fu la vista di una gran biblioteca, di un clavicembalo e di molti quaderni di musica.

«Si vede proprio che non vogliono che io mi annoi,» disse fra sé e sé; quindi pensò:

«Se io dovessi albergare qui un giorno solamente, non mi avrebbero ammannito tutte queste belle cose».

Questo pensiero rianimò il suo coraggio. Ella aprì la biblioteca e vide un libro sul quale era scritto a lettere d'oro: "Desiderate e comandate; voi siete qui signora e padrona!...".

«Meschina me!» diss'ella, «io non ho altro desiderio che di vedere il mio povero padre e di sapere che cos'è di lui in questo momento!»

Queste parole le aveva dette dentro di sé, ma quale non fu il suo stupore, quando gettando gli occhi sopra uno specchio, vi mirò la sua casa, e per l'appunto in quel momento in cui vi giungeva suo padre con un viso da far pietà. Le sue sorelle gli andavano incontro; e malgrado le smorfie che facevano per parere afflitte, mostravano sul viso e a fior di pelle la contentezza provata per la perdita della loro sorella.

Dopo un minuto sparì ogni cosa, ma la Bella non poté far di meno di pensare che la Bestia era molto compiacente, e che non aveva nulla da temere da essa.

A mezzogiorno trovò la tavola bell'e apparecchiata: e durante il pranzo udì un'eccellente musica, senza che potesse vedere alcuno.

La sera mentre stava per mettersi a tavola, sentì il fracasso che faceva la Bestia e fu presa da un tremito di paura:

– Bella, – le disse il mostro, – siete contenta che io stia a vedervi mentre cenate?

– Non siete voi il padrone? rispose la Bella, tremando.

– No, – replicò la Bestia, – qui non c'è altri padroni che voi; se vi sono importuno, non dovete far altro che dirmelo e me ne anderò subito. Ditemi una cosa: non è vero che io vi sembro molto brutto?

– È vero, sì, – rispose Bella, – perché io non sono avvezza di dire una cosa per un'altra; peraltro vi credo buonissimo di cuore.

– Avete ragione, – disse il mostro, – ma oltre all'essere brutto io non ho punto spirito, e so benissimo d'essere una Bestia.

– Non è mai una Bestia, – rispose Bella, – colui che crede di non avere spirito. Gl'imbecilli non arriveranno mai a capire questa cosa.

– Su dunque, mangiate, Bella, – le disse il mostro, – e cercate tutti i mezzi per non annoiarvi nella vostra casa: perché tutto quello che vedete qui, è roba vostra: e io sarei mortificato se non vi sapessi contenta.

– Voi avete molta bontà per me, – disse la Bella, – e sono contentissima del vostro cuore: quando ci penso non mi sembrate nemmeno tanto brutto.

– Oh! per questo, – rispose la Bestia, – il cuore è buono: ma io sono un mostro!

– Conosco degli uomini che sono più mostri di voi, – disse Bella, – e quanto a me, mi piacete più voi con codesta vostra figura, di tant'altri che, sotto l'aspetto d'uomo, nascondono un cuore falso, corrotto e sconoscente.

– Se avessi un po' di spirito, – disse la Bestia, – farei un complimento per ringraziarvi: ma io sono uno stupido; e tutto quel che posso dirvi è che vi sono obbligato.

La Bella cenò di buon appetito. Essa non aveva quasi più paura del mostro; ma fu lì lì per morire di spavento, quando egli le disse: – Bella, volete esser mia moglie?

Ella stette un po' di tempo senza rispondere: aveva paura di svegliare la collera del mostro con un rifiuto; a ogni modo disse con voce tremante:

– No, Bestia.

A questa risposta il povero mostro volle mandar fuori un sospiro e gli venne fatto un sibilo così spaventoso, che ne rintronò tutto il palazzo.

Ma la Bella fu presto rassicurata, perché la Bestia, dopo averle detto: – addio, dunque, Bella, – uscì dalla camera voltandosi indietro tre o quattro volte per poterla ancora vedere.

Quando la Bella fu sola cominciò a sentire una gran compassione per la povera Bestia, e diceva: «Che peccato che sia così brutta, mentre sarebbe tanto buona!»

La Bella, per tre mesi, menò in questo palazzo una vita abbastanza tranquilla.

Tutte le sere la Bestia andava a farle visita, e durante la cena si tratteneva con lei, facendo mostra di molto buon senso, ma giammai di ciò che si chiama spirito fra le persone del mondo galante. Ogni giorno che passava, la Bella scopriva nuovi pregi nel mostro. A furia di vederlo, aveva fatto l'occhio alle sue bruttezze, e invece di temere il momento della sua visita, ella guardava spesso l'orologio per vedere quanto mancava alle nove, perché la Bestia a quell'ora era sempre precisa.

Una sola cosa metteva di mal umore la Bella; ed era che tutte le sere, avanti di andare a letto, il mostro le domandava se voleva essere sua moglie, e rimaneva mortificatissimo quand'essa rispondeva di no.

Ella disse un giorno: – Voi mi fate una gran pena, Bestia; vorrei potervi sposare, ma sono troppo sincera per darvi a sperare una cosa che non sarà mai. Io sarò sempre vostra buon'amica. Contentatevi di questo.

– Per forza! – rispose la Bestia. – Io son giusto. Io so che sono orrendo: ma vi voglio un gran bene. A ogni modo, io mi chiamo abbastanza fortunato se vi adattate a restar qui: promettetemi che non mi lascerete mai.

La Bella a queste parole fece il viso rosso. Ella aveva visto nello specchio che suo padre era malato dal dolore di averla perduta, e desiderava rivederlo. – Io potrei benissimo promettervi – diss'ella alla Bestia – di non lasciarvi più per sempre; ma mi struggo tanto di rivedere il padre mio, che morirei di crepacuore se mi rifiutaste questo piacere.

– Vorrei piuttosto morire, – disse il mostro, – che darvi un dispiacere; io vi manderò da vostro padre: voi resterete con lui e la vostra Bestia morirà di dolore.

– No, – rispose la Bella piangendo, – io vi voglio troppo bene per essere cagione della vostra morte. Vi prometto di ritornare fra otto giorni. Mi avete fatto vedere che le mie sorelle sono maritate e che i miei fratelli sono partiti per l'armata. Il mio povero padre è rimasto solo; lasciatemi almeno una settimana con lui.

– Domattina ci sarete, – disse la Bestia, – ricordatevi delle vostre promesse. Quando vorrete tornare, non dovete far altro che posare il vostro anello sopra la tavola nell'andare a letto. Addio, Bella.

La Bestia, mentre parlava così, sospirò secondo il suo uso solito, e la Bella andò a letto, tutta dispiacente di avergli dato questo dolore.

Quando si svegliò la mattina dopo, si trovò in casa di suo

padre; e avendo suonato il campanello accanto al letto, vide venire la serva, la quale cacciò un grand'urlo di sorpresa.

Il buon uomo di suo padre, a quell'urlo, corse subito, e nel rivederla, ci mancò poco non morisse dalla contentezza: e stettero abbracciati per più di un quarto d'ora.

Sfogate le prime tenerezze, la Bella pensò che non aveva vestiti per potersi levare, ma la serva le disse di aver trovato nella stanza accanto un gran baule pieno di vestiti, tutti d'oro e ornati di brillanti.

La Bella ringraziò la buona Bestia delle sue attenzioni: scelse fra quei vestiti il meno vistoso e ordinò alla serva di riporre gli altri, dei quali intendeva farne un regalo alle sorelle: ma appena ell'ebbe pronunziate queste parole, il baule sparì. Peraltro suo padre avendole detto che la Bestia voleva che ella serbasse per sé ogni cosa, il baule ritornò al suo posto.

La Bella si vestì, e in questo mentre furono avvertite le sue sorelle, le quali corsero subito insieme ai cari mariti. Tutte e due avevano combinato molto male! La maggiore aveva sposato un gentiluomo, bello come un amore, ma tanto innamorato di sé, che dalla mattina alla sera non faceva altro che guardarsi allo specchio, senza curarsi né punto né poco della bellezza della moglie.

La seconda aveva sposato un uomo che aveva molto spirito, ma se ne serviva soltanto per essere la disperazione di tutte le donne, cominciando da sua moglie.

Le sorelle di Bella quando la videro vestita come una Regina e bella come un occhio di sole, se non creparono dalla rabbia, fu un miracolo.

Ella ebbe un bell'accarezzarle; nulla poté ammansire la loro gelosia; la quale anzi si accrebbe a cento doppi, quando raccontò quanto era felice.

La due invidiose scesero in giardino per potersi sfogare a

piangere, e dicevano:

– O perché quella ragazzuccia è più fortunata di noi? Non siamo forse più graziose e più belle di lei?

– Cara sorella, – disse la maggiore, – mi viene un'idea: facciamo di tutto per trattenerla qui per più di otto giorni; la sua stupida Bestia anderà sulle furie per la parola non mantenuta e forse la divorerà per castigarla.

– Dici bene, sorella, – rispose l'altra, – ma perché la cosa riesca, bisogna cercare di ammaliarla con molte moine.

Preso questo partito, risalirono in casa tutt'e due e cominciarono a fare tante e poi tante garbatezze alla sorella, che questa ne pianse di consolazione. Passati che furono gli otto giorni, le due sorelle si strapparono i capelli e diedero segni di disperazione per la partenza di lei, che ella finì col promettere di trattenersi altri otto giorni.

Intanto la Bella rimproverava a se stessa il dolore che stava per dare alla sua povera Bestia, che essa amava davvero e che ora era dispiacente di non poterla vedere. La decima notte che ella passò in casa del padre, sognò di trovarsi nel palazzo e di vedere la Bestia distesa sull'erba, vicina a morire, e che le rinfacciava la sua ingratitudine.

Bella si destò tutt'a un tratto e pianse: «Non son io molto cattiva,» essa diceva «di dare questo dispiacere a una Bestia, che è stata tanto buona con me? È colpa sua se è così brutta e se ha poco spirito? Ella è buona: e questo val più d'ogni cosa. Perché non ho io voluto sposarlo? Io sarei più felice con lui che le mie sorelle coi loro mariti. Non è la bellezza né lo spirito di un marito che rendono felice una donna; ma la bontà del carattere, la virtù e le buone maniere: e la Bestia ha tutte queste belle cose. Io non sento amore per essa ma la stimo, e ho per lei amicizia e riconoscenza. Ma non debbo renderla disgraziata: questa ingratitudine sarebbe per me un rimorso per tutta la vita».

Dette queste parole, la Bella si leva, mette l'anello sulla tavola e ritorna a letto. Appena coricata si addormentò e, svegliandosi la mattina, vide con gioia di essere nel palazzo della Bestia.

Si messe i vestiti più belli per andarle a genio anche di più, e s'annoiò mortalmente nella smania di aspettare che arrivassero le nove ore di sera: ma l'orologio ebbe un bel suonare le nove: la Bestia non comparve.

La Bella allora temé di averle cagionato la morte: e disperata si dette a girare per tutto il palazzo, mandando altissimi pianti.

Dopo aver cercato dappertutto, si ricordò del sogno e corse in giardino, vicino al fiume, dove dormendo, l'aveva veduta.

E difatti fu lì che trovò la povera Bestia distesa per terra priva di sensi: talché la credette morta. Senza provar ribrezzo di quella brutta figura, si gettò tutta sopra lei, e avendo sentito che il cuore batteva sempre, prese dal fiume un po' d'acqua e le bagnò la testa.

La Bestia aprì gli occhi e disse alla Bella: – Voi avete dimenticata la vostra promessa: e il gran dolore di avervi perduta mi ha fatto decidere a lasciarmi morir di fame: ma ora muoio contenta, perché ho avuto la consolazione di potervi rivedere.

– No, mia cara Bestia, voi non morirete, – le disse la Bella, – voi vivrete per diventare mio sposo: da questo momento io vi do la mia mano, e giuro che non sarò d'altri che di voi. Ohimè! io credeva di non aver per voi che dell'amicizia, ma il dolore che sento mi fa credere che non potrei più vivere senza vedervi.

Appena la Bella ebbe pronunziato queste parole, ecco che tutto il castello appare risplendente di lumi: i fuochi di artifizio, la musica, ogni cosa annunziava una gran festa. Ma queste meraviglie non incantarono punto i suoi occhi: ella si voltò verso la sua cara Bestia, il cui pericolo la teneva in tanta agitazione. E quale fu il suo stupore! La Bestia era sparita, ed essa non vide ai suoi piedi che un Principe bello come un amore, il quale la ringraziava per aver rotto il suo incantesimo. Sebbene questo Principe meritasse tutte le sue premure, ella non poté stare dal chiedergli dove fosse la Bestia.

– Eccola ai vostri piedi, – le disse il Principe, – una fata maligna mi aveva condannato a restare sotto quell'aspetto finché una bella fanciulla non avesse acconsentito a sposarmi, e mi aveva per di più proibito di far mostra di spirito. Così in tutto il mondo non ci voleva che voi, per lasciarsi innamorare dalla bontà del mio carattere: ed offrendovi la mia corona, non posso sdebitarmi del gran bene che mi avete fatto.

La Bella, piacevolmente sorpresa, porse la mano al bel Principe perché si rialzasse in piedi. E andarono insieme al castello, dov'essa ci mancò poco non si sentisse svenire dalla gioia, trovando nella gran sala il padre suo e tutta la sua famiglia, trasportata al castello da quella bella Signora che le era apparsa in sogno.

– Bella, – le disse questa Signora, che era una fata e di quelle coi fiocchi, – venite a ricevere la ricompensa della vostra buona scelta: voi avete preferito la virtù alla bellezza e allo spirito, e meritate per questo di trovare tutte quelle cose raccolte in una sola persona. Voi state per diventare una gran Regina: ma spero che il trono non vi farà scordare le vostre virtù. Quanto a voi, mie care signore – disse la fata alle due sorelle della Bella, – conosco il vostro cuore e tutta la cattiveria che c'è dentro: diventerete due statue; ma nondimeno serberete il lume della ragione sotto la vostra forma di pietra. Starete alla porta del palazzo di vostra sorella; e non vi impongo altra pena che quella di essere testimoni della sua felicità. Non potrete ritornare nello stato primiero, se non quando riconoscerete i vostri errori: ma ho una gran paura che dobbiate restare statue per sempre. Si può correggere l'orgoglio, le bizze, la gola, la pigrizia; ma la conversione di un cuore invidioso e cattivo è una specie di miracolo.

Nel dir così, diede un colpo di bacchetta, e tutti quelli che erano in quella sala, furono trasportati negli Stati del Principe. I suoi sudditi lo rividero con gioia, ed esso sposò la Bella, che visse con lui lungamente e in una felicità perfetta, perché era fondata sulla virtù.

www.ingramcontent.com/pod-product-compliance
Lightning Source LLC
LaVergne TN
LVHW030342070526
838199LV00067B/6412